WILDIS STRENG

Muswiese

VERSUMPFT Während ganz Hohenlohe dem traditionsreichsten Jahrmarkt der Region entgegenfiebert, versetzt ein grausames Verbrechen das beschauliche Musdorf in Aufruhr: Die Muswiesenwirtin Erika Böckler wurde in der Quelle des Seebachs qualvoll ertränkt. Die Kriminalkommissare Lisa Luft und Heiko Wüst merken schnell, dass sich das Opfer unter den Musdorfern Wirten sowie im privaten Umfeld viele Feinde gemacht hat. Die Gastronomin versuchte nicht nur kurz vor ihrem Tod, die Muswiesenkonkurrenz zu sabotieren, sondern regierte Haus, Hof und Familie mit eiserner Hand. Inmitten von Kittelschürzen, heiratswütigen Jungbauern, Mundartsängern und Metzgerstänzern beginnt für das hohenlohisch-westfälische Ermittlerteam die fieberhafte Suche nach dem wahren Motiv. Indes dreht sich das Karussell der Verdächtigen immer rasanter …

© privat

Wildis Streng ist in Crailsheim geboren und aufgewachsen. Nach dem Abitur studierte sie in Karlsruhe Germanistik und Malerei. Nach einem längeren Aufenthalt im Badischen lebt sie wieder in ihrer Heimat und unterrichtet heute in Crailsheim Deutsch und Bildende Kunst an einem Gymnasium. In ihrer Freizeit widmet sich die überzeugte Hohenloherin der Malerei, der Fotografie und dem Schreiben. Mit ihrer beliebten Krimiserie rund um das sympathische hohenlohisch-westfälische Ermittlerduo Lisa Luft und Heiko Wüst feiert sie als Autorin große Erfolge.
Mehr Informationen zur Autorin unter:
www.wildisstreng.de

WILDIS STRENG

Muswiese

KRIMINALROMAN

GMEINER

Personen und Handlung sind frei erfunden. Ähnlichkeiten mit lebenden oder toten Personen sind rein zufällig und nicht beabsichtigt.

Bei Fragen zur Produktsicherheit gemäß der Verordnung über die allgemeine Produktsicherheit (GPSR) wenden Sie sich bitte an den Verlag.

Die automatisierte Analyse des Werkes, um daraus Informationen insbesondere über Muster, Trends und Korrelationen gemäß § 44b UrhG (»Text und Data Mining«) zu gewinnen, ist untersagt.

Immer informiert

Spannung pur – mit unserem Newsletter informieren wir Sie regelmäßig über Wissenswertes aus unserer Bücherwelt.

Gefällt mir!

Facebook: @Gmeiner.Verlag
Instagram: @gmeinerverlag

Besuchen Sie uns im Internet:
www.gmeiner-verlag.de

© 2017 – Gmeiner-Verlag GmbH
Im Ehnried 5, 88605 Meßkirch
Telefon 0 75 75 / 20 95 - 0
info@gmeiner-verlag.de
Alle Rechte vorbehalten
6. Auflage 2025

Lektorat: Ricarda Dück
Satz: Mirjam Hecht
Umschlaggestaltung: U.O.R.G. Lutz Eberle, Stuttgart
unter Verwendung eines Fotos von: © Wildis Streng
Druck: Custom Printing Warschau
Printed in Poland
ISBN 978-3-8392-2158-7

Für Elfi, Marina und Kurt
Zur Erinnerung an eine phänomenale Muswiesenparty

DIENSTAGNACHT VOR DER MUSWIESE, 3.37 UHR

Die Nacht war kalt, nicht ungewöhnlich für eine Oktobernacht. Seit ein paar Tagen war aber noch dieser schneidende Frost hinzugekommen, der an Winter denken ließ. Erika Böckler zog ihre Wolljacke enger um ihren Körper und blickte sich um. Sie sah in der Ferne den Nebel von den weißen Äckern aufsteigen, silbern glitzernd im Licht des zunehmenden Mondes. Bald würde die Muswiese beginnen, das wichtigste Fest im Jahr für den kleinen Ort Musdorf. Und alle Wirte würden wieder ein ordentliches Geschäft machen, nur der Windisch nicht. Ein zufriedenes Grinsen huschte über Erikas dünne Lippen, hämisch, voller Vorfreude.

Es war tief in der Nacht, halb vier. Und alle Bewohner Musdorfs schliefen den Schlaf der – mehr oder weniger – Gerechten. Erika tastete in ihrem Baumwollbeutel nach den beiden Kartons. Ein leises Quieken war zu hören, fast empört, zudem das Kratzen und Schaben der Beinchen auf dem Boden der Pappschachtel. »Gleich, meine Kleinen«, schnurrte Erika.

Sie hielt sich im Schatten der Hauswände, denn obwohl die Straßenbeleuchtung in Musdorf um elf ausgeschaltet wurde, war der Teufel ein Eichhörnchen, und sie durfte unter keinen Umständen gesehen werden. Eine Wolke schob sich vor den Mond, als Erika die Straße überquerte.

Endlich war sie an ihrem Ziel angekommen. Sie ging in die Hocke und befühlte das Lüftungsrohr. Dann entnahm sie ihrem Beutel den Stechbeitel und entfernte die runde Abdeckung mit einer energischen Bewegung. Sie legte sich flach auf den Boden und streckte den Arm tief in die Öffnung, den Beitel fest umklammert, um im Inneren das Netz samt Abdeckgitter ebenfalls zu lösen. Zufrieden zog sie den Arm zurück und blieb beinah stecken, weil sich ein Krampf anbahnte. Sie geriet in Panik. Das fehlte noch, dass sie hier festsaß und am Morgen entdeckt werden würde! Sie zählte bis zehn, um sich zu beruhigen, streckte den Arm durch, und tatsächlich, der Krampf verschwand.

Als sie wieder frei war, blieb sie einen Moment liegen und lauschte in die Nacht. Nichts. Niemand war da, nur die Stille der kalten Oktobernacht. Erika setzte sich auf, ließ den Beitel in die Tasche gleiten und förderte die zwei Pappschachteln zutage. Das Scharren wurde lauter, verzweifelter. Sie zog ihre Arbeitshandschuhe an, sie hatte keine Lust auf einen Biss, der hinterher Fragen aufwerfen würde. Vorsichtig öffnete sie den einen Karton einen Spaltbreit und griff mit einer schnellen Bewegung hinein. Sie hatte das erste Tier im Genick zu fassen bekommen. Es quiekte laut und versuchte, sich zu winden, sich zu wehren, sie in die Hand zu beißen, aber ihr Griff war eisenhart. Energisch stopfte sie die Ratte in das Rohr und ließ die anderen vier Tiere folgen. Sie schlugen dumpf auf dem Boden des Kellers auf, und Erika hörte, wie sie augenblicklich forthuschten, wohl, um sich zu verstecken. Perfekt. Der Inhalt der zweiten Box würde sich weit weniger sträuben. In aller Ruhe nahm sie den Deckel von dem eierschachtelartigen Behältnis und schickte die 100 Kakerlaken den Ratten hinterher.

MITTWOCH VOR DER MUSWIESE,
8.13 UHR

Brigitte Windisch rieb sich die Augen. Sie war niemand, der lange im Bett blieb, schon aus Prinzip nicht. Ihr ganzes Leben war sie früh aufgestanden, jeden Tag. Doch heute hatte sie keinen Wecker gestellt, so kurz vor der Muswiese hatte sie eigentlich vorgehabt, noch einmal Energie zu tanken. Denn das Fest war schön, aber auch ungemein kräftezehrend.

Sie fragte sich, weshalb sie eigentlich so abrupt aufgewacht war, als sie die Türglocke läuten hörte. Brigitte sah zur Uhr, es war viertel neun, dann tastete sie nach Franz, der neben ihr lag und wie ein Stein schlief. Konnte es der Paketbote sein? Wieder das Klingeln, diesmal erschien es ihr schriller, fordernder. Sie schlüpfte in ihren blau karierten Flanellmorgenmantel und in die Hausschuhe, die vor dem Bett bereitstanden, und hastete zur Tür.

Die zierliche junge Frau mit den korrekt gescheitelten, kinnlangen braunen Haaren und den schmächtigen mittelalten Herrn mit dem eher spärlichen Haupthaar, die vor ihr standen, hatte sie noch nie gesehen. Der Mann trug ein Sakko und hielt ein Klemmbrett vor der Brust, die Frau hatte Jeans und einen rosafarbenen Pullover an von der Sorte, die in den 80er-Jahren in der Perwoll-Werbung vorgekommen war. Brigitte Windisch überlegte unwillkürlich, ob Zeugen Jehovas ihre Bettruhe gestört hatten. Allerdings kamen die eigentlich nicht zu solch unchristlichen Zeiten.

Brigitte hielt die Tür vor sich, sodass ihr blaukarierter Morgenmantel verdeckt war, immerhin war sie nicht richtig angezogen. »Ja?« Sie musste sich räuspern.

»Frau Windisch?«, entgegnete die Frau nicht unfreundlich.

Brigitte nickte. »Und Sie sind …?«

»Wächter von der Lebensmittelüberwachungsbehörde. Mein Kollege Kaminski und ich würden uns gern einmal Ihren Vorratsraum ansehen.«

Brigitte zog die Augenbrauen zusammen und bemerkte, dass ihr Gatte hinter sie getreten war. Sie spürte seine Hand auf ihrer Schulter und drehte sich um. »Franz?«, meinte sie Hilfe suchend.

»Der WKD?«, fragte ihr Mann.

Die junge Frau schüttelte den Kopf. »Den gibt es ja nicht mehr. Wir sind von der Lebensmittelüberwachungsbehörde.«

»Und wie kommen Sie darauf, dass Sie unseren Vorratsraum anschauen müssen?«, erkundigte sich Franz Windisch verständnislos.

»Es gab einen Hinweis«, lautete die unbestimmte Antwort Kaminskis.

»Was für einen Hinweis?«, empörte sich Franz und riss die Tür so weit auf, dass sowohl Brigittes als auch sein Flanellmorgenmantel zu sehen waren, seiner war allerdings rot kariert.

Frau Wächter, sichtlich eingeschüchtert, zuckte leicht

zusammen, fasste sich dann jedoch und piepste: »Anonym.«

»Soso, anonym«, ereiferte sich Franz Windisch. »Aber bitte, meine Herrschaften. Bitte, kommen Sie rein, wir haben nichts zu verbergen, bei uns ist alles in Ordnung, dafür lege ich meine Hand ins Feuer.«

Kaum eine Minute später standen die vier vor dem Kellerraum, der den Windischs als Vorratsraum für die Muswiese diente. Jedes Jahr schlachteten sie einen Großteil ihrer Schweine und produzierten für das Fest Schnitzel und Würste aller Art.

»I glaab, ii schbinn«, murmelte Windisch wütend und drehte den Schlüssel im Schloss um. »Als hätta mir dohanna Uuziefer. Mei Lebdooch hobb ii do noch ko Viech gseecha, außer arra dooda Sau.« Die Tür schwang auf, und Windisch tastete nach dem Lichtschalter.

Die Leuchtstoffröhren flackerten, und als sie letztlich angingen, stieß Brigitte einen spitzen Schrei aus, und die beiden Herrschaften von der Behörde sogen scharf Luft ein. Im großen Keller befanden sich nicht nur zahlreiche Kühlschränke, Gefriertruhen, Regale und zwei Sauerkrautfässer. Viel auffälliger waren zwei große Ratten, die sich mitten im Raum um eine geräucherte Bratwurst zankten. Der Boden war mit Tierkot übersät. Zerrissene, offensichtlich angenagte Fleischpackungen lagen verstreut auf den grauen Kacheln. Dazwischen krochen einzelne Küchenschaben umher.

»Blata orientalis«, stellte Kaminski fest.

»Wohl eher germanica«, verbesserte Wächter ihren Kollegen und fügte hinzu: »Und Rattus rattus. Und wer weiß, was noch alles.«

»Wie bitte?«, ließ Brigitte mit zittriger Stimme vernehmen.

»Kakerlaken. Und Ratten«, erläuterte Kaminski in einem belehrenden Ton, als spräche er mit einem Grundschulkind.

»Ich hab keine Ahnung, wie die hier reinkommen«, murmelte Franz, dem sämtliche Gesichtszüge entgleist waren und der vollkommen perplex war. »Sie müssen mir glauben, ich … das war bei uns noch nie. Wir sind ein reinlicher Betrieb. Das kann doch nicht …«

»Sie glauben gar nicht, wie oft wir das hören«, stöhnte Kaminski und notierte mit abgehackten Bewegungen etwas auf seinem Klemmbrett.

»Wir räumen das auf und putzen alles«, beteuerte Brigitte. »Versprochen!«

Die Wächter schüttelte den Kopf. »Damit ist es leider nicht getan. Die Lebensmittel in diesem Raum sind nicht mehr zum Verzehr geeignet.«

»Wie, nicht mehr zum Verzehr geeignet?«, wiederholte Franz und war mit zwei schnellen Schritten bei einem Kühlschrank, den er blitzschnell aufriss. »Sie denken ja wohl nicht, dass die Ratten in den Schränken waren? Ich hab noch nie eine Ratz gesehen, die einen Kühlschrank aufmacht!«

»Alles in diesem Raum ist kontaminiert«, dozierte Kaminski mit hochgezogenen Augenbrauen. »Zumindest bis auf Weiteres. Die Geräte müssen gründlichst desinfiziert werden. Und die Lebensmittel sind nicht mehr zum Verzehr geeignet, leider.«

»Aber das geht nicht. Am Wochenende ist Muswiese.«

»Sie glauben doch nicht, dass Sie Ihre Schanklizenz behalten können, bei diesen Zuständen?«, schnaubte

Kaminski, und seine Worte klangen schnippisch und ein bisschen böse, gefolgt von einem kleinen, feinen Lächeln, das die dünnen Lippen umspielte.

»Wie, keine Schanklizenz? Das ist unmöglich, wir haben eine Wirtschaft, und da drin sind drei Viertel unserer Schweine.« Brigitte wies auf die Kühlschränke. »Sie müssen uns glauben, wir haben keine Ahnung, wie die Tiere da reingekommen sind.«

Nun schien zumindest die Wächter zum ersten Mal so etwas wie Mitleid zu fühlen und legte Brigitte Windisch die Hand auf den Arm. »Es tut mir leid. Aber es geht nicht anders. Haben Sie denn keine Versicherung?«

»Gegen Ungeziefer? Nein!«

»Wenn Sie dermaßen ahnungslos sind, wie die Tiere in Ihren Keller gelangt sind, dann wenden Sie sich doch an die Polizei«, schlug Kaminski vor, und anders als bei seiner Kollegin klang es spöttisch.

Brigitte merkte, wie sich ihr Mann hinter ihr anspannte. »Sou, etz reicht's«, brüllte er und ballte die Fäuste. »Etz schausch awwer ganz schnell, dass d Land gwinnsch«, fuhr er Kaminski an. »Sunsch zeich ii dr, wua dr Bartl da Mouschd hollt.«

Der Mann von der Behörde zog süffisant eine Augenbraue hoch. »Sie drohen mir?«

Als Antwort landete eine Faust in seinem Gesicht, es knirschte hässlich, und augenblicklich tropfte Blut aus seiner Nase auf das zuvor blütenweiße Formular auf dem Klemmbrett. Wie die Bluttropfen der Königin im Schnee in *Schneewittchen*.

»Franz!«, rief Brigitte entgeistert und fiel ihrem tobenden, wüste Beschimpfungen ausstoßenden Mann, der erneut ausgeholt hatte, in den Arm.

Kaminski nutzte den Moment und ergriff die Flucht, stolperte panisch die Kellertreppe hinauf, gefolgt von seiner Kollegin, wütend rief er noch: »Das wird ein Nachspiel haben!«

»Beruhige dich, Franz«, beschwor Brigitte und packte ihren Mann fester. »Musstest du ihm eine reinhauen?«

»So ein Aas«, eiferte sich Franz. »Diese Überheblichkeit – ich konnte einfach nicht anders.«

»Der zeigt uns womöglich noch an«, fürchtete Brigitte.

»Soll er doch …«

»Was mich doch sehr wundert: Wo kommt das Viechzeugs überhaupt her? Wir hatten noch nie Ungeziefer, noch gar nie!«

Franz schnaubte und wischte sich mit der flachen Hand über die Stirn. Dann ließ er ratlos seine Arme an die Seite klatschen. »Keine Ahnung.«

Brigitte starrte unentschlossen auf den Boden. Eine Ratte huschte hinter einer Wurstpackung hervor. »Seltsam«, meinte sie. »Die ist nicht grau.«

»Wie, nicht grau?«

»Die ist gefleckt irgendwie. Wilde Ratten haben doch keine Flecken.«

Brigitte holte den Besen, der vor der Tür stand, und trat auf den Kühlschrank zu, hinter dem sich das Tier verkrochen hatte. Sie benutzte den Stiel, um den ungebetenen Gast nach vorne zu scheuchen. Die Ratte quiekte empört und verzog sich quer durch den Raum hinter ein Regal, in dem die geräucherten Würste lagerten. Sie war weiß mit schwarzen Klecksen.

»Die ist aus der Tierhandlung!«, vermutete Brigitte.

»Was? Wie? Wieso?«

»Na, ich hab noch nie eine Hausratte mit Kuhfell gesehen. Außer gezüchtete im Laden.«

Franz schien sich zu beruhigen und nachzudenken. »Und die Kakerlaken?«, fragte er, als er drei Schaben steifbeinig über den Boden wuseln sah.

»Reptilienfutter«, erwiderte Brigitte. »Gibt's ebenfalls in der Tierhandlung. Oder im Internet.«

»Aber wie soll das gehen? Der Raum ist dicht.«

Brigitte ließ ihren Blick über die Wände schweifen. »Nicht ganz«, entgegnete sie und deutete auf das Lüftungsrohr.

Mit schnellen Schritten erreichte das Ehepaar die Öffnung. Tatsächlich fehlte der Deckel. Franz sah sich suchend um, blickte hinter die Möbel und entdeckte das runde braune Plastikteil hinter einem Regal. Es musste dort hingerollt sein. Ungläubig und fluchend rückte er das Vorratsregal zur Seite, sodass ein quietschendes Geräusch entstand. Dann bückte er sich und hob die Abdeckung auf.

»Das war ein Anschlag!«, empörte sich Brigitte, nach Luft schnappend. »Jemand will uns ausbooten!«

»Meinst du wirklich?«

»Klar, hast du schon mal eine Ratte gesehen, die ein Abdeckgitter säuberlich abmontiert?«

»Aber wer … wer sollte …«

»Mir fällt da schon jemand ein«, murmelte Brigitte grimmig.

Mittags aßen alle Händler und viele Musdorfer beim Pressler, weil der seine Wirtschaft schon am Mittwoch vor der Muswiese öffnete. Brigitte und Franz Windisch wussten also, wo sie die verdächtige Person zu suchen hatten. Mit Schwung stieß Franz die hölzerne Eingangstür auf. Der Geruch von Sauerkraut, Bratwürsten und Kessel-fleisch waberte durch den Raum und ließ Franz, ungeach-tet seines Ärgers, das Wasser im Mund zusammenlaufen.

In lockerer Runde saßen die Gäste um die Tische aus hellem Holz. Die Bierbänke im rechten Raum waren nur spärlich besetzt. Man kannte sich, denn obwohl die Leute nur einmal im Jahr zusammenkamen, taten sie dies meist ihr Leben lang. Hatte man einmal einen der begehrten Standplätze auf der Muswiese ergattert, dann behielt man ihn auch. Die wenigen Plätze, die in jedem Jahr neu verteilt wurden, waren hart umkämpft, und man musste schon sehr ungewöhnliche Waren anbieten, um eine Chance zu haben. Ein Grund, warum es kaum fremde Gesichter gab.

Einige Leute aus der Umgebung hatten sich schon eingefunden, um zu essen, diejenigen, die gerade nicht arbeiten mussten und es nicht mehr erwarten konnten, bis endlich Muswiese war. Die Anwesenden nickten dem bekannten Wirtsehepaar Windisch kurz zu und senkten wieder die Köpfe, in Gespräche vertieft. Brigitte hielt sich hinter ihrem Mann, beide blickten sich suchend um. Schnell hatten sie die Person, die sie suchten, entdeckt, sie thronte am Stammtisch mit einigen anderen Wirtsleuten. Franz fasste Brigitte bei der Hand und zog sie zum Tisch, wo Erika Böckler soeben ein Stück von einer Bratwurst abschnitt, in den Mund steckte und genüsslich kaute.

Franz wollte etwas sagen, doch seine Frau war schnel-ler. »Du warst das«, zischte sie.

Die Angesprochene kaute weiter, schluckte schließlich den Bissen hinunter, legte die Gabel beiseite und meinte: »Hallo, ihr zwei. Ich war was?«

»Ich weiß, dass du es warst«, fuhr Brigitte unbeirrt fort. »Dir hat die Konkurrenz noch nie gepasst. Wir waren dir schon immer ein Dorn im Auge, weil unsere Würste besser sind als deine. Aber dass du so niederträchtig ...«

»Jetzt mach mal halblang«, empörte sich Erika, schnitt allerdings seelenruhig noch ein Stück Wurst ab. »Was ist denn überhaupt los?«

»Was los ist?«, entgegnete Brigitte. Und dann mit erhobener Stimme: »In unserer Vorratskammer sind Ratten und Kakerlaken, und irgendwer hat den WKD vorbeigeschickt, und die machen uns jetzt die Bude dicht.« Sie war laut geworden, so laut, dass alle Anwesenden um sie herum verstummt waren und gespannt lauschten. Die Gespräche wurden zu einem heiseren Flüstern.

»Ja, so ist das. Ratten und Kakerlaken sind bei uns im Keller«, wiederholte Brigitte bestimmt.

Erika lachte auf, es klang hysterisch. »Aber Brigitte, meine Liebe, du weißt doch, wie wichtig Hygiene ist. Außerdem heißt es nicht mehr WKD, sondern Lebensmittelüberwachungsbehörde. Und ich habe gar nichts gemacht und gar niemanden geschickt.«

»Du hast die Viecher bei uns reingetan«, beharrte Brigitte.

Erika verfiel in bösartiges Gelächter und deutete mit der Hand vor dem Gesicht eine Scheibenwischerbewegung an. »Du hast ja nicht mehr alle Tassen im Schrank. Wahrscheinlich hattet ihr schon immer Viechzeugs, all die Jahre, und die Leute haben das Zeug gegessen, bah.«

»Eine von den Ratten ist gefleckt«, fuhr Brigitte in voller Lautstärke fort, sodass es erneut alle mitbekamen. Inzwischen war es allerdings so leise, dass dies gar nicht mehr nötig gewesen wäre; sämtliche Anwesenden verfolgten den Streit zwischen den beiden Frauen, man hätte eine Stecknadel fallen hören können, nur das gelegentliche Klappern und Scharren der Gabeln und Messer auf den Tellern unterbrach die Stille.

»Habt ihr schon mal eine gefleckte Hausratte gesehen?«, wandte sich Brigitte an alle und blickte sich Zustimmung heischend um. Aber die Leute zuckten nur mit den Achseln, schüttelten teilweise die Köpfe.

»Du kousch awwer net soocha, dass des die Erika wor«, tadelte Grete, die mit der Verdächtigten am Tisch saß. »Des kousch gor net wissa.«

Brigitte schob trotzig die Unterlippe nach vorne. »Doch, das weiß ich.« Und dann sagte sie, zu Erika gewandt: »Und das wirst du mir büßen, wart's ab.«

Lisa versuchte, das Messer ruhig zu halten, ganz ruhig, und rammte es schließlich tief hinein. Gelbe Flüssigkeit troff aus dem Schnitt hervor und lief links und rechts herunter. Sie benutzte den Zeigefinger ihrer linken Hand, um sie wegzuwischen. Es wurde Herbst in Hohenlohe, und da sie und Heiko jetzt in einem schönen Einfamilienhäuschen mit Garten in Tiefenbach wohnten, wollte sie ein bisschen saisonal dekorieren. Seit fast vier Jahren waren die beiden Kommissare, die auch beruflich ein Team bildeten, nun zusammen. Und Lisa hatte erst lernen müssen, mit den Hohenloher Eigenheiten klarzukommen, ursprünglich stammte sie aus Wesel in Nordrhein-Westfalen. Vor über einem Jahr waren sie nach Tiefenbach in die Siedlung nahe Crailsheim gezogen, wo Heiko und Lisa auf dem Polizeirevier arbeiteten. Und hier lebten die beiden mit Heikos Rauhaardackel Sita, Lisas rot getigertem Kater Garfield und dem Deutschen Riesenschecken Alfred, einem riesigen Stallkaninchen, das das Paar bei seinem ersten gemeinsamen Fall vom Sohn des Mordopfers geschenkt bekommen hatte.

Lisa drehte das Messer herum. Dadurch ließ es sich jedoch schwerer kontrollieren, und prompt blockierte das Messer, und Lisa schnitt sich leicht in den Zeigefinger der linken Hand. »Au«, beschwerte sie sich, betrachtete das dünne Blutrinnsal und steckte den Finger in den Mund.

Heiko kam herbeigeeilt. »Was ist?«, fragte er und sah so besorgt aus, dass Lisa lachen musste.

»Nichts, mein Bärchen, ich hab mich nur in den Finger geschnitten.«

Heiko nahm ein Stück Küchenrolle und wickelte es um die mehr oder weniger blutende Stelle. »Was machst du denn da?«, erkundigte er sich.

»Herbstdeko«, erklärte Lisa nicht ohne Stolz.

»Ich dachte Suppe«, meinte Heiko.

»Nein. Das wird eine Kürbislaterne.«

»Und warum machst du das?«

»Für die Haustür. Da kann man eine Kerze reinstellen und …«

»Ist das dein Ernst?«, vergewisserte sich Heiko.

»Aber natürlich«, gab Lisa ein bisschen beleidigt zurück.

»Also, wenn wir so was überhaupt brauchen, Gemüse mit Kerzen drin,« – was an sich schon Schwachsinn ist, fügte er in Gedanken hinzu – »dann nimmt man einen Ransch für einen Ranschagaaschd.«

»Einen was?«, wunderte sich Lisa.

»Ein Ranschagaaschd. Ein Futterrübengeist. Ein Ransch ist eine Futterrübe. Und den muss man stehlen.«

»Wir sind bei der Polizei«, protestierte Lisa.

»Oder mr fräächt ganz nett d'Nachbara danoch. Jemand, wo Hosa hat.« Heiko verfiel in den Dialekt.

»Aha«, entgegnete Lisa etwas gekränkt, immerhin hatte sie sich mit ihrem Kürbisgeist viel Mühe gegeben. Und sie würde ihn auch aufstellen, Ransch oder wie das hieß hin oder her.

Während Lisa trotzig den Kürbisgeist vor der Haustür positionierte, eine Kerze hineinsetzte, ihn super dekorativ fand und Heiko ein Kompliment abrang – er ließ sich schließlich zu einem »Hm« herab –, hatte sich in Musdorf der Nebel über die Felder gesenkt. Die Nacht war hereingebrochen, die Kühle der Luft kroch durch die Kleidung und brachte die Menschen zum Schlottern. Was heißt ›die Menschen‹, eigentlich war wieder nur eine Person unterwegs, Erika Böckler trat in die Pedale ihres schon etwas älteren, ächzenden Damenrades. Sie freute sich unbändig, dass ihr kleiner Streich geglückt war, den Windischs geschah es recht, die Biggy ging ihr schon lange auf die Nerven mit ihrem überheblichen Getue.

Wer immer konnte, blieb an diesem kühlen Herbstabend kurz vor der Muswiese zu Hause. Aber Erika Böckler hatte zu tun. Sie verließ den Ort, passierte die Reithalle und bog nach rechts in den Feldweg ein, der nach Schainbach führte. Sie war aufgeregt, die Sache war wichtig, sehr wichtig, und sie würde ein weiteres ihrer Probleme lösen, und zwar endgültig. Rechts von ihr blökten ein paar Ziegen in einem Freilauf, links war ein Stall, und dann nichts mehr, nur noch die Weite der Felder. Der Abendstern war schon aufgegangen, besiegelte das Ende des Tages, hieß die Nacht willkommen. Doch Erika schaltete ihren Dynamo nicht ein, es brauchte niemand zu sehen, wohin sie fuhr, und sie hatte es ohnehin nicht weit. Der Weg führte sie vorbei an Rübenäckern, Leguminosen und an einem letzten Maisfeld für Biogas, dessen vertrocknete Pflanzen wie Messer in den Nachthimmel stachen. Hinten links drehten sich lautlos die beiden Windräder, die auf freiem Feld Richtung Schainbach standen, in der kalten Nachtluft, sie wirkten wie Riesen aus einer anderen Welt.

Schließlich kam ihr Ziel in Sichtweite, ein paar Hainbuchen standen dort, und sie näherte sich stetig, vorbei an einigen Hecken und brachliegenden Äckern. Endlich erreichte sie die kleine Kurve und stellte das Fahrrad an dem ehemals weißen rostigen Geländer ab. Unter ihr plätscherte der Seebach in Richtung Rot am See, auf der anderen Seite der Brücke, über die der Feldweg führte, lag seine Quelle. Sie drehte sich um und blickte auf das Becken in der Größe eines Gartenteiches, an dessen rechten oberen Rand Wasser aus der Erde sprudelte. Schon immer hatte die Quelle sie fasziniert, sie hatte etwas Mystisches, Unheimliches, Geheimnisvolles.

Erika betrat die Wiese neben dem Feldweg, umrundete das Gewässer und ging an der Tafel mit der Wanderkarte vorbei. Soeben wandte sie sich dem Brunnen zu, um den Umschlag dort abzulegen, bevor die Person eintraf, mit der sie verabredet war, als sie einen Stich im Nacken spürte, der solche Schmerzen verursachte, wie sie sie noch niemals in ihrem Leben gespürt hatte. Sie wollte die Arme heben, um die brennende Stelle zu ertasten, merkte jedoch irritiert, dass sie sich nicht bewegen konnte, dass sie gelähmt war. Ungläubig registrierte sie, dass sie gepackt und unsanft an den Schultern durchs Gras geschleift wurde. Ihre Augen wanderten umher, suchten die Person, die sie mit festem Griff über den Boden zerrte. Aber sie konnte sie nicht entdecken, konnte den

Kopf nicht drehen. Ebenso wenig konnte sie sprechen, schreien, um Hilfe rufen. Entsetzt stellte Erika Böckler fest, dass sie ausgeliefert war, sie war nicht in der Lage, sich zu wehren.

Ihre Bewegungsfähigkeit setzte erst wieder ein, als ihr Angreifer sie mit dem Kopf voran in das eiskalte Quellwasser tauchte, sie schlug wild mit den Armen um sich, ihre Hände krallten sich in den Schlamm bei dem verzweifelten Versuch, sich hochzustemmen, aber unerbittlich drückte ihr Mörder so lange zu, bis das letzte bisschen Atemluft aus ihren japsenden Lungen entwichen war.

DONNERSTAG
VOR DER MUSWIESE

Ludwig Böckler erwachte und bemerkte sofort, dass etwas anders war. Ungewohnt. Er war allein. Das war er seit 28 Jahren nicht mehr gewesen, morgens, beim Aufwachen. Jeden Tag hatte sie neben ihm gelegen, seine Erika. Aber heute nicht. Ob sie schon aufgestanden war?

Er schlüpfte in seine Schuhe, die stets vor dem Bett bereitstanden, und erhob sich umständlich. »Erika?«, rief er, und seine Stimme verhallte seltsam hohl im Raum. Ein unbestimmtes Gefühl bemächtigte sich seiner, doch er wischte es mit einem Kopfschütteln beiseite. Sicher werkelte sie bereits irgendwo auf dem Hof.

Er sah zuerst in der Küche nach, anschließend im Bad und in allen weiteren Zimmern, im Hof und zuletzt sogar im Schweinestall. Seine Frau blieb verschwunden. Endlich versuchte er es mit klopfendem Herzen auf ihrem Handy. »Grüß Gott, hier ist die Erika. Bitte sprich nach dem Signalton«, hörte er, und dann: »Piep.« Das Mobiltelefon war aus. Er versuchte es ein zweites, ein drittes, ein viertes und fünftes Mal, immer mit demselben Ergebnis. Aus.

Schließlich ging er zurück ins Haus zum Festnetztelefon und rief alle Leute im Ort an, ob sie wüssten, wo die Erika sei. Niemand hatte sie gesehen. Langsam beschlich ihn der Gedanke, dass sie ihm abgehauen sein könnte, einfach auf und davon. Er stürzte ins Schlafzimmer und riss ihren Kleiderschrank auf, mittlerweile panisch, aber nein, alles lag an seinem Platz, auch ihr einziger Trolley war noch da, lag an seinem Platz oben auf dem Schrank. Nein, das würde sie niemals tun, nicht nach 28 Jahren Ehe, nicht jetzt, nicht vor der Muswiese, sie liebte ihn doch. Er schüttelte den Kopf. Ludwig Böckler zog sich an, setzte sich in seine Mercedes-S-Klasse und fuhr los.

Heiko und Lisa saßen beim Frühstück. Sita, Heikos Rauhaardackel, den er vor langer Zeit aus dem Tierheim geholt hatte, bellte aufmunternd, weil sie ein Stück Gsälzbrot haben wollte. Heiko blätterte im »Hohenloher Tagblatt« – er studierte den Regionalteil, während Lisa sich das Feuilleton geschnappt hatte. Daran war er sowieso mäßig bis gar nicht interessiert, für den echten Hohenloher waren die Nachrichten aus der Region das Wichtigste in der Zeitung.

»Muswiese beginnt am Samstag«, las Heiko und betrachtete das Bild eines Händlers, der euphorisch einen Gürtel in die Kamera des Zeitungsfotografen hielt.

»Tatsächlich«, erwiderte Lisa. »Da sollten wir irgendwann hin.«

Heiko schnaubte. »Wie, irgendwann? Du willst doch nicht nur einmal hin, oder?«

Lisa ließ die Zeitung sinken. Gerade erst hatten sie das Fränkische Volksfest gefeiert, schon stand also das nächste Großereignis vor der Tür. Für Nichthohenloher wie Lisa war die Muswiese ein etwas seltsam sortierter Krämermarkt, auf dem es zwar schönen Silberschmuck und ausgefallene Handtaschen gab, jedoch ebenso unsagbar hässliche Kittelschürzen, Unmengen Landmaschinen und Stallanlagen aller Art. Außerdem verzehrten die rund

250.000 Gäste der Muswiese tonnenweise Fleisch, fuhren mit dem kleinen Riesenrad und deckten sich mit Stallbedarf ein. Lisa hegte den Verdacht, dass einige Jungbauern die Muswiese auch heute noch allen Ernstes als Heiratsmarkt ansahen. Immerhin, shoppen konnte man gut, zwischen all den Kuriositäten und Männersachen wurden viele schöne Dinge angeboten, vor allem Dekoartikel.

»Das ist doch das mit den vielen Ständen? Wo man so gut einkaufen kann, nicht? Bei Rot am See«, vergewisserte sich Lisa.

Heiko seufzte. Das hatte sie sich natürlich gemerkt. Dabei war die Muswiese viel mehr. Gut essen, gut und viel trinken, Leute treffen, auch solche, die man nur auf der Muswiese sieht. Vielleicht könnte man die Ausstellung anschauen. Und Maroni essen, aus dem Kanonenofen. Heiko dachte soeben an den leckeren Geschmack der Esskastanien, als sein Handy klingelte.

Es war ein typischer Herbstmorgen, einer, bei dem die schon harte, fast gefrorene Erde unter den Füßen von einer leicht schmierigen Matschschicht bedeckt war, tückisch genug, dass man darauf ausrutschen konnte. Die Luft war kalt, und der Atem bildete kleine Wölkchen vor dem Mund. Lisa und Heiko waren nach Musdorf bestellt worden, das heißt, nicht nach Musdorf direkt. Vielmehr an den Feldweg, der die Dörfer Musdorf und Schainbach miteinander verband. Ein idyllischer Ort, ein paar Bäume säumten den Seebach, der hier entsprang. Die Kommissare standen mitten auf einer Wiese vor der Quelle. Es hätte romantischer nicht sein können, hätte nicht neben dem kleinen Teich, der den Wassersprudel aus der Erde umgab, eine nicht allzu große, durchnässte Frau im feuchten Gras gelegen. Die unbedeckten Stellen der Haut waren fahlweiß und aufgedunsen.

Heiko vermied es, der Leiche genauer ins Gesicht zu sehen, er hatte bereits beim ersten Blick das Entsetzen in ihren erstarrten Zügen entdeckt. Um die Kommissare herum wuselten die Männer von der Spurensicherung, die bei Tötungsdelikten extra aus Schwäbisch Hall anreisten. Natürlich hatte sich die Crailsheimer Spurensicherung auch am Tatort eingefunden – Uwe. Uwes Glatze war unter der Haube des weißen Plastikanzugs verschwunden, und er starrte wild entschlossen auf das Opfer.

»Und, weiß man schon was?«, fragte Heiko.

Unwillig löste Uwe seinen analytischen Blick von der Toten. »Erika Böckler. Sie ist ertrunken.«

»Na, das ist ja mal eine Überraschung«, ließ Lisa verlauten und zwinkerte ihrem Kollegen von der Spurensicherung zu. Sie hatte die Arme um den Körper geschlungen, denn ihr Mantel war definitiv zu dünn. Sie würde sich einen neuen kaufen müssen. Einen, der zwar noch nicht für den Winter geeignet war, durchaus aber für den Herbst – für den Hohenloher Herbst, um genau zu sein. Oder eine schicke Jacke. Sie würde sich auf der Muswiese umsehen.

»Und wie ist sie in der Quelle gelandet?«, wollte Heiko wissen.

»Vielleicht ist sie ausgerutscht, auf einen Stein geknallt, bewusstlos geworden und ertrunken«, schlug Lisa vor.

Uwe zuckte mit den Achseln. »Das wird die Obduktion letztlich klären müssen. Allerdings wäre ihre Körperposition in diesem Fall eher eine andere.«

»Wie meinst du das?«

»Sie lag mit dem Gesicht nach unten im Wasser. Stellen

wir uns vor, sie rutscht aus, fällt mit dem Kopf auf einen Stein und verliert das Bewusstsein. Dann müsste sie auf dem Rücken liegen bleiben.«

»Sehr scharfsinnig, Columbo!«, witzelte Lisa.

»Also kein Unfall«, stellte Heiko fest.

»Wohl nicht.«

»Hat sie sich gewehrt?«, forschte der Kommissar weiter.

Sein Kollege nickte. »Unter den Fingernägeln befindet sich Dreck, und sie sind aufgerissen. Wenn wir Glück haben, ist die DNA des Täters unter den Nägeln.«

»Und wer hat die Frau gefunden?«, erkundigte sich Lisa.

»Ihr Mann, Ludwig Böckler. Das ist natürlich suboptimal«, meinte Uwe und wies auf den Krankenwagen, der etwas abseits geparkt hatte. »Der ist ziemlich durch den Wind, es ist fraglich, ob ihr den jetzt schon ausquetschen könnt.«

»Weißt du schon den Todeszeitpunkt?«

»Zwischen elf und eins gestern Abend, würde ich sagen. Näheres muss die Obduktion klären.«

»Irgendwelche Spuren?«, wollte Lisa wissen und präzisierte gleich: »Ich meine Fußspuren.«

Uwe kratzte sich am Kopf. »Ja, das ist das Komische. Eigentlich müssen in diesem Matsch Spuren gut zu sehen sein. Und es gibt sie auch tatsächlich – allerdings nur vom Opfer.«

»Ach was«, wunderte sich Heiko. »Der Täter ist also geflogen?«

»Es gibt durchaus noch andere, aber die sind sehr diffus.« Uwe schürzte die Lippen, es wirkte tadelnd.

»Wie, diffus?«, hakte Heiko nach.

Ohne ein Wort zu erwidern, führte der Kollege die beiden Kommissare zu einem Abdruck, an dem eine Nummerntafel postiert war und der soeben von einem der Haller Spurensicherer fotografiert wurde.

»Das sieht irgendwie … verwischt aus«, stellte Heiko irritiert fest.

»Als wäre der Täter strümpfig hier rumgerannt. Und wer weiß, ob die Spuren überhaupt vom Täter stammen«, gab Uwe zu bedenken.

»Kann man an der Tiefe des Abdrucks irgendwas über das Gewicht der Person aussagen? Oder über die Schuhgröße?«, insistierte Lisa.

Uwe schüttelte den Kopf. »Keine Chance. Der Matsch ist so fein, wenn da keine Bilderbuchprofilsohle reintritt, sprotzt das nach allen Seiten unkontrolliert weg.«

»Hm …« Heiko blickte nachdenklich auf die Leiche. Das würde schwierig werden, sehr, sehr schwierig.

Heiko zündete sich eine Zigarette an. Sein Blick wanderte zu dem Häuflein Elend, das im Krankenwagen saß. Der Mann weinte hemmungslos, seine Schultern hüpften unkontrolliert auf und ab. Heiko atmete den Rauch tief ein. Eine Leiche zu finden, war immer hart. Lisa legte ihm eine Hand auf den Rücken und schimpfte diesmal nicht wegen der Zigarette. Gemeinsam sahen sie zu, wie die Frau mit einem Tuch bedeckt wurde.

Ein Bulldog näherte sich donnernd, verlangsamte das Tempo, bis er fast zum Stehen kam, beschleunigte endlich und brauste scheppernd vorbei. Heiko hatte registriert, wie der Fahrer neugierig den Tatort taxiert hatte. Der Fall würde sich schnell herumsprechen, und dann wäre hier der Teufel los, die Leute würden einen Vorwand finden, warum sie ausgerechnet heute nach Schainbach mussten, auf gerade diesem Feldweg. Heiko seufzte.

Er winkte einen der Sanitäter heran, die sich um den Ehemann des Opfers kümmerten.

Der schlanke Rothaarige mit auffälligem Ziegenbart und stechend blauen Augen kam auf ihn zu und hob fragend die Augenbrauen. »Kou ii eich helfa?«

Heiko nahm einen letzten Zug, bevor er die Zigarette unter seinem Schuh zertrat, was auf dem feuchten Boden ein schmatzend-zischendes Geräusch verursachte. »Wüst und Luft, Kriminalpolizei«, stellte er Lisa und sich vor.

»Neumaier, ougneehm.«

»Der Mann ist ziemlich durch den Wind, was?«, begann Lisa.

Der Sanitäter nickte. »Des kou mr sou soocha. Is ja ko Wunder, is ja sei Fraa.«

Lisa musste sich immer noch konzentrieren, um Hohenlohisch zu verstehen, aber mittlerweile hatte sie Übung darin.

»Hat er schon was gesagt?«, fuhr Heiko fort.

Neumaier hob die Schultern und schwenkte auf Hochdeutsch um, wohl weil er Lisas angestrengten Gesichtsausdruck bemerkt hatte. »Nur, dass sie nicht da war, als er heute Morgen aufgewacht ist. Und dass er sie dann suchen gegangen ist.«

»Hm«, machte Heiko und dachte nach. »Und wieso hat er hier angefangen?«

»Zuerst hat er im Dorf gefragt und bei den Händlern. Danach ist er mit dem Auto rumgefahren und hat ihr Fahrrad entdeckt.« Der Sanitäter zeigte auf das Gefährt, das an dem rostigen Geländer der Brücke lehnte, die über den Seebach führte.

»Aha«, entfuhr es Lisa, dankbar, dass der Mann zu

Hochdeutsch gewechselt hatte. »Bei welchen Händlern hat er sich erkundigt?«

»Die bauen doch schon die Muswies auf«, half Heiko. »Waasch du des net, des is ja a Schand.«

»Ach, die sind schon da?«, wunderte sich Lisa.

»Aber klar doch!«

»Wir haben seine Kinder angerufen, damit die sich um ihn kümmern«, warf Neumaier ein.

»Kommen die her?«, wollte Heiko wissen.

Sein Gegenüber nickte. »Zwei, einen Sohn hat der Mann nicht erreicht. Aber die beiden anderen Kinder müssten jeden Augenblick auftauchen. Metzgereifachverkäuferin, und der zweite Sohn macht den Hof. Die wohnen alle bei ihren Alten auf dem Hof, sind aber grad in Crailsheim und Blaufelden.«

Zehn Minuten später erschien der Bestatter mit einer großen, unförmigen Kombi-Limousine. Unterdessen passierten trotz des unwirtlichen Wetters und der eigentlich belanglosen Strecke immer mehr Mopeds und Fahrräder den Feldweg, einige Leute fielen vor lauter Starren fast von ihrem Gefährt. Die Autos bremsten deutlich ab und ihre Besitzer stierten mindestens ebenso angestrengt. Heiko zweifelte nicht im Geringsten daran, dass keiner der Schaulustigen wirklich in Schainbach zu tun hatte, sondern dass sie alle unmittelbar im Anschluss den kurzen Schlenker über Rot am See zurück nach Musdorf fahren würden. Man musste schließlich Bescheid wissen. Niemand hielt allerdings an und fragte direkt, denn das wäre ja nun wirklich unhöflich gewesen.

Schließlich tauchten zwei Wagen auf, ein lilafarbener Twingo und ein älterer 3er-BMW, die beide am Wegrand parkten. Ihnen entstiegen eine Frau und ein Mann, die sofort zum Krankenwagen eilten und den Mann des Opfers umarmten. Das mussten zwei der Kinder von Erika Böckler sein.

Lisa und Heiko gesellten sich zu den Hinterbliebenen. »Wüst und Luft, Kriminalpolizei«, stellte Heiko vor und schüttelte den jungen Leuten die Hand.

Beide schienen um die 30 Jahre alt zu sein. Die Frau war dunkelblond und trug die Haare zum Pferdeschwanz gebunden. Ihre grünbrauen Augen wirkten sanft, sie war recht schlank und trug einen Wollmantel über den Jeans. Ihr Bruder hatte lichtes Haar, dunkler, und die typische Birnenfigur schmaler Männer, die gerne ab und zu ein Bier tranken. Er steckte in einem Blaumann und trug darüber einen Anorak. Gemeinsam traten sie auf die Kommissare zu und machten mit den Händen ein Zeichen, sich von Ludwig Böckler ein paar Meter zu entfernen.

Die Frau sprach als Erste. »Ich bin die Fabienne Böckler. Mein Vater braucht noch etwas Ruhe.«

»Und ich heiße Jörg Böckler«, ergänzte der Mann.

Lisa warf einen Blick auf den Vater, der zwar zu weinen aufgehört hatte, jetzt allerdings etwas abseits saß und vollkommen apathisch wirkte. »Meine aufrichtige Anteilnahme«, sagte Lisa, und Heiko murmelte: »Herzliches Beileid.«

Die Kinder wirkten seltsam gefasst. Womöglich jedoch nur, weil sie die Leiche ihrer Mutter noch nicht gesehen hatten und ihren Tod noch gar nicht realisierten. Die Trauer würde sich schon noch einstellen, später.

»Ihre Mutter wurde hier aufgefunden«, bemühte sich Heiko um einen sachlichen Ton. »Und nun … müssen wir wissen, ob sie vielleicht Feinde hatte?«

»Sie denken, sie wurde ermordet?«, wunderte sich Fabienne Böckler.

»Ich dachte, sie sei gestürzt und ertrunken?«, hakte ihr Bruder nach.

»Woher haben Sie das denn gehört?«, erkundigte sich Heiko.

»Na, vom Vatter.«

Lisa schaute erstaunt zu dem frischgebackenen Witwer.

»Er hat uns angerufen. Erst den Notarzt und dann uns«, erläuterte Jörg Böckler.

»Wir sind uns nicht sicher«, erklärte Lisa. »Es ist noch zu früh, um etwas Definitives zu sagen. Aber es könnte durchaus ein unnatürlicher Tod gewesen sein.«

»Sie meinen wirklich, sie wurde umgebracht?«, entsetzte sich der Sohn.

»Möglich«, bestätigte Heiko. »Also, kennen Sie jemanden, der ein Problem mit Ihrer Mutter hatte?«

Der junge Mann fasste sich an die schütteren Haare und stieß scharf die Luft aus. »Puh, ich weiß nicht. Eigentlich nicht.«

»Na, da gab es doch diese Geschichte, beim Pressler, erst gestern«, warf die Tochter ein. »Das hat sie mir noch erzählt.«

»Was für eine Geschichte?«, fragte Heiko.

»Wo?«, schob Lisa hinterher.

»Der Pressler ist einer der Muswiesenwirte«, erklärte Heiko. »Und der macht seine Wirtschaft schon ein paar Tage vor der Muswiese auf und verköstigt die Händler und all diejenigen, die es nicht mehr abwarten können.«

»Die Brigitte ist gestern beim Pressler jedenfalls wie eine Furie auf meine Mutter los und hat behauptet, sie hätte ihr und ihrem Mann Ratten und Kakerlaken in den Vorratsraum gekippt«, fuhr Fabienne Böckler fort.

»Ja, und?«, forderte Heiko die Tochter auf weiterzuerzählen.

»Na, und dann den WKD angerufen. Und die haben den Windischs für die kommende Muswiese die Schanklizenz entzogen.«

»Das ist … bitter, oder?«, vermutete Lisa.

»Schon. Und meine Mutter hatte wirklich ihre Mucken. Aber so was macht die nicht. So ein Schwachsinn.« Sie tippte sich energisch an die Stirn.

»Wenn allerdings das Ehepaar Windisch dieser Überzeugung war, dann …«

Lisa unterbrach Heiko: »… sollten wir uns die Leute mal näher anschauen.«

»Denken Sie, wir können Ihren Vater befragen?«

Fabienne Böckler musterte ihn und wiegte den Kopf. »Ist es okay, wenn ihr nachher bei uns vorbeikommt? Ich denke, dass er gerade nicht wirklich dazu in der Lage ist.«

Lisa nickte, sie sah das genauso.

»Also, dann gehen wir jetzt zuerst zu den Windischs und statten euch später einen Besuch ab«, legte Heiko fest. Sie ließen sich die Adresse der Böcklers geben, gingen zurück zum Wagen und machten sich auf den Weg.

Sie klingelten an der Tür eines Wohnhauses auf einem Bauernhof, wie es sie in Musdorf so viele gab. Der kleine Ort hatte viele Höfe, und fast alle von ihnen bewirteten an der Muswiese, dem ältesten und traditionsreichsten Jahrmarkt Hohenlohes.

Die Kommissare hörten schnelle, beschwingte Schritte, und endlich öffnete eine zierliche Frau um die 50, die Jeans und einen etwas ausgeleierten lilafarbenen Pullover trug. Das dunkle Haar war kurz geschnitten, allerdings nicht besonders gestylt.

»Ja?«, fragte sie und hielt die Tür fest, offenbar bereit, sie gleich wieder ins Schloss zu ziehen, falls sie ungebetene Gäste wären.

»Wüst und Luft von der Kriminalpolizei …«, begann Heiko.

»Ach, Sie kommen wegen der Sache mit der Nase. Mein Mann hat da ein bisschen überreagiert …«, warf die Frau ein und rief sofort nach hinten: »Franz?«

Heiko schüttelte den Kopf. »Nein, es geht wohl um etwas anderes. Dürfen wir hereinkommen?«

»Aber bitte«, murmelte die Frau und trat verdutzt beiseite.

Die kleine Wohnküche befand sich im ersten Stock des Gebäudes, und bald saßen das Ehepaar Windisch und die Kommissare am hellen, massiven Holztisch auf einer Eckbank. Die eigentliche Küche war abgeteilt und wirkte antiquiert. Etwas zu trinken hatten Heiko und Lisa dankend abgelehnt.

»Also, Herr und Frau Windisch«, setzte Heiko an. »Es ist nämlich so: Die Frau Böckler wurde heute Morgen tot aufgefunden.«

Brigitte Windisch entfuhr ein Laut des Entsetzens, und sie hielt die Hände vor den geöffneten Mund. »Tot?«, stammelte sie.

Die Miene ihres Mannes blieb hingegen undeutbar, er verschränkte die Arme fest vor der Brust, als wolle er diese Haltung nie wieder aufgeben.

»Sie wurde vermutlich ermordet«, erläuterte Lisa.

»Aber das ist ja furchtbar!«, flüsterte die Frau und schüttelte den Kopf.

Lisa nickte.

»Uns ist natürlich zu Ohren gekommen, dass Sie mit der Frau Böckler gestern einen Streit hatten«, fuhr Heiko fort.

»Na, Streit ist gut«, schaltete sich Franz Windisch ein. »Die hat uns die diesjährige Muswies versaut.«

»Wie meinen Sie das?«

Der Mann löste sich nun doch aus seiner krampfartigen Erstarrung und legte die Arme auf den Tisch, faltete die von harter Arbeit schwieligen Hände wie zum Gebet. »Die Erika war schon lange neidisch, weil unsere Muswiesenwirtschaft besser gelaufen ist als ihre. Und da hat sie sich wohl gedacht, dass sie uns dieses Jahr lieber ausschaltet.«

»Inwiefern?«, hakte Lisa nach.

»Sie hat sich nachts von außen an unseren Vorratskeller rangeschlichen und durch das Rohr Ratten und Kakerlaken reingekippt. Und dann den WKD angerufen.«

»Sie meinen die Lebensmittelüberwachungsbehörde«, korrigierte Lisa.

»Jedenfalls diese Korinthenkacker. Und die sind prompt auf der Matte gestanden und haben uns den Laden dichtgemacht.«

»Wie kommen Sie darauf, dass Frau Böckler hinter der Sache steckt? Und, mit Verlaub, vielleicht ist Ihnen mit den Tieren einfach ein Missgeschick passiert?«, versuchte Lisa.

»Jetzt passen Sie mal auf, junge Dame«, protestierte Windisch und erhob bedeutungsvoll den Zeigefinger. »In meinen 30 Jahren, in denen ich den Hof leite und Muswiesenwirt bin, hatte ich noch nicht einmal ein winzig kleines Käferlein in meinem Keller, dafür lege ich die Hand ins Feuer.«

»Aber woher wollen Sie wissen, dass Erika Böckler für das Ungeziefer verantwortlich war?«, fragte Heiko nach.

»Nur die hat so viel Bosheit im Leib, dass sie auf so eine Idee kommt«, zischte der Mann.

»Franz«, tadelte seine Frau. »Die arme Erika. Die ist grade gestorben.«

»Na und? Das macht sie wohl kaum zu einem besseren Menschen.«

»Und kann es nicht doch sein, dass …«, schlug Lisa vor, wurde jedoch rüde von Windisch unterbrochen.

»Nein, kann es nicht. Eine von den Ratten ist nämlich gefleckt.«

»Wie, gefleckt?«

»Na, aus der Tierhandlung.«

»Hm«, machte Heiko und dachte bei sich, dass der Verdacht in dem Fall schon irgendwie berechtigt war.

»Sie haben vorhin … so eine Sache angedeutet?«, nahm Lisa den Faden wieder auf.

Franz Windisch verschränkte erneut die Arme und schwieg wieder eisern.

»Das finden die sowieso raus, Franz«, meinte die Frau und legte ihm begütigend die Hand auf den Arm. »Wissen Sie, der Mensch vom WKD gestern Morgen war recht unverschämt, und da ist meinem Mann die Hand ausgerutscht, womöglich hat er dem Armen die Nase gebrochen.«

Heiko unterdrückte ein Grinsen. Die wütende Dynamik eines aufgebrachten Hohenlohers war nicht zu unterschätzen.

Lisa hingegen sog scharf die Luft ein. »Rutscht Ihnen denn öfters die Hand aus, Herr Windisch?«, erkundigte sie sich in einem tadelnden Ton.

»Nein. Nur bei solchen. Sie hätten hören sollen, wie der dumm rausgschwätzt hat.«

»Gewalt ist dennoch keine Lösung«, fuhr Lisa belehrend fort.

»Sicher nicht«, stimmte Frau Windisch zu und hoffte offenbar, dass ihr Mann nicht noch einmal aufmuckte. »Nicht wahr, Franz?«

Franz Windisch fuhr sich mit der Hand durch das schüttere Haupthaar und brummte Unbestimmtes.

»Die Verluste sind sicherlich hoch, weil Sie nicht an der Muswiese mitmachen können, oder?«, wechselte Lisa das Thema.

Nun schnaubte der Mann. »Was denken Sie! Drei Viertel meines Schweinestalls liegen unten in Folie eingeschweißt im Kühlschrank, und der WKD sagt, ich muss alles wegschmeißen. Ganz zu schweigen von meinem Ruf.«

»Hm«, brummte Heiko zustimmend. »Sie waren also sehr wütend auf die Frau Böckler.«

Die Miene des Mannes gefror. »Ach so«, rief er, »jetzt wollt ihr mir auch noch einen Mord anhängen, na prima, dann kann ich mich ja gleich aufhängen!«

»Franz!«, entfuhr es Brigitte Windisch. »Sag doch so was nicht.«

»Wo waren Sie gestern Abend?«, fuhr Heiko unbeirrt fort.

»Wo soll ich gewesen sein. Ich war mit meiner Frau den ganzen Abend hier. Wir haben ferngesehen, weil die Muswiese ja eh gestorben ist. Und auf dem Hof gibt's grad außer die restlichen Schweine füttern nicht viel zu tun. Es war alles fertig für die Muswies.«

»Haben Sie denn Zeugen dafür, dass Sie zu Hause waren?«, fragte Lisa.

»Zeugen? Nein. Vielleicht den Jauchen Günther. Aber der wird womöglich nicht als Zeuge zählen. Sonst waren wir allein«, antwortete Brigitte Windisch.

Eine Pause entstand, in der nur das Vorrücken des Sekundenzeigers auf der altmodischen emaillierten Küchenuhr zu hören war.

»Wenn wir beweisen können, dass uns die Böcklerin das Ungeziefer in den Keller gekippt hat, kriegen wir dann eigentlich Schadenersatz?«, unterbrach Franz Windisch endlich die Stille.

Heiko schürzte die Lippen. »Nun, ich weiß nicht, da müssten Sie sich bei einem Anwalt erkundigen. Überlassen Sie allerdings bitte alle Ermittlungen der Polizei.«

Franz Windisch lachte auf. »Geht klar.«

»Und, was hältst du von den beiden?«, erkundigte sich Lisa, als sie draußen auf der Straße waren.

Heiko zuckte mit den Achseln. »Ein Motiv hätten sie. Andererseits wirken sie auf mich nicht grad wie blutrünstige Mörder.«

»Der Typ hat dem Mann von der Lebensmittelüberwachungsbehörde die Nase gebrochen!«, entrüstete sich Lisa.

»Also na ja, wenn der auch so blöd rausschwätzt!«, relativierte Heiko. »Des kann ich schon verstehen, dass des den aufgeregt hat.«

»Kein Grund, Gewalt anzuwenden«, hielt Lisa dagegen.

»Natürlich nicht«, stimmte Heiko halbherzig zu.

Sein Feuerzeug klickte, weil er eine Zigarette ansteckte. Rot flammte die Spitze auf, während er daran zog. Lisa wedelte vorwurfsvoll mit der Hand, als er ausatmete und sich der Rauch in der Herbstluft kräuselte.

»Und was machen wir jetzt?«, fragte sie.

»Wir schauen uns die Familie genauer an«, bestimmte Heiko.

Der Hof der Familie Böckler war adrett, ein malerischer Bauerngarten mit letzten Astern und Dahlien schmückte ihn zur Straße hin. Die Kommissare liefen die Einfahrt zum Wohnhaus hoch, dessen unteres Stockwerk noch ein uraltes Fachwerk war. Heiko klingelte, und es ertönte ein altmodisches Schrillen. Die Haustür war leicht, anders, als man es gewohnt war, offenbar stammte sie noch aus einer Zeit, in der man sich noch nicht vor Einbrechern fürchten musste.

Als sie aufschwang, stand eine junge Frau vor ihnen, die sie noch nicht kannten und deren halblanges blondes Haar ihr in sanften Wellen über die Schultern fiel. »Ja?«, sagte sie, und es klang etwas genervt.

Heiko bemerkte, dass sie eine recht tiefe Stimme hatte. »Wüst und Luft von der Kriminalpolizei.«

Die blauen Augen verengten sich zu schmalen Schlitzen, musterten das Ermittlerteam. »Ach, ihr seid aber schnell«, meinte die junge Frau, bevor sie ihnen die Hand hinstreckte. Ihr Händedruck war kräftig und bestimmt. »Ist das nötig, dass ihr jetzt schon kommt? Mein Schwiegervater ist ziemlich durch den Wind …«

Heiko konnte nicht umhin zu bemerken, dass offenbar nur der Schwiegervater durch den Wind war, die anderen womöglich weniger.

»Leider müssen wir sofort mit den Ermittlungen anfangen. Und Sie sind …?«, schaltete sich Lisa ein.

»Melanie Böckler. Ich bin die Frau vom Jörg«, erklärte die Frau und seufzte. »Na, dann kommen Sie mal mit.«

Die ganze Familie hatte sich im Wohnzimmer versammelt. In einem abgeschabten Samtsessel mit braun-apri-kosenfarbenem Blumenmuster saß der Mann des Opfers, allerdings nicht gemütlich-lümmelnd, wie es zum Sessel gepasst hätte, sondern vornübergebeugt, das Gesicht in den Händen verborgen. Neben ihm stand seine Tochter Fabienne und streichelte ihm beständig den Rücken. Auf dem Dreisitzer der passenden Sofagarnitur saß Jörg Böckler, seine Frau Melanie setzte sich neben ihn. Auffällig war ein Käfig mit einem einzelnen grünen Wellensittich in der Ecke des Raumes. Der Käfig wirkte zu klein für das bekümmert wirkende Tier.

Der Sohn war in ein Telefonat mit einem relativ modernen Smartphone vertieft, als die Kommissare eintraten. »… nein, sofort musst du kommen. Ja, die Mutter ist tot. Nein, kein Scheiß. Würde ich nie tun. Dann is ja gut. Schau halt ab und zu aufs Handy. Weil wenn was is. Bis dann.«

Heiko und Lisa nickten grüßend in die Runde. Heiko entdeckte ein altes Büffet, das mit Souvenirs aus aller Welt, Schnapsgläschen, diversen Glasschälchen und Kristall-aschenbechern geradezu vollgestopft war. So hatten die Büffets bei den Omas in den 80er-Jahren ausgesehen. Bei seiner zumindest, die in Cröffelbach wohnte, schaute es genau genommen immer noch so aus.

»Mit wem haben Sie telefoniert?«, erkundigte sich Lisa freundlich.

»Mit meinem Bruder. Dem Johann. Der war grad beim Futtermittelhändler Majewski in Hummelsweiler und hatte kein Netz. Er ist unterwegs.«

»So«, kommentierte Heiko knapp.

Ludwig Böckler schniefte, putzte sich umständlich die Nase und setzte sich etwas aufrechter hin.

»Können Sie reden, Herr Böckler?«, erkundigte sich Lisa mitfühlend.

Der Mann schwieg erst, nickte aber endlich.

»Also«, begann Heiko, sich räuspernd, »wir waren beim Ehepaar Windisch …«

Der Sohn sog scharf Luft ein. »Wie eine Furie ist die Windisch gestern in den Pressler reingestürmt und hat meiner Mutter unterstellt, ihnen Viechzeugs in den Keller gekippt zu haben. Meine Schwester hat es Ihnen ja schon erzählt!«

»Wie kommt Frau Windisch denn darauf?«, hakte Lisa nach, mit einem Auge auf dem Mann von Erika Böckler.

Doch es war erneut der Sohn, der einwarf: »Keine Ahnung. Wenn die nicht reinlich sind und in ihrem Keller nicht aufpassen …«

»Der Herr Windisch sagt allerdings, dass das Ratten aus der Tierhandlung gewesen seien. Es seien nämlich gefleckte dabei gewesen«, gab Heiko zu bedenken.

Jörg Böckler schnalzte mit der Zunge. »Na und? Meine Mutter war das jedenfalls nicht. Die tut so etwas nicht.«

Schweigen entstand. Der Wellensittich in der Ecke begann plötzlich zu trällern, was alle Anwesenden aus ihren Gedanken riss.

»Völlig unerheblich, ob sie es war oder nicht«, nahm Lisa endlich den Gesprächsfaden wieder auf. »Wenn das Ehepaar Windisch *glaubt*, dass Ihre Mutter …«

»Ach, was die glauben«, unterbrach der Sohn und machte eine abfällige Handbewegung.

»Es wäre ein Motiv«, vollendete Heiko.

Wieder Schweigen, wieder der Wellensittich: »Tirilirili.«

»Fällt Ihnen noch jemand ein, der ein Problem mit Ihrer Mutter gehabt haben könnte?«, fuhr Lisa an Fabienne und Jörg Böckler gewandt fort.

In diesem Moment wurde die Glastür zum Wohnzimmer zaghaft geöffnet. Sie gab schließlich den Blick auf einen schmächtigen jungen Mann frei, kaum 1,70 groß, Anfang 20, mit schmalen Schultern und dunklem Haar. Das Auffälligste an seinem länglichen Gesicht war die zu große Nase, die seiner ansonsten mädchenhaften Erscheinung etwas Maskulines verlieh. Er musterte kurz die Runde mit klugen, eng zusammenstehenden Augen, die unter relativ buschigen Brauen hervorstachen.

»Es stimmt also?«, meinte er mit einer Stimme, die tiefer war, als man der zierlichen Gestalt zugetraut hätte. »Die Mutter ist tot?« Seine Mundwinkel zuckten, wohl vor Trauer, die ihn überkam.

Heiko erhob sich. »Leider, ja. Sie sind …?«

»Johann Böckler«, stellte sich der Mann vor und setzte sich neben seinen Bruder auf den letzten verbliebenen Platz des Dreisitzers, die Hände erwartungsvoll im Schoß gefaltet.

»Wüst und Luft von der Kriminalpolizei«, informierte Heiko.

»Was ist passiert?«, fragte der jüngere Sohn des Opfers.

»Sie wurde an der Seebach-Quelle aufgefunden«, erklärte Lisa und vermied es, die genauen Todesumstände zu erläutern.

Wieder ein Zwitschern aus der Ecke, ein »Tirili«.

»War es ein Unfall?«, hakte Johann Böckler nach, geradezu hoffnungsvoll. Natürlich, eine Gewalttat war schwerer zu ertragen als ein Unfall.

»Mit aller Wahrscheinlichkeit leider nein.«

»Und weiß man schon, wer …?«, setzte Johann Böckler nach einer kurzen Pause erneut an.

»Das«, antwortete Heiko, »versuchen wir gerade herauszufinden. Wir waren grad bei der Frage, wer mit Ihrer Mutter ein Problem gehabt haben könnte.«

»Die Windischs«, kam es aus allen Mündern wie aus der Pistole geschossen.

»Ansonsten, viele«, ergänzte der jüngere Sohn.

»Jetz hältsch awwer glei dei Gosch«, zischte Ludwig Böckler und nahm die Hände vom Gesicht. Seine Haltung wurde drohend.

»Bitte beruhigen Sie sich, Herr Böckler«, mischte sich Heiko ein. »Es geht jetzt nicht um den Ruf Ihrer Frau. Sondern vielmehr darum herauszufinden, wer für ihren Tod verantwortlich sein könnte.«

Wieder zwitscherte der Wellensittich, als würde er zustimmen.

»Meine Mutter hat sich mal mit so einer Ökotante angelegt«, sagte Fabienne Böckler. »Die hat jetzt ihr veganes Café auf der Muswies gekriegt.«

Heiko grinste in sich hinein, »vegan« und »Muswiese« waren definitiv sich ausschließende Vokabeln, immerhin roch es an allen Ecken und Enden nach Schlachtplatte.

»Wenn ich mich richtig erinnere, hat die Tussi damals die Leute vom Dorf angepflaumt, wegen der Tierhaltung, und meine Mutter hat halt zurückgeschossen.«

»Ach«, entfuhr es Lisa und sie dachte, dass das wohl kaum für einen Mord reichen würde. »Wie heißt denn die … Ökotante?«

»Solveigh Sommer. Wohnt da hinten, in der Parallelstraße. Meine Mutter konnte bei so was sehr vehement sein.«

»Ruich«, befahl Ludwig Böckler, »des duld ii net, dass du sou iwwer dei Muader schwätzsch.«

Heiko seufzte. Auf diese Weise würden sie nicht weiterkommen. »Noch irgendwas?«

Die Tochter presste die Lippen zusammen und schüttelte den Kopf, gehorsam, wie es schien.

Heiko teilte Visitenkarten aus, an jeden, das erschien ihm in dieser Konstellation sinnvoll. »Wenn Ihnen noch was einfällt, rufen Sie uns jederzeit an, ja?«

Melanie Böckler hatte die Kommissare hinausbegleitet und zog die Haustüre hinter sich ins Schloss. Ihre Hand berührte das schäbige alte Holz des Rahmens. Das Ding gehörte längst gestrichen, überhaupt gehörte das gesamte Haus ihrer Schwiegereltern renoviert, aber das hatte die Alte verboten, aus purem Geiz, und der Vater hatte sich gefügt, wie sein ganzes Leben lang.

Sie drehte sich um, wandte sich zum Treppenabsatz. Sie würde sich anstrengen müssen, bei der Beerdigung zumindest ein paar Krokodilstränen hervorzupressen, das würde nicht leicht werden, das wusste sie schon. Ein feines Schmunzeln huschte über ihre Lippen, als ihr ein Satz von Wilhelm Busch in den Sinn kam: »Gott sei Dank, nun ist's vorbei.« Wie passend!

Ihr Lächeln wurde breiter. Sie grinste immer noch, als ihr Blick den ihres Mannes traf, der soeben die Treppe herunterkam. Womöglich dachte er das Gleiche wie sie.

»Und was machen wir jetzt?«, fragte Heiko, als sie vor dem Hof der Böcklers standen.

Lisa brummte ein kurzes »Hm«, was normalerweise Heikos Part war. Sie hatte sich das jedoch auch schon angeeignet, wenn sie nachdachte. »Denkst du, dass die ehrlich waren?«

»Wieso?«

»Na ja, auf mich hat der Vater sehr ... autoritär gewirkt.«

»Er wollte wohl nur nicht, dass das Ansehen seiner gerade verstorbenen Frau besudelt wird. Das kann man ja durchaus verstehen«, hielt Heiko dagegen.

»Trotzdem, ich habe das Gefühl, dass in dieser Familie nicht alles Gold ist, was glänzt«, beharrte Lisa.

Heiko schnaubte. »Zeig mir eine Familie, in der alles in Ordnung ist.«

Lisa nickte. »Na, da hast du auch wieder recht.«

»Also schauen wir uns diese ... wie hieß die ... Sonja?«

»Solveigh Sommer«, half Lisa.

Heiko verkniff sich ein Grinsen. Ein Name wie aus »Herr der Ringe«. »Schauen wir uns diese Solveigh Sommer an. Bleibt ja nix, oder?«

Solveigh Sommer wohnte in einem schmucken Einfamilienhäuschen mit Vorgarten. In diesem sprossen allerdings nicht haufenweise Blumen, sondern hauptsächlich Kräuter, hier und da blühten letzte Echinacea, Ringelblumen, Kamillen. Als Heiko und Lisa an der Tür klingelten, rumorte es im Haus, schließlich öffnete eine Frau in den Dreißigern. Sie war schlank und trug eine dunkelblaue Cordhose zu einem weinroten Pullover. Das lange mittelbraune Haar war zu einem derangierten Zopf geflochten.

Sie schaute die Kommissare aus grauen Augen fragend an. »Ja?«

»Luft und Wüst von der Kriminalpolizei«, stellte Heiko sie vor. »Dürften wir kurz hereinkommen?«

»Gäste sind mir immer willkommen«, antwortete Solveigh Sommer und trat beiseite.

Die Kommissare nahmen einen schwäbischen Einschlag in ihrer Intonation wahr. Sie führte die beiden in eine gemütlich eingerichtete Wohnküche.

»Ach, da haben Sie ein schönes … Ding im Fenster«, fand Lisa und deutete auf eine Kette aus bunten Glassteinen.

Die Frau lächelte milde. »Das können Sie nicht wissen, aber das sind die Chakren.«

»Die was?«, erkundigte sich Heiko irritiert.

»Die Chakren. Die Energieknotenpunkte des menschlichen Körpers, die für den richtigen Chi-Fluss verantwortlich sind.«

»Aha«, erwiderte Heiko knapp und beschloss, nicht weiter nachzufragen.

Das war auch nicht nötig, denn Solveigh sprach bereits weiter: »Der Chi-Fluss ist ganz elementar für das Wohlbefinden, vor allem in einem so alten Haus, in dem sicher schon viel vorgefallen ist. Da das Fenster direkt gegenüber der Türe liegt, ist es wichtig, das Chi im Raum zu halten.«

»Hm«, knurrte Heiko undeutbar.

»Setzen Sie sich doch«, forderte die Gastgeberin auf. »Möchten Sie einen Tee? Ich setze gerade Brennnesseltee auf.«

»Nein, danke«, lehnte Heiko ab und erinnerte sich an die harntreibende Eigenschaft dieses Gebräus, wegen derer seine Oma es immer pries.

»Ich sammle die Nesseln aber selbst«, beharrte Solveigh und wirkte enttäuscht.

»Ich nehme gern einen«, nahm Lisa die Einladung versöhnlich an.

Die drei setzten sich um den Küchentisch, Heiko immerhin mit einem Glas Wasser vor sich und Lisa und Solveigh mit einer Tasse Tee.

»Das ist übrigens echtes Quellwasser«, erwähnte Solveigh beiläufig, als Heiko das Glas an die Lippen setzte.

Er stellte es abrupt wieder ab. »Ach. Von welcher Quelle?«

»Vom Seebach. Da hinten. Vorgestern gezapft.«

»So«, meinte Heiko und war froh, dass es nicht von heute Morgen stammte. Er beschloss, das Wasser trotzdem nicht zu trinken, wenn es sich irgendwie vermeiden ließ.

»Also, ihr seid ja sicher nicht einfach so hier ... Worum geht es denn?«

»Sie haben noch nichts vom Todesfall gehört?«, wunderte sich Lisa.

Sie war überzeugt gewesen, dass bei all den Passanten die Nachricht sich bereits in der gesamten Region verbreitet hatte, doch Solveigh Sommer zuckte mit den Achseln. »Ich kriege vom üblichen Tratsch nur wenig mit. Ich bin nicht *so* integriert. Wären wir 600 Jahre früher dran, würden die Musdorfer mich wohl als Hexe verbrennen.«

Das hätte durchaus passieren können, gab Heiko der Frau in Gedanken recht. »Frau Erika Böckler wurde tot aufgefunden«, sagte er laut.

»Ach«, kommentierte die Frau knapp und führte ihre Teetasse zum Mund. »Wollen wir hoffen, dass es ihre Seele im nächsten Leben gut hat.«

»Ja ...«, erwiderte Heiko unbestimmt. »Jedenfalls ermitteln wir nun in der Sache. Sie wurde nämlich vermutlich ...«

Solveigh Sommer hob die Hand, es wirkte derart gebieterisch, dass Heiko innehielt. »Halt«, forderte sie, »keine negativen Energien in diesem Haus! Sprechen Sie es nicht aus!«

»Okay«, gab Heiko nach. »Jedenfalls ist uns zu Ohren gekommen, dass Sie und Frau Böckler nicht gut aufeinander zu sprechen waren.«

Die Hausherrin nickte, dabei löste sich eine weitere Strähne aus ihrem ohnehin schon unordentlichen Zopf. »Frau Böckler war voll negativer Energie. Ich hoffe, ihre Seele findet ihre Ruhe und schafft es irgendwann ins Nirwana. Ich will mir kein Urteil erlauben. Allerdings kann es sein, dass dieser Weg etwas dauert, leider. Ich wünsche ihr von Herzen, dass sie nicht als Schwein in Musdorf reinkarniert.«

Heiko ließ erneut ein »Hm« verlauten und war in diesem Moment ganz froh, evangelisch zu sein. »Jedenfalls. Was war denn zwischen Ihnen beiden?«, führte er die Befragung fort.

Solveigh Sommer stellte die Tasse ab und lehnte sich zurück. »Wissen Sie, ich bin nicht von hier. Ich komme aus Schorndorf bei Stuttgart, und ich bin hierhergezogen, weil ich auf dem Land leben wollte, richtig auf dem Land, Sie verstehen.«

»Und dann?«, forderte Lisa zum Weiterreden auf.

»Nun, ich war ein bisschen schockiert über die negative Energie. Wegen all der Morde.«

»Was für Morde?«, wunderte sich Heiko.

»Tag für Tag gibt es hier viele Morde. An unschuldigen Geschöpfen. Die in dem barbarischen Verlangen fußen, ihr Fleisch zu essen.«

»Sie meinen das Schlachten?«, riet Lisa.

Solveigh Sommer nickte. »Zur Muswiese ist es besonders schlimm. Hunderte armer, unschuldiger Schweine werden getötet. Das ist furchtbar! Und ich wollte eine Alternative dazu anbieten. Also habe ich beschlossen, an der Muswiese ein kleines veganes Café aufzumachen.« Sie hielt kurz inne und nahm einen Schluck Tee. »Frau Böckler war sehr dagegen und hat versucht, ihre Freundin, die im Rathaus in Rot am See über die Standvergabe entscheidet, gegen mich aufzubringen.«

»Tatsach«, entfuhr es Heiko, und das Opfer war ihm in diesem Moment recht sympathisch.

»Aber das Gute hat gesiegt«, freute sich Solveigh Sommer. »Ich darf mein Café eröffnen, und ich bin schon sehr gespannt, wie es ankommt.«

›Na, da darfst du dreimal raten‹, dachte Heiko bei sich und konnte sich ein hämisches Grinsen gerade noch verkneifen.

»Sie haben vorhin angedeutet, die Musdorfer seien nicht gut auf Sie zu sprechen …«, hakte Lisa nach und nippte am Tee, der hundertprozentig mit Seebacher Quellwasser gemacht war. Igittigitt!

»Womöglich ist es wegen der Flugblätter. Ich habe an der letzten Muswiese auf die Morde aufmerksam gemacht. Doch das war alles legal, ich habe das vorher auf dem Rathaus genehmigen lassen.«

»Soso …« Heiko konnte sich denken, wie viel Erfolg der Missionierungsversuch gehabt hatte.

»Und, haben Sie Gehör gefunden?«, fragte Lisa.

»Weniger, leider. Allerdings hoffe ich, dieses Jahr mit meinem veganen Stand mehr ausrichten zu können. Eine Bewusstseinserweiterung, wissen Sie. Wenn die Botschaft auch nur einen erreicht, wäre das schon ein Erfolg.«

»Mal was anderes«, wechselte Heiko das Thema, bevor er noch Gefahr lief, der »Botschaft« hohenlohisch zu widersprechen und eine nicht enden wollende Diskussion anzuzetteln. »Wo waren Sie gestern Abend?«

»Ich war zu Hause«, erklärte Solveigh.

»Allein?«, hakte Heiko nach.

Solveigh blickte in Gedanken versunken gen Decke, nickte schließlich.

»Hm«, brummte Heiko.

»Haben Sie mal bemerkt, dass es Streitigkeiten innerhalb der Familie Böckler gab?«, fragte Lisa.

»Negative Schwingungen habe ich immer wahrgenommen, wissen Sie, ich bin da sehr sensibel, eine Gabe, für die ich sehr dankbar bin.«

»Hm, hm.« Heiko waren die Worte vollends ausgegangen.

»Genaueres wissen Sie nicht?«, versuchte es Lisa erneut.

»Nein, leider.«

»Okay.« Lisa trank ihren Tee aus. »Melden Sie sich bitte, wenn Ihnen noch was einfällt. Und ach, es ist mir ein bisschen peinlich, aber dürfte ich wohl kurz Ihre Toilette benutzen?«

»Bah, wieso hast du denn diesen Tee getrunken?«, wunderte sich Heiko, als sie draußen waren.

»Wieso, der war doch superlecker!«, hielt Lisa dagegen.

Heiko schüttelte sich und imitierte den näselnden, schwäbischen Einschlag von Solveigh Sommer: »Der war hundertprozentig mit echtem Quellwasser gemacht!«

»Umso besser«, beharrte Lisa.

Heiko beschränkte seinen Kommentar erneut auf ein tadelndes, Unverständnis suggerierendes »Hm« und beschloss, das Thema zu wechseln. »Denkst du, sie hat etwas mit dem Fall zu tun?«

»Ganz ehrlich? Nein, das denke ich nicht.«

»Sie hat kein Alibi«, stellte Heiko halbherzig fest.

»Also, wenn sie nicht ein komplettes Theater vorgespielt hat – und das glaube ich nicht –, dann würde ich drauf wetten, dass sie ihr Karma nicht mit einem Mord belasten würde. Sonst würde sie im nächsten Leben sicherlich ein Musdorfer Schwein werden.«

Heiko grinste. »Wieso? Die Musdorfer Schweine haben es doch nicht schlecht«, befand er.

»Das sicher nicht. Aber sie werden am Ende trotzdem geschlachtet, nicht wahr?«

»Stimmt natürlich. Mein Bauchgefühl sagt mir auch eher, dass das eine Sackgasse ist. Na, wir können die Dame ja im Hinterkopf behalten. Lass uns erst mal aufs Revier fahren, vielleicht hat Uwe schon was Neues zu berichten.«

Ludwig Böckler fröstelte. Er war allein in der Stube, es war kalt, Jörg war weg, um dem Pfarrer Bescheid zu geben, Johann und Fabienne waren im Stall, und Melanie werkelte in der Küche. Und sie war weg, weg für immer. Er hatte es manchmal nicht leicht gehabt mit ihr, ja, sie war ein schwieriger Mensch, aber sie war auch seine Erika gewesen, er hatte sie geliebt, sein Leben lang. Und sie hatte sich wunderbar um alles gekümmert, Haus und Hof geführt. Sie war eine gute Frau gewesen. Und er würde es nicht dulden, dass jemand ihr Ansehen besudelte.

In der Ecke zwitscherte Jockl, er war ihr Vogel gewesen, hatte sich nur von ihr streicheln lassen. Er würde ihn hegen und pflegen, damit er noch lange lebte. Jockl verstummte und stupste mit dem Schnabel gegen den Spiegel in seinem Käfig. Vielleicht brauchte er einen Freund, überlegte Ludwig. Jeder braucht einen Freund. Es war wirklich kalt. Seine Augen wanderten zum Kamin. Er würde anschüren, um diese Kälte aus seinem Körper und aus seinen Gedanken zu vertreiben.

Er ging zur Feuerstelle und kniete davor nieder. Dann nahm er ein paar Kanthölzer und Scheite und öffnete die Tür des Kamins. Er stutzte. Im Inneren lag ein seltsam geformter, kleiner Karton mit winzigen Löchern. Er nahm ihn vorsichtig in die Hand. »100 Kakerlaken, Blata germanica«, stand auf der Schachtel, in hellgrüner Schrift, und darunter die Adresse des Absenders. Ein Brief erregte seine Aufmerksamkeit, der in der Feuerstelle unter der Box gelegen hatte. Er fischte ihn heraus, es war die Rechnung. ›Erika, Erika, das hättest du nicht tun dürfen‹, fuhr es ihm durch den Kopf. ›Aber ich werde es nicht zulassen, dass jemand schlecht von dir redet.‹

Ludwig Böckler räumte alles zurück in den Ofen, schichtete sorgsam die Kanthölzer und die Scheite darauf, nahm ein Streichholz aus der Schachtel, riss es an und entzündete alles. Er beobachtete, wie sich die Flammen durch das Papier fraßen, an den Kanthölzern hochleckten und schließlich die Scheite erreichten. Und endlich, endlich spendeten sie auch etwas Wärme.

Zur gleichen Zeit räumte Solveigh Sommer die Tassen in die Spüle. Alles in ihr krampfte sich zusammen. Es war furchtbar, über sie nur zu reden, es tat ihr nicht gut. Noch nie war ihr jemand mit so viel negativer Energie begegnet. Noch nie. Und dass diese Person nun ums Leben gekommen war und in ihrem Haus darüber gesprochen worden war, das potenzierte das Ganze noch.

»Liebe«, ermahnte sie sich, »auch solche Menschen musst du lieben.« Sie schüttelte den Kopf, es war ihr nicht möglich, noch nicht. Sie musste noch viel lernen.

Mit fahrigen Fingern suchte sie das Raum-Reinigungs-Räucherwerk »Scent of Peace« heraus und verteilte es auf einem kleinen Blechteller, der extra für solche Zwecke bereitstand. Sie entzündete die Kräutermischung mit einem Streichholz, allein dieser Akt hatte etwas Meditatives. Sie sah zu, wie einige der Kräuter sich kringelten, als sie von der Glut erfasst wurden, und rot und weiß zu glimmen begannen. Ein betörender Duft stieg auf, und sie wusste, er würde seinen Zweck erfüllen. Die nächsten 20 Minuten verbrachte Solveigh Sommer damit, die negativen Energien und ihre verwerfliche Lüge aus dem Haus zu bannen, leise ein Mantra vor sich hinmurmelnd.

Franz Windisch hörte die Ratten hinter sich. Er hatte sie nicht totgeschlagen, auch nicht in einen der beiden Weiher geschmissen, die vom Weidenbach gespeist wurden, wie er es zuerst vorgehabt hatte. Seine Frau hatte auf ihn eingeredet, dass die Ratten nichts dafür könnten. Dass sie sie noch brauchen würden. Dass es so viel klüger wäre.

Also hatte er die Viecher eingefangen, mit seinem Angelkescher. Erstaunlicherweise war keines der fünf Tiere ernsthaft verletzt, nur eines hinkte ein wenig. Ansonsten waren sie alle putzmunter. Windisch hatte sie in einen großen Umzugskarton verfrachtet, und in diesem rumorten sie jetzt auf der Rückbank seines Audis. Die Ratten quiekten, als er die Kurve in Wallhausen etwas unsanft nahm. Er würde vorsichtig sein müs-

sen, wenn sie verletzt werden würden, wäre er unglaubwürdig. Auf der Schnellstraße nach Crailsheim trat er
aufs Gaspedal.

Keine zehn Minuten später stellte er den Audi auf dem
Parkplatz der »Futterkiste« ab. Er hatte gleich an dieses
Geschäft gedacht, weil das Nachbarsmädchen hier schon
mal zwei Meerschweinchen gekauft hatte, die es ihm stolz
präsentiert hatte. Er war mit hoher Wahrscheinlichkeit an
der richtigen Adresse.

Er klemmte den Umzugskarton unter den Arm und
passierte einige Hundehütten. Dann betrat Franz Windisch den Laden. Dieser war gut ausgestattet, obwohl er
nicht allzu groß war. Im hinteren Bereich an der Stirn-
seite befanden sich diverse Aquarien mit bunten Zierfi-
schen, davor Becken mit verschiedenen Pflanzen. Links
machte Franz Windisch einige Terrarien mit lebendigen,
großen Spinnen aus, daneben Käfige, in denen Wellen-
sittiche und Kanarienvögel zwitscherten, und in der hinteren linken Ecke entdeckte er, was er gesucht hatte: die
Nagetiere. Meerschweinchen, Kaninchen, Hamster und
Ratten.

Franz Windisch stellte den Karton ab und postierte sich
vor einem großen, dunkelhaarigen Mann etwa Mitte 40,
der hinter einer Theke stand.

»Kann ich Ihnen helfen?«, wandte sich der Verkäufer
freundlich an ihn.

Franz Windisch nickte und überdachte seine Lüge noch
einmal. Sie musste hieb- und stichfest sein. »Meine Frau
hat hier vor ein paar Tagen diese Ratten gekauft.« Er tippte
mit dem Fuß vorsichtig gegen den Umzugskarton. Ein
empörtes Fiepen.

»Mhm, schauen wir mal«, meinte der Mann und öffnete den Deckel, um einen Blick hineinzuwerfen und den Karton dann gleich wieder zu verschließen. »Ja, richtig, ich erinnere mich. Das war am Dienstag.«

»Sie erinnern sich an meine Frau? Stämmig, ungefähr so groß« – er hielt die Hand neben seine Schulter – »dunkel gefärbte Locken?«

»Jaja«, versicherte sein Gegenüber, »ich erinnere mich. Haare in der Länge ungefähr.« Er zeigte auf sein Kinn.

Franz Windisch nickte, während er seinem Geldbeutel ein Foto entnahm, das er zu Hause gefunden hatte. Erneut nickte der junge Mann, es war die endgültige Bestätigung, dass es sich um Erika Böckler gehandelt hatte.

»Jedenfalls wollte sie die Ratten unserer Enkelin schenken, die zu Besuch kommen sollte«, fuhr Franz Windisch zufrieden fort. »Aber jetzt hat sich das Kind das Bein gebrochen und liegt im Krankenhaus, und da mussten wir den Besuch verschieben, leider.«

»Oh, das tut mir leid«, erwiderte der Verkäufer mitfühlend und musterte die Rattenschachtel.

»Ja, und nun können wir die Tiere ja nicht mehr brauchen, und ich wollte sie auch nicht grad auf dem Feld springen lassen …«

»Nein, nein, das wäre keine gute Idee, das würden die Armen nicht überleben.«

»Würden Sie sie denn wieder zurücknehmen?«

Der Händler ging um den Karton herum zu zwei Käfigen, in denen je eine einzelne Ratte hockte, offenbar nach Männchen und Weibchen getrennt.

»Ich kann Ihnen allerdings nur einen Gutschein geben«, betonte der Verkäufer.

»Das ist in Ordnung«, fand Franz Windisch. Er hatte schon das bekommen, was er wollte.

Heiko und Lisa waren in Crailsheim angekommen. Sie erwarteten nicht wirklich, dass Uwe bereits nach so kurzer Zeit irgendetwas Konkretes wusste. Mit nur wenig Hoffnung schritten sie die Treppe in den ersten Stock hinauf, wo ihr Kollege sein Refugium hatte. Der Spurensicherer empfing sie in einer für ihn üblichen herrschaftlichen Pose in seinem Ledersessel thronend.

»Ach, seid ihr zwei schon da?«, begrüßte sie Uwe etwas ungehalten und nippte an seinem, wie alle wussten, pappsüßen Automatenkaffee.

»Du hast sicher noch nichts«, begann Heiko, »aber wir haben uns gedacht, wir probieren's einfach.«

Uwe schürzte die Lippen. »Na, ein bisschen mehr als nichts habe ich schon«, relativierte er.

»Was denn?«, erkundigte sich Lisa neugierig.

Uwe angelte umständlich nach einigen Fotos, die auf der Ablage ausgebreitet waren. Eines davon zeigte den Nacken von Erika Böckler, dunkles, nasses Haar kringelte sich über einer geröteten Stelle mit zwei kleinen dunkelroten Punkten.

»Was ist das?«, wunderte sich Heiko und runzelte die Stirn.

»Was würdest du sagen?«, erwiderte Uwe.

»Ein Insektenstich?«, riet der Kommissar. »Ein ganz fieser, ungesunder? Von einer Hornisse? Oder von zwei Hornissen?«

Uwe schnalzte mit der Zunge. »Im Oktober?«

Heiko wurde ärgerlich. »Tu mir einen Gefallen und verarsch mich nicht, ja? Jetzt sag schon, du weißt doch eh schon, was es ist!«

Sein Kollege grinste und schlurfte demonstrativ genüsslich seinen Automatenkaffee, bevor er antwortete: »Ich würde sagen, das ist die Hinterlassenschaft eines Elektroschockers.«

»Ein Elektroschocker?«, hakte Heiko nach. »Sind die in Deutschland nicht verboten?«

Uwe schüttelte den Kopf. »Wenn sie ein bestimmtes Prüfzeichen haben, nicht. Ab 18 sind sie dann erlaubt. Mal ganz abgesehen davon, dass du auf dem Tschechenmarkt auch die bösen Teile ohne Probleme herkriegst.«

»Aha«, murmelte Heiko. »Hast du was über das Modell rausfinden können?«

Uwe wandte sich seinem Rechner zu und rief eine Internetseite auf. »Erst dachte ich an einen Viehtreiber. Ihr wisst schon, die Teile, mit denen man einem störrischen Ochsen eine verpassen kann, damit er den Transporter zum Schlachthof quasi freiwillig besteigt.«

»Also Uwe«, tadelte Lisa. »Die armen Tiere!«

Der Spurensicherer musste über die westfälische Kommissarin schmunzeln. Unbeirrt führte er seinen Bericht weiter aus: »Doch dann hab ich ein bisschen recherchiert und festgestellt, dass die Spannung eines Viehtreibers nicht ausreichen würde, um einen Menschen außer Gefecht zu setzen. Die Dinger arbeiten nämlich nur mit 6.000 Volt.«

»Tatsach«, kommentierte Heiko und wartete, bis Uwe einen ausgiebigen Schluck Kaffee getrunken hatte.

»Und wie viel braucht man, um einen Menschen wehrlos zu machen?«, fragte Lisa, um Uwe zum Weiterreden zu bewegen.

Der schluckte umständlich und stellte den Becher ab, bevor er antwortete: »200.000 Volt aufwärts, bis 500.000 Volt.«

Heiko pfiff durch die Zähne und dachte an die Oberleitungen der Bahnen, die 20.000 Volt hatten und die man beim Von-der-Brücke-Pinkeln nicht treffen sollte. »Und das ist nicht tödlich?«

»Die Spannung wirkt nur an einer kleinen Stelle«, informierte Uwe. »Und nur kurz. Sie paralysiert den Menschen. Außer, man hat ein schwaches Herz. Dann kann es unmittelbar zum Tod kommen.«

Heiko ließ sein wohlbekanntes »Hm« verlauten, bevor er feststellte: »Also ist es jetzt sicher. Das Ganze war geplant. Es war Mord.«

Der Spurensicherer stimmte zu. »Würde ich sagen, ja. Der Täter hat sich an das Opfer herangeschlichen und es von hinten geschockt.«

»Würde man das nicht bemerken, wenn jemand plötzlich so dicht hinter einem steht?«, überlegte Lisa. »Und sich dann umdrehen und wehren?«

»Nicht, wenn der Angreifer eines von diesen Stabteilen benutzt hat. Damit kannst du aus über einem halben Meter Entfernung eine Zielperson attackieren«, erklärte der Spurensicherer.

»Ach!«, empörte sich Lisa, »Das ist ja hinterhältig!«

»Erika Böckler hat ihren Mörder nicht bemerkt«, bestätigte Uwe. »Und dann wäre da noch ihr Handy …«

»Handy?«, wiederholte Heiko hoffnungsvoll.

Uwe relativierte: »Ist natürlich kaputt, Wasserschaden, nichts zu machen.«

»Den Einzelverbindungsnachweis hast du schon angefordert?«, versicherte sich Heiko.

»Natürlich«, antwortete Uwe. »Ihr kriegt Bescheid, sobald wir was wissen. Aber das sag ich euch gleich, die machen da immer ein ziemliches Theater drum, das dauert meistens.«

Lisa nickte, diese Erfahrung hatten sie bereits des Öfteren machen müssen. »Und den vom Festnetzanschluss können wir auch brauchen, nicht wahr, Heiko?«

»Kann ich euch besorgen«, meinte Uwe und trank seinen Becher in einem Zug vollends leer.

»Wie gehen wir jetzt weiter vor?«, fragte Lisa, als sie spätnachmittags endlich in ihrem Büro saßen und ratlos die Akte durchstöberten.

»Jetzt gehen wir erst mal heim«, beschloss Heiko. »Und dann auf die Muswies.«

»Wie, auf die Muswies?«, wunderte sich Lisa. »Ich dachte, die fängt erst am Samstag an.«

»Offiziell, ja«, erklärte Heiko. »Wir gehen auf die inoffizielle Muswies.«

»Hm?« Lisa konnte sich auf die Antwort keinen Reim machen.

»All die Händler müssen ihre Stände ein paar Tage im Vorfeld aufbauen. Und die quartieren sich dann in Musdorf ein. Sie und außerdem alle Einheimischen, die es nicht mehr abwarten können, können vorher schon in einer Muswiesenwirtschaft einkehren, zum Beispiel beim Pressler.«

»Pressler …«, meinte Lisa sinnend. »Das hört sich an wie Presley.«

Heiko nickte. »Ja, das ist Verwandtschaft, aber das weiß der Kurt Klawitter recht gut.«

Lisa blickte ihren Freund irritiert an.

»Der Kurt Klawitter. Der Mundartsänger«, rief Heiko entsetzt. »Den kennst du doch! Der hat ein Lied, das … ach, des musch ouhorcha …«

»Natürlich kenne ich den!«, empörte sich Lisa. Zweifelte Heiko denn immer noch daran, dass sie sich in *seinem* Hohenlohe inzwischen doch ganz gut auskannte?

»Mir ist nur nicht ganz klar, was der Pressler mit Elvis Presley zu tun haben soll!«, gab sie zu.

Es läutete an der Tür, und Jörg Böckler öffnete. Das konnten sie gerade wirklich nicht brauchen, wirklich nicht. Allerdings konnte man die Leute ja auch nicht wegschicken, das wäre unhöflich, sehr unhöflich sogar.

Diesmal war es die Lebrecht, die ihn mit leidender Miene musterte. »Bua«, sagte sie und umarmte ihn fest. »Mei aufrichtiche Anteilnohme.«

Jörg murmelte ein »Dankeschön« und ließ die Frau eintreten. Sie war heute nicht die Einzige, die sie an diesem Nachmittag mit ihrem Besuch beglückte, beileibe nicht. Die Stecklingsschwestern sowie die Kirchnerin waren da, außerdem der Tanzpartner von Fabienne, dessen Namen er vergessen hatte, der ihm aber schon lange auf die Nerven ging.

Margarete Lebrecht stürmte auf den frischgebackenen Witwer zu und schloss ihn in die Arme wie zuvor seinen Sohn. »Luuuuudwich, des dud mer sou laad!«

Jörgs Vater erhob sich, murmelte ebenfalls ein »Dankschee«, und ließ sich zurück in seinen Ohrensessel fallen.

»Sou, des is ja sou furchtbar, gell«, sagte die Lebrecht in die Runde und hielt nach einem freien Platz Ausschau, um sich schließlich an die Fensterbank zu lehnen, direkt neben den Käfig, in dem Jockl saß.

»Haja«, bestätigte Kirchner.

»Schlimm, schlimm«, meinte Margarete weiter.

Melanie erschien in der Tür mit einem Tablett mit Kaffeetassen, gab zuerst ihrem Schwiegervater eine und im Anschluss allen anderen Anwesenden.

»Wor's do hinda an dr Quelle, gell?«, erkundigte sich die Lebrecht bei Jörgs Frau, als diese ihr die Tasse reichte.

Melanie nickte, und Jockl tirilierte. Die Lebrecht führte die Kaffeetasse zum Mund, schluckte geräuschvoll und wisperte dann: »Ja, is se ertrunka? Oder was wor?«

Jörg stand auf, baute sich vor ihr auf. »Umbroochd henn ses, du neigieriche alde Schachtl. Bisch etz zfrieda?«

Die Lebrecht sog scharf die Luft ein, offenbar unschlüssig, ob sie sich entschuldigen sollte, beleidigt oder entsetzt sein sollte.

»Desweecha seid er alle sou zahlreich erschiena, gell?«, fuhr Jörg fort, nun etwas lauter.

»Also Bua, die Leit wella doch bloß kondoliera. Außerdem waaß mer des doch noch gor nouni gwiiß«, relativierte sein Vater aus den Tiefen seines Sessels heraus, aber es klang eher matt und wenig überzeugt.

Jörg baute sich noch einmal auf, schnaubte: »Neigieriche Bagaasch« und verließ türenknallend das Zimmer.

Kaum dass sie zu Hause waren, läutete das Telefon. Lisa hielt sich gerade im Bad auf, um sich frauentypisch ewig zu richten und sich irgendwelche Farbe ins Gesicht zu schmieren. Dabei fand Heiko sie ungeschminkt am schönsten, aber Lisa bestand darauf, sich anzumalen.

Heiko trat zum Festnetztelefon und wollte abnehmen, als er auf dem Display die Nummer seiner Schwiegermutter in spe erkannte. Während er mit Lisas Vater ganz gut auskam, war er mit ihrer Mutter immer noch nicht warm geworden – vielmehr sie nicht mit ihm. Allzu sehr haderte sie mit der Tatsache, dass ihre einzige Tochter einen schwäbischen – sie glaubte tatsächlich, er sei Schwabe! – Bauernjungen liebte und zu allem Überfluss auch noch mit ihm zusammengezogen war.

Gerade wollte er nach dem Kabel fassen, um den Stecker zu ziehen, als Lisa sich an ihm vorbeischob und das Gespräch entgegennahm. Verdammt, er hätte ein bisschen schneller sein können!

Lisa schnalzte mit der Zunge und taxierte ihn mit einem vorwurfsvollen Blick, gleichzeitig stahl sich ein verschmitztes Lächeln auf ihre Lippen. »Mutter?«, flötete sie honigsüß und streckte Heiko die Spitze ihrer rosa Zunge entgegen.

Der verdrehte die Augen und hörte zu, was die Alte zu sagen hatte, diese hatte nämlich ein dermaßen lautes Organ, dass er jedes Wort mitbekam. Er würde bei nächster Gelegenheit die Gesprächslautstärke des Telefons leiser stellen.

»Lieselotte! Kind!«

Lisa verdrehte die Augen, sie hasste es, wenn ihre Mutter sie mit ihrem vollständigen Namen ansprach.

»Geht es dir gut? Du meldest dich ja überhaupt nicht mehr!« Es klang vorwurfsvoll, wie fast alles, was diese Frau jemals von sich gab.

»Alles okay, Mutter, mach dir keine Sorgen.«

»Tu ich aber, immerhin bist du auf dem Land, und man weiß nicht, was dort alles passieren kann.«

»Nun, wir haben einen neuen Mordfall«, erzählte Lisa.

»Ach, na siehst du, ich sag doch, da geht es anders zu als in der Stadt, nicht so zivilisiert.«

»In der Stadt gibt es mehr Morde, Mutter.«

Heiko konnte geradezu sehen, wie der graue Bob seiner Schwiegermutter in spe energisch hin und her schwang, weil sie sicherlich vehement den Kopf schüttelte.

»Jedenfalls würden wir dich gerne mal wieder besuchen, der Roland und ich.«

Die alte Hexe sagte nie »euch«, sie sagte immer nur »dich«.

»Klar, ihr dürft jederzeit kommen«, erwiderte Lisa.

»Also, dann ist es ausgemacht. Wir kommen am Samstag und würden bis Sonntag bleiben. Gibt es bei euch … ein gutes Hotel? Ich meine ein sauberes?«

Eines, bei dem das Frühstück nicht von ungewaschenen Schweinestallknechten in von Tieren sauber geleckten Futtertrögen serviert wird und man nicht auf einem Strohlager nächtigen musste, meinte sie wohl. Wobei es Heiko eigentlich gut fände, wenn diese Frau mal auf einem Strohsack nächtigen müsste. Hoffentlich war sie allergisch, und dann … verdammt, jetzt hatte er nicht aufgepasst!

»Klar, Mutter, kein Problem. Dieses Wochenende, okay. Ja, ich dich auch, tschüss«, verabschiedete sich Lisa, wie er mit einem Ohr mitbekam.

»Das geht nicht«, sagte Heiko sofort, als Lisa das Telefon zurück in die Basis gesteckt hatte.

»Was meinst du mit ›das geht nicht‹?«, äffte Lisa und verschränkte die Arme vor der Brust. »Schau, ich kann verstehen, dass du keine Lust drauf hast. Aber mittelfristig müsst ihr schon miteinander klarkommen, und deshalb …«

»Es geht wirklich nicht«, unterbrach Heiko. »Da ist Muswiese.«

»Na und? Dann können meine Eltern gleich den ältesten Jahrmarkt Hohenlohes kennenlernen!«

»Hältst du das wirklich für eine gute Idee?«, gab Heiko zu bedenken, er versuchte, so sachlich wie möglich zu bleiben, während alles in ihm schrie: ›Nein, ich will diese

Person an der Muswiese nicht mit rumschleifen müssen, das ist die höchste Strafe und macht die ganze Muswies kaputt!‹

»Das ist für meine Eltern sicher interessant, und ich lade die jetzt nicht mehr aus, basta!«, bestimmte Lisa.

Heiko seufzte. Na ja, es gab noch den Muswiesendienstag, den Ledichadooch und den Muswiesendonnerstag. Immerhin.

Franz Windisch klingelte an der Tür des Böckler-Hofes. Es war bereits früher Abend geworden. Er war sich nach seiner Rückkehr aus Crailsheim nicht sicher gewesen, ob es in Ordnung ging, was er vorhatte, anständig war es schon gar nicht, aber das war die Erika auch nicht gewesen, niemals. Und er wollte die Genugtuung, dass er recht gehabt hatte. Er hatte das Schriftstück ein paarmal vervielfältigt, die Kopien an verschiedenen Orten im Haus deponiert und eine ins Handschuhfach seines Audis gelegt.

Er hörte schlurfende Schritte hinter der Haustür, und es öffnete Johann, das jüngste der drei Böckler-Kinder. Einen kurzen Moment zögerte Franz und überlegte, ob er die Angelegenheit nicht vielleicht doch verschieben sollte, wegen der Pietät und so, allerdings erkannte er dann in der Miene des schmächtigen Mannes unendliche Gleichgültigkeit. Na, was soll's.

»Mei Anteilnahme«, meinte er schließlich pro forma und streckte dem Johann die Hand hin. Dieser schüttelte sie mit laschem Gegendruck und murmelte: »Danke.«

»Is dei Vatter aa do?«

Der junge Mann nickte und wies auf den Stall. »Der füttert.«

»Ah, danke«, erwiderte Franz und ging in Richtung des Nebengebäudes.

Die Stalltür stand halb offen, und Franz streckte die Hand aus, um die hölzerne Tür weiter aufzustoßen. Sie knarzte leise, allerdings immerhin so laut, dass Ludwig Böckler den Kopf wandte, es war trotz des begeisterten Quiekens der Schweine, die gerade zu den Futtertrögen stürzten, zu hören gewesen. Ein vertrauter Geruch schlug ihm entgegen, Schweinegeruch.

»Ludwig«, rief Franz und winkte. Das Schriftstück in seiner Tasche lastete zentnerschwer.

Der frischgebackene Witwer stellte den Futtereimer ab und kam auf seinen Besucher zu. Franz bemerkte die Verwunderung in Ludwigs Gesicht, wer konnte es ihm verübeln, ihre Familien waren noch nie besonders warm miteinander gewesen. Man grüßte sich, ja, aber das war es dann auch. Und die Sache neulich war ja ebenfalls sehr unschön gewesen. Nun standen sich die beiden Männer gegenüber.

»Horch, Ludwig, ersch amol mei Anteilnahme.«

Halbherzig schüttelte Böckler die angebotene Hand.

»Du, aber eigentlich bin ii weecha was anderem doa«, gab Franz zu.

Ludwig zog die Augenbrauen hoch und wischte seine Hände an der Arbeitshose ab. »Und weecha was?«, wollte er wissen.

Franz schluckte und zog schließlich den Zettel aus der Tasche. Er entfaltete ihn umständlich und reichte ihn dem Witwer. »Ii wor heit bei derra Futterkischd. Und doa hobbi amol gfroocht, ob jemand a boor Ratta kaaft hat. Und Tatsach.« Ludwig erstarrte, wie Franz aus dem Augenwinkel bemerkte.

»Tatsächlich hat ooni, die genauso ausschaut wie dei Fraa, am Dienschdich finf Ratta kaaft, ganz schääni.« In Ludwig Böcklers Hirn arbeitete es, das war offensichtlich. »Und jetz hobbi denkt, des muss mer ja jetz net iwwerool verzeila, und dr Versicherung muss mer des aa net grood soocha, denn wer waaß, ob die do zoohla däd, awwer mir werra uns sicher irchendwie einich, moonsch net, Ludwig?«

Ludwig tobte innerlich, da war sich Franz sicher. Seine Augenwinkel zuckten unkontrolliert. Zugleich wirkte er schockiert darüber, dass Franz einen derart überzeugenden Beweis hatte.

»Du scheimsch di aa gor net!«, rief Ludwig und sah Franz so hasserfüllt an, dass dem tatsächlich kurz das Blut in den Adern gefror.

Er fasste sich allerdings schnell wieder, zuckte mit den Achseln und meinte: »Dei Erika hat sich aa net gscheimt. Moonsch, mir werra einich? Ii däd dr no aa den Gutschein dolassa. Ko Sorch, ii hobben kobiert, awwer no kousch dr noch ebbes Schees dafir kaafa.«

Franz registrierte, wie es in Ludwig arbeitete. Schließlich nickte dieser, scheinbar ergeben. Doch Windisch wusste genau, dass sein Gegenüber in Wahrheit gute Lust hatte, ihn zu packen und den Schweinen zum Fraß vorzuwerfen.

Sofort als Heiko die Türe öffnete, drang das gaststättentypische Gemurmel an sein Ohr. Und da war außerdem noch etwas anderes: der Duft nach Sauerkraut und, was viel wichtiger war, Kesselfleisch und Broodwirschd.

Heiko sog die Luft tief ein. »Herrlich! Muswies!«

Lisa, die Heiko selten derart euphorisch erlebte, verdrehte die Augen. »Du mit deiner Fleischfresserei«, tadelte sie.

Aber auch sie musste zugeben, dass es sehr gut roch. Nur war sie sich im Klaren, dass sie dieses typische Muswiesenwirtschaftsaroma nach drei Tagen nicht mehr ertragen würde. Heiko hingegen hätte keine Probleme damit, sich alle fünf Muswiesentage hindurch ausschließlich von riesigen Fleischbrocken zu ernähren. Er war eben ihr Bärchen.

Als die Kommissare die Wirtschaft betreten hatten, waren die Stimmen leiser geworden, und die beiden fremden Neuankömmlinge hatten musternde Blicke auf sich gezogen. Heiko lauschte nach hohenlohischen Wortfetzen, denn es wäre wenig sinnvoll, sich neben einen der zahlreichen aus ganz Deutschland angereisten Händler zu setzen – die würden bestimmt nichts zur Sache beitragen können.

Die Gespräche flammten wieder auf, und Heiko steuerte einen der hellen hölzernen Tische an, an dem ein älteres Paar mit zwei weiteren Damen saß. Er hatte ein »Also, ii waaß noch nix« vernommen, da war die Wahrscheinlichkeit doch hoch, dass es um den Tod von Erika Böckler ging.

Heiko deutete auf zwei freie Stühle. »Is doa noch frei?«, fragte er, und die vier Leute nickten.

Heiko beschloss, dass sie fürs Erste nicht zu wissen brauchten, wer sie waren.

»Sie sin doch der Bollizischt«, vereitelte eine Dame sofort seinen Versuch, inkognito zu bleiben.

Heiko seufzte und nickte. »Heiko Wüst, und des is mei Kollegin Lisa Luft.« Die anderen am Tisch nickten grüßend. »Und wer sin Sie?«, erkundigte er sich.

»Grete Lebrecht«, stellte sich die Frau vor, die ihn enttarnt hatte. »Des is mei Mou, dr Herbert.«

»Und mir sin die Helga und die Anna Steckling«, ergänzten die zwei anderen Damen.

Sie mussten Schwestern sein. Lisa musterte die vier – auf das Ehepaar traf ein Phänomen zu, von dem Lisa öfters gehört hatte: Frau und Mann sahen sich durchaus ähnlich. Nicht allzu groß, beide hatten etwas dunklere Haut, zudem freundliche braune Augen. Das Haupthaar des Mannes war schon ergraut, wenn auch noch von einigen dunklen Strähnen durchzogen. Seine Frau teilte vermutlich das gleiche Schicksal, sie hatte sich die Haare allerdings rotbraun gefärbt. Außerdem lagen sie in ordentlichen Locken am Kopf, Lisa tippte auf eine tägliche Lockenwicklerbehandlung. Die zwei Stecklingfrauen wirkten beide rund und gemütlich, eine war blond und blauäugig, eine war brünett und hatte hellgrüne Augen. Sie schauten Lisa und Heiko aufmerksam an.

»Sie sin doch bestimmt wecha der Erika do«, mutmaßte Grete Lebrecht.

Heiko nickte, ein Leugnen war sowieso zwecklos.

»Man kann ja das Angenehme mit dem Nützlichen verbinden, nicht wahr?«, erklärte Lisa.

»Sie sin awwer aa net von do«, wunderte sich Anna Steckling.

»Nein, ich komme aus Wesel in Westfalen.«

»Ach …«, entfuhr es Grete Lebrecht im Tonfall von ›Das tut mir aber leid für Sie‹. Schnell ergänzte sie: »Sou, ich meine so.«

Nach dieser Erkenntnis versuchten die Hohenloher, das Gespräch auf Hochdeutsch fortzusetzen. »Das war ja sicherlich kein Unfall. Und, habt ihr den Täter schon?«, wollte Grete Lebrecht wissen und trank seelenruhig einen Schluck ihrer Weißherbstschorle.

»Sie werden sicherlich verstehen, dass wir keine Interna verraten dürfen«, entgegnete Lisa vorsichtig. »Aber wir sind grad dabei, Informationen zu sammeln.«

Alle vier beugten sich unmerklich nach vorne. Sie waren gespannt, das war ihnen anzumerken.

»Was deff ii eich bringa?«, unterbrach sie plötzlich die Bedienung, eine junge Frau mit dunklem Haar.

Lisa und Heiko bestellten nach einem kurzen Blick in die Speisekarte zwei Cola, einmal Bratwürste und einmal Kesselfleisch mit Sauerkraut.

»Des wissa Sie ja sicher scho, was doa geschdern los wor«, begann Grete Lebrecht unaufgefordert.

Heiko beschloss, sich ahnungslos zu stellen und schüttelte den Kopf. »Was war denn?«

»Also, die Erika – Gott sei ihrer Seele gnädig – is mit uns doa zsammghoggt. Und plötzlich geht die Tür auf und die Biggy kommt wie eine Furie reigstürmt und sechd zu der Erika, sie hätt ihr Ratta und Kakerlaka in da Keller kippt und da WKD ougruafa. Und desweecha hätt der WKD denna Windischs des Johr für die Muswies da Looda dichtgmacht.«

»Und können Sie sich vorstellen, dass da was dran sein könnte?«, forschte Lisa, während die Bedienung die Colas vor ihnen auf den Tisch abstellte.

»Also, ich kann mir das net vorstellen«, ließ sich zum ersten Mal Herbert Lebrecht vernehmen. »Des wär ja richtig bösartig.«

»Aber so sin die Weiber«, hielt Helga Steckling dagegen.

»Helga …«, tadelte Anna, »Jetz is die Erika noch net amole kalt.«

Heiko verkniff sich ein Grinsen. Kalt war sie auf jeden Fall.

»Ich kou des eh net glaawa, dass die Erika sou ebbes gmacht hat«, erklärte Grete Lebrecht in einem Brustton der Überzeugung. »Die wor scho reechd.«

»Och, wer weiß«, erwiderte Helga Steckling erneut, deren Meinung vom Opfer offenbar nicht ganz so hoch war wie die der anderen. »Der trau ich so einiges zu. Ich mein: Hab ich zugetraut.«

Das Essen kam, und alle am Tisch wünschten den Kommissaren »An Guada«.

»Inwiefern?«, hakte Lisa nach und schnitt ein Stück ihrer Bratwurst ab, um es sich in den Mund zu stecken. Hervorragend!

»Na, ich glaub, der ihre Jungen hamm's nicht leicht«, antwortete Helga Steckling vage.

»Wie meinen Sie das?«, fragte Heiko und freute sich über sein aromatisches Kesselfleisch, das, wie er wusste, Lisa eindeutig zu fettig war.

Helga Steckling schien die Aufmerksamkeit zu genießen, holte einmal tief Luft, trank einen weiteren Schluck Weinschorle und sagte schließlich: »Also, mit der Schwiegertochter hat sie sich ja nicht so verstanden, wie man hört.«

»Hm?«, forderte Heiko mit vollem Mund zum Weiterreden auf.

»Ja, die Frau vom Jörg, wie heißt sie noch mal?«

»Melanie«, half ihre Schwester.

»Ja, genau. Die Melanie war halt nicht so nach dem Geschmack von der Erika, zu aufmüpfig, zu selbstbewusst. Die hat sich aber nicht vergraulen lassen, der andere Kerl ist ja immer noch allein«, fuhr Helga Steckling fort.

»Wieso vergraulen?«, wunderte sich Lisa.

»Man kann einer Schwiegertochter in spe das Leben so vergällen, dass sie Reißaus nimmt«, erklärte Grete Lebrecht.

»Na, ist das nicht etwas vorletztes Jahrhundert?«, dachte Lisa laut nach.

»Hamm Sie eine Ahnung«, widersprach Grete Lebrecht. »Wenn eine Bäuerin der Ansicht ist, dass die Freundin vom Sohn nicht auf den Hof passt ... also, das kann dumm laufen!«

Lisa hielt das für maßlos übertrieben, aber nun gut.

»Und was die Ratten angeht ...«, versuchte Heiko, das eigentliche Thema wieder aufzugreifen.

»Das mit den Ratten kann auch ein Dummejungenstreich gewesen sein«, meinte Anna Steckling.

Heiko zog die Augenbrauen zusammen. Das glaubte er nicht, denn es war zu hinterhältig, das Motiv allzu wirtschaftlich.

»Gibt es noch weitere direkte Konkurrenten der Windisch-Wirtschaft?«, wollte Lisa wissen.

Nun lachte der ganze Tisch.

»Konkurrenten, also na ja«, entgegnete Herbert. »Klar sind das alles Konkurrenten. Aber an der Muswies sind genügend Leut für alle da.«

»Außer für die spinnerte Vegetariertussi«, gluckste Helga Steckling.

»Die is scho reechd«, relativierte Grete Lebrecht.

»Veganerin«, korrigierte Lisa.

»Was?«

»Sie ist Veganerin. Sie isst gar keine tierischen Produkte. Das ist eigentlich sehr human ...«

Heiko runzelte die Stirn. Dass Lisa nur ja nicht auf blöde Gedanken käme!

»Wenn's moont«, quittierte Herbert Lebrecht, trank einen Schluck seiner Halben und fügte hinzu: »Ii ess jedafalls mei Schlachtplatte uff dr Muswies.«

»Na, das war ja sehr konkret alles«, befand Lisa, als sie sich eine halbe Stunde später auf den Heimweg gemacht hatten. Sie fuhren einen Schleichweg über Schainbach, das in Hohenlohe nur »Schoomba« genannt wurde.

»Halt mal an«, bat Lisa, als sie die Stelle passierten, wo der Mord geschehen war.

Heiko bremste, stellte den Motor ab, und die beiden stiegen aus. Es war dunkel geworden, der aufgehende Mond und die Scheinwerfer des BMW M3, die Heiko angelassen hatte, sorgten für schales Licht.

»Was hat sie eigentlich hier gemacht?«, wunderte sich Lisa, war mit zwei Schritten am orangeweißen Absperrband, schlüpfte hindurch und betrachtete die glucksende Quelle des Seebachs.

Heiko folgte seiner Freundin fröstelnd, er fand diesen Ort irgendwie unheimlich. Als würde ihn etwas im Gebüsch beobachten. Irgendein Nachtvogel sang in der Hecke hinter dem alten Brunnen, er konnte nicht sagen, welcher.

»Sie muss etwas gesucht haben«, schlug Heiko vor.

»Oder sie war verabredet …«, vermutete Lisa und bestimmte dann: »Sie hat sich mit jemandem getroffen. Aber mit wem? Und warum?«

»Das kannst du nicht wissen«, relativierte Heiko. »Vielleicht wollte sie einfach alleine nachdenken.«

Das könnte er persönlich sehr gut verstehen, er konnte oft am besten seinen Gedanken nachhängen, wenn er mit Sita seine Runden in und um Tiefenbach drehte.

»Frauen machen so was nicht, die hocken sich nicht in die Pampa und denken nach«, glaubte Lisa.

»Es gibt solche und solche Frauen«, hielt Heiko dagegen.

»Und außerdem ist sie an dieser Stelle ihrem Mörder begegnet«, fuhr Lisa unbeirrt fort. »Der ist wohl kaum zufällig vorbeigekommen.«

»Hm …« Heiko fiel kein Gegenargument ein, vielleicht hatte Lisa recht. »Womöglich war es ein Treffen, von dem die anderen nichts mitbekommen sollten. Etwas Geheimes. Vielleicht etwas Illegales«, führte er die Überlegung fort.

Die Quelle zu ihren Füßen gurgelte nun ein bisschen lauter, und Heiko fragte sich, warum.

»Na, ich würde jetzt mal nicht behaupten, dass Erika Böckler die Hasch-Dealerin von Musdorf war«, meinte Lisa.

Heiko grinste. »Wohl kaum«, stimmte er zu.

Ein weiterer Vogel schrie, diesmal war es eine Nachteule, und sie war nicht weit weg. Heiko fröstelte wieder. »Lass uns heimfahren«, beschloss er.

FREITAG

VOR DER MUSWIESE

Am nächsten Morgen schlugen Heiko und Lisa sofort nach ihrem Eintreffen auf dem Revier bei Uwe auf. Wie immer verdrehte der Spurensicherer theatralisch die Augen, als sei es vollkommen ungebührlich anzunehmen, dass er Neuigkeiten für sie hätte, schon wieder.

Heiko seufzte und setzte seinen strengsten Blick auf, um das übliche Hinhaltetheater zu vermeiden. »Also?«, meinte er fordernd. »Was gibt's Neues?«

Uwe fuhr sich über die rasierte Glatze. »Zum Elektroschocker: Das genaue Modell wird man nicht feststellen können«, enttäuschte er die Kommissare. »Es gibt Hunderte baugleicher Typen, und wenn der Mörder nicht vollkommen umnachtet ist, wird er das Teil eh nicht daheim unter dem Kopfkissen aufbewahren.«

»Hast du vielleicht etwas, was uns helfen könnte?«, fragte Lisa den Spurensicherer.

Uwe nickte und hob ein Cellophantütlein hoch.

»Aber das ist doch leer«, beschwerte sich Heiko.

»Nein. Das sind Fasern, Wollfasern.«

»Was für Wollfasern?«, wollte Lisa wissen.

»Ich bin noch bei der Analyse«, antwortete Uwe. »Allerdings kann ich schon sagen, dass sie blau, grau und naturweiß sind und dass es keine herkömmliche Schafwolle ist.«

»Keine Schafwolle? Was dann?«, erkundigte sich Heiko.

»Vikunja.«

»Gesundheit«, wünschte Heiko.

»Nein, die Wolle ist vom Vikunja.«

»Was issn des?«

»Das ist ein südamerikanisches Schaf, eine Art Mini-Lama. Feinste Wolle, durfte früher nur von den Inkas getragen werden.«

»Aha, und wo kriegt man so was her?«, hakte Heiko verständnislos nach.

»Also, wenn du mich fragst – entweder aus dem peruanischen Hochland oder von der Muswies.«

»Und wo hast du sie gefunden?«, forschte Lisa weiter.

»Tja, das ist interessant: Sie wurden in den Haaren des Mordopfers gefunden.«

»Ach …«, entfuhr es Lisa.

»Ja. Und da wir weit und breit keine Mütze gefunden haben, ist die Wahrscheinlichkeit hoch, dass der Täter Handschuhe getragen hat, Vikunja-Wollhandschuhe, um genau zu sein, während er den Kopf der armen Frau unter Wasser gedrückt hat.«

»Möglich«, stimmte Heiko zu. »Wir suchen demnach nach einem Elektroschocker, der bestimmt bereits entsorgt ist. Und nach blau-grau-weißen Wollhandschuhen.«

»Vikunja-Wollhandschuhen«, korrigierte Uwe. »Und ich habe noch mehr Fasern. Ich bin dran. Ich halte euch auf dem Laufenden.«

»Kriegen wir von den Fasern noch DNA?«, hoffte Heiko.

Uwe wiegte den Kopf. »Ich schaue, was sich machen lässt.«

»Und weißt du jetzt den Todeszeitpunkt genauer?«
»Die Ulmer haben elfe bestätigt. Ungefähr.«

Nachdem Heiko und Lisa Uwes Büro verlassen hatten, beschlossen die Kommissare, erst einmal der Spur der geheimnisvollen Faser zu folgen. Die Wahrscheinlichkeit, dass eine Musdorfer Vikunja-Wollfaser von einem Muswiesenstand stammte, war immerhin höher, als dass sie im Hochland der Anden direkt beim Erzeuger gekauft worden war. Und so machten sie sich wieder auf den Weg nach Musdorf, vielmehr nach Rot am See. Da Musdorf ein Ortsteil von »Roud« war, wollten sie sich erst einmal auf dem Rathaus erkundigen, wer von den Händlern Vikunja-Wolle im Sortiment führte, das würde ihre Suche deutlich eingrenzen. Bei der für die Muswiese verantwortlichen Gemeindeverwaltung würden sie diejenige Person finden, die für die Standvergabe zuständig war und einen Überblick über die angebotenen Waren hatte. Die Beamten ließen die Abfahrt nach Musdorf rechts liegen und passierten den Ort. Kurz bevor es nach Brettenfeld weiterging, konnten sie nach einer Bäckerei, gegenüber von einem Blumenladen, auf der linken Seite das Rathaus erkennen. Heiko stellte seinen schwarz lackierten BMW M3 auf dem Parkplatz ab und betrat mit Lisa wenig später das geräumige Gebäude. Der Empfangsbereich wurde von einem Brunnen dominiert, der ein überaus positives Raumklima schuf, wie Lisa fand. Sofort überlegte sie laut, dass sie sich auch einen Zimmerbrunnen zulegen könnten, das sei doch etwas Schönes.

Heiko beschränkte sich auf ein »Hm«, verschwieg tunlichst, dass es so was sicherlich auf der Muswies zu kaufen gab, und stieg die Treppe mit dem schweren Holzgeländer zu den Amtszimmern hinauf.

Nach kurzer Suche fanden sie die zuständige Sachbearbeiterin, eine Barbara Wandel, die sie nach dem ersten Klopfen einließ. Die Frau saß auf einem dynamisch wirkenden Bürostuhl vor einem massiven Schreibtisch, auf dem ein riesiger Rechner stand, in ihrem Rücken eine beeindruckende Zimmerpflanze, wohl eine Palme, noch weiter dahinter stand ein kleinerer, leicht kümmerlich wirkender Gummibaum.

»Grüß Gott«, grüßte die Dame und hob fragend die dünnen, zu einem Strich rasierten Augenbrauen. Ihr aschblondes Haar war kurz und chic frisiert, und sie trug dezentes Make-up.

»Luft und Wüst von der Kriminalpolizei«, stellte Heiko sie vor.

»Ach, sie untersuchen den Todesfall, ja?«, entgegnete Barbara Wandel sofort, und Heiko wunderte sich kein bisschen, dass sie schon Bescheid wusste. »Furchtbar, die arme Erika. Sie war eine Schulkameradin von mir, und wir waren ganz gut befreundet«, plauderte sie weiter und schüttelte dazu mitleidsvoll den Kopf.

Heiko und Lisa wechselten einen bedeutungsvollen Blick.

»Wie gut kannten Sie denn die Erika Böckler?«, hakte Heiko nach.

»Ach, wir sind ab und zu einen Kaffee miteinander trinken gegangen«, lautete die Antwort.

»Können Sie uns vielleicht sagen, mit wem die Frau Böckler im Clinch lag?«, fragte Lisa unverblümt.

Barbara Wandel nahm einen Kugelschreiber zwischen die Finger und strich nachdenklich über die silberfarbene Oberfläche. Die Lüftung ihres gigantischen Rechners sprang an und erzeugte ein lautes Geräusch »Na, man soll ja nicht schlecht über Tote reden, trotzdem… einfach war die Erika nicht.«

»Wie meinen Sie das?«

»Ich mochte sie ja wirklich gerne, aber …«

Lisa frohlockte innerlich. Alle Lästereien und düsteren Gerüchte begannen mit diesen Worten.

»Aber …?«, ermunterte sie die Frau am Schreibtisch.

»Also manchmal hatte ich das Gefühl, dass sie unsere Freundschaft ein bisschen … na ja, wie soll ich sagen … ausnutzt wäre jetzt zu viel gesagt, allerdings …«

»Wie meinen Sie das?«

Barbara Wandel seufzte, zog eine dünne Augenbraue hoch und präzisierte: »Zum Beispiel die Geschichte mit dieser Veganerin. Da hat die Erika wirklich alles darangesetzt, dass die ihr kleines Café nicht aufmachen darf. Sie hat es bei mir probiert, aber …«

»Aber …?«

»Aber natürlich bin ich als Beamtin für derlei Dinge vollkommen unempfänglich.«

»Natürlich. Hat sie noch weitere Intrigen gesponnen?«, hakte Lisa nach.

»Davon weiß ich nichts, und ›Intrige‹ würde ich das auch nicht grad nennen, das ist mir jetzt halt grad so eingefallen.«

»Hm«, kommentierte Heiko und registrierte, wie ein Blatt des Gummibaums zu Boden segelte.

»Weswegen wir jedoch eigentlich hier sind … Ist es möglich herauszufinden, welche Händler blaue … wie heißt das noch?« Lisa sah Heiko Hilfe suchend an.

»Vikunja-Wolle«, erinnerte sich dieser.

»Ja, Vikunja-Wolle im Sortiment haben?«

Die Frau stutzte, verkniff sich allerdings eine Gegenfrage, offenbar wollte sie nicht allzu neugierig erscheinen. »Vikunja-Wolle«, murmelte sie, drehte sich zum Rechner und schien eine Weile zu scrollen. »Ich habe drei Stände mit südamerikanischer Ware und einen aus Tibet. Die haben manchmal auch Lama-Wolle und so, alles Fair Trade, versteht sich.«

»Natürlich. Könnten Sie uns die Liste ausdrucken?«

»Sie kriegen sogar eine Lageplan mit den Ständen«, antwortete Barbara Wandel, und Sekunden später surrte der Laserdrucker.

Mit dem Lageplan, auf dem Frau Wandel vier Kreuzchen eingezeichnet hatte, fuhren die Kommissare nach Musdorf. Sie hielten auf dem großen Parkplatz, der unweit der Muswiesenwirtschaft Uhl gelegen war – da die Muswiese noch nicht offiziell begonnen hatte, war er nur spärlich belegt, und die rot-weißen Absperrbändel flatterten im aufkommenden Herbstwind. Lisa und Heiko stiegen aus und folgten dem noch menschenleeren kleinen Weg am Rand des Uhl-Hofes bis zu der Stelle, an der bereits der Maronistand in voller Größe aufgebaut war. An diesem Punkt trafen alle drei Straßen aufeinander, an denen entlang sich die Muswiese erstreckte. Heiko betrachtete den Plan und wandte sich zuerst nach rechts. Dann steuerte er auf einen Stand zu, an dem eine ältere, untersetzte Frau soeben mit einigen Kartons mit Wollsocken hantierte.

»'s Gott«, grüßte er.

»Wenn ich ihn sehe, richte ich's aus«, lautete die Antwort, dazu zwinkerte die Dame verschmitzt.

Okay, sie war nicht von hier. Berlin, tippte Heiko. Ein Fischkopf also. Er würde Hochdeutsch sprechen müssen.

»Wir müssten Sie kurz was fragen, Frau …«, begann Heiko.

»Hintermeier. Trude Hintermeier. Na, dann schießen Sie los«, forderte die Dame ihn auf und verschränkte die Arme belustigt vor dem voluminösen Busen, der von einer anthrazitfarbenen Strickweste umhüllt war. Das schulterlange blondierte Haar hatte sie zu einem lässigen Pferdeschwanz zusammengefasst.

»Wir sind von der Polizei und untersuchen einen Mordfall«, erläuterte Lisa. »Und ein Indiz sind Fasern aus Vikunja-Wolle. Führen Sie so etwas im Sortiment? In Blau zum Beispiel?«

Trude Hintermeier widmete sich wieder ihren Wollsocken, die wirklich gemütlich aussahen. »Vikunja-Wolle hab ich im Programm, ja«, antwortete sie. »Aber nur in Naturfarben. Blau gibt's bei mir nicht. Ich hab dafür alle Töne, die ein Vikunja so hat«, erklärte sie und warb: »Außerdem haben wir noch Alpaka-, Lama- und natürlich auch Schafwollprodukte.«

»Und das war schon immer so? Ich meine, Sie hatten nicht zufällig letztes Jahr blaue Sachen dabei?«

Die Frau schüttelte den Kopf. »Nein. Da kann ich Ihnen nicht helfen, tut mir leid.«

Auch beim zweiten Händler, der sich in der anderen Richtung befand, einem kugelrunden Mann mit Kurzhaarschnitt, seltsam gemustertem Hemd und beigefarbenen Hosenträgern hatten die Kommissare kein Glück, er führte nur braune und schwarze Vikunja-Wollsocken.

Erst der dritte Händler, ein Henning Backmann, der ebenfalls mit Wollprodukten aller Art handelte, zeigte ihnen einige Pullover, die in Tibet handgestrickt und aus der gesuchten Wolle gefertigt waren.

»Hab ich in allen Farben«, meinte der junge blonde Mann. Seine Haare wirkten etwas strähnig. Einen seiner Pullis, einen orangefarbenen mit Kapuze und Kordeln mit Quasten, trug er selbst.

»Blaue Pullover haben Sie auch«, stellte Heiko nachdenklich fest.

»Natürlich. Blau ist eine der beliebtesten Farben. Blau steht fast jeder Frau. Würde Ihnen ebenfalls stehen, meine Dame«, raspelte der Händler Süßholz, während er Lisa von oben bis unten musterte.

Die schenkte ihm ein dünnes Lächeln. »Na, mal schauen, bald ist ja Muswiese«, sagte sie unbestimmt.

Henning Backmann nickte. »Morgen um die Zeit geht's hier so richtig rund«, versprach er, und es hätte zu seinen Worten gepasst, wenn er sich die Hände gerieben hätte, vor lauter Vorfreude auf den Umsatz.

»Das ist jetzt eine etwas seltsame Frage«, fuhr Heiko fort, und tatsächlich hegte er nicht unbedingt die Hoffnung, dass sie Erfolg haben würde, »aber können Sie sich an den einen oder anderen Kunden, der etwas Blaues gekauft hat, erinnern?«

Der Mann lachte auf und entblößte recht gelbliche Zähne. »Das ist jetzt nicht Ihr Ernst, oder?«

»Scho«, entgegnete Heiko, und es klang todernst.

Das Grinsen des Mannes verschwand, und er kratzte sich am Kopf. »Okay, also, an manche Kunden kann man sich tatsächlich erinnern, manche kommen jedes Jahr, oder wenn mal eine ausnehmend attraktive Dame dabei ist oder so.« Erneut ein Blick zu Lisa. »Doch in so einem allgemeinen Fall ... nein, tut mir leid.«

»Sie melden sich, wenn Ihnen noch was einfällt?«, vergewisserte sich Heiko und überreichte dem Mann eine Visitenkarte.

»Klar, mach ich.«

Der vierte Händler, den Heiko und Lisa aufsuchten, führte seinen Stand ziemlich am letzten Ende der Muswiese, unweit einer der Stellen, wo die Shuttle-Busse hielten.

Sie passierten einen Silberschmuckstand, den Lisa interessiert musterte. »Ach, da gibt es ja schöne Sachen, da muss ich dann mal genauer stöbern.«

Heiko stöhnte. Ein Einkaufsbummel über die Muswiese war unter allen Umständen zu vermeiden. Frauen schafften es, bei jedem Stand stundenlang zu verweilen und alles, wirklich alles, was angeboten wurde, zu begutachten. Vor allem Lisa mit ihrem Dekowahn war auf der Muswiese in ihrem Element. Na, vielleicht könnte er sie alleine losschicken und so lange in einer der Wirtschaften einen Kaffee trinken. Außerdem mussten sie ja auch arbeiten, und zwar hauptsächlich, jawoll. Recherchieren konnte man ja wiederum in den Wirtschaften, bei Schlachtplatte, Landfrauenkuchen und selbst gebranntem Obstler.

Endlich erreichten sie den letzten Stand. Ein Mann mit grauem Vokuhila – der trotz seiner Frisur seltsamerweise nicht ungepflegt, sondern irgendwie cool wirkte, wohl auch, weil er in einer braunen Lederjacke steckte, die einen irgendwie an Indiana Jones erinnerte – sortierte Schafwolldecken in der Auslage. Lisa dachte sofort, dass diese sicher toll für den hohenlohischen Winter geeignet waren. Wenn draußen 15 bis 20 Grad minus herrschten und man sich zu Hause einkuschelte.

»Guten Tag«, grüßte die Kommissarin.

Der Mann hob den Kopf, und seine stechend hellblauen Augen blitzten sie schelmisch an. »Ach, so eine wunderschöne Kundin noch vor Beginn der Muswies«, sülzte er.

Das letzte Wort war etwas bemüht im Dialekt gesprochen worden, alles andere allerdings in Hochdeutsch mit einigen nordischen Intonationseinsprengseln. Ein Hamburger, mutmaßte Heiko.

Er schob sich neben Lisa, bedachte den Händler mit einem strengen Blick und stellte vor: »Luft und Wüst, Kriminalpolizei.«

Der Mann ließ von den Decken ab und verschränkte die Arme vor der Brust. Er überragte Heiko um einen halben Kopf.

»Ach«, erwiderte er, bevor er sich vorstellte: »Gerstling, Friedemann. Angenehm.«

»Wir sind auf der Suche nach …«

Gerstling hob eine Hand und unterbrach Heiko: »Also, wenn Sie nicht gerade auf der Suche nach Wollprodukten sind, kann ich Ihnen womöglich nicht weiterhelfen.«

»Aber das sind wir ja«, entgegnete Heiko scharf.

»Wie bitte?«

»Wir sind tatsächlich auf der Suche nach Wollprodukten.«

»Ach.«

»Und zwar ermitteln wir in einem Mordfall, hier in Musdorf.«

»Ein Mordfall?«, fragte der Händler. »Wen hat es denn erwischt?«

»Erika Böckler«, erklärte Heiko. »Kennen Sie die?«

Für den Bruchteil einer Sekunde verlor der Mann die Fassung, die hellen Augen blinzelten, er wischte sich fahrig eine Strähne aus dem Gesicht. »Frau Böckler?«, erkundigte er sich, nachdem er sich gefangen hatte. Scheinbar lässig lehnte er sich gegen einen der metallenen Stützpfeiler seines Standes.

»Sie kannten die Frau?«, vermutete Heiko.

»Flüchtig«, lautete die Antwort, bevor Gerstling fortfuhr: »Nein, ein bisschen mehr. Sie müssen sich vorstellen, wie man sich eben so kennt, nach 30 Jahren Muswiese. Wir Händler haben viel mit den Wirten zu tun.«

»Übernachten Sie auch bei den Wirten?«, forschte Lisa.

»Manche, aber ich nicht. Ich habe ein Wohnmobil.« Er wies auf ein Gefährt der Mittelklasse, bereits etwas älter, das einige Meter hinter seinem Stand in der kargen, herbstlichen Wiese stand.

»Hatten Sie in diesem Jahr schon miteinander zu tun?«, fragte Heiko weiter.

»Wir haben uns gegrüßt, mehr nicht. Am Mittwochmittag, beim Pressler.«

»Und haben Sie da den … Eklat mitbekommen?«, erkundigte sich Lisa.

»Sie meinen das Geschrei von der Biggy Windisch? Klar. Man muss allerdings dazusagen, dass sich die beiden Damen noch nie wirklich grün waren. Doch das ist ja öfters so in der Damenwelt.«

Lisa öffnete den Mund, um zu widersprechen, dachte sich dann allerdings, dass der Mann leider durchaus recht hatte.

»Wie meinen Sie das?«, hakte Heiko nach.

Gerstling schnalzte mit der Zunge. »Ach, die Frau Böckler war schon … Na, nennen wir es schwierig. Stutenbissig, wenn Sie wollen, und latent intrigant, soweit ich das mitbekommen habe.«

Lisa wunderte sich insgeheim, dass der Mann überhaupt etwas bemerkt hatte, da Frauen dieser Kategorie all ihre Bosheiten normalerweise so vollführten, dass ausschließlich andere Frauen darunter zu leiden hatten und sämtliche Männer sie nicht einmal mitbekamen. Wenn man dann einem Mann sein Leid über die intrigante Kollegin, Bekannte oder Freundin einer Freundin klagte, lautete das Urteil in 99 Prozent der Fälle: »Das bildest du dir ein. Die ist doch total nett!«

»Haben Sie irgendwas Konkretes mitbekommen?«, wollte Heiko wissen.

»Nicht wirklich. Bis auf das Theater mit der Biggy.«

Heiko sah den Mann forschend an, aber der schien die Wahrheit zu sagen.

»Der eigentliche Grund unseres Besuches ist folgender«, wechselte Lisa das Thema. »Am Tatort wurden mehrere Wollfasern gefunden, aus Vikunja-Wolle. Führen Sie die im Sortiment?«

Gerstling nickte und deutete auf eine Kiste mit Socken. Dann erzählte er im Ton eines Werbesprechers: »Die Vikunja-Wolle ist die feinste Wolle Südamerikas. Bei den Inkas war sie den Herrschern vorbehalten. Sie eignet sich wunderbar für Socken, Mützen, Schals, Handschuhe und alles andere in der Art.«

»Handschuhe sind das, was uns am meisten interessiert«, erklärte Heiko. »Haben Sie welche im Sortiment?«

Gerstling schüttelte den Kopf, sodass die grauen Haarsträhnen hin- und herschwangen. »Nein. Aber vor drei, vier Jahren, weiß nicht mehr, hatte ich mal eine Kiste davon.«

»Bunte?«, vergewisserte sich Heiko.

»Alle Farben!«

»Und Sie erinnern sich nicht zufällig, wem Sie alles ein solches Paar Handschuhe verkauft haben?«, fragte Lisa.

Gerstling schnaubte. »Sie machen Witze«, mutmaßte er.

»Wir scherzen nie«, entgegnete Heiko und blickte dabei recht grimmig.

Der Mann räusperte sich und sagte: »Also, nein. Daran kann ich mich leider nicht erinnern. Wie Sie sich vielleicht denken können, sind das einige. Wie kommen Sie überhaupt darauf, dass das Kleidungsstück, von dem die Faser stammt, auf der Muswiese gekauft wurde?«

»Die Wahrscheinlichkeit ist zumindest hoch«, erwiderte Heiko.

Gerstling murmelte nach kurzem Überlegen zustimmend. »Ich kann Ihnen leider nicht helfen. Vielleicht lassen Sie mir ein Kärtchen da?«

»Hast du bemerkt, wie der zusammengezuckt ist?«, fragte Lisa, als sie den Weg zum Auto zurückgingen.

Heiko war froh, dass seine Freundin mit ihren Gedanken bei dem Fall war und den Stand mit den Zimmerbrunnen gänzlich übersah. Tief in seinem Inneren wusste er allerdings, dass der ihr im Laufe der Muswies schon noch auffallen würde.

»Du meinst, als er ihren Namen gehört hat? Ist doch klar, wenn er sie gut kannte«, wandte er sich an Lisa.

Die schüttelte leicht den Kopf. »Findest du nicht, dass er das irgendwie … zu kaschieren versucht hat? Als hätte er etwas zu verbergen …«

»Jetzt, wo du's sagst, möglich. Aber was soll das sein?«

Lisa zuckte mit den Achseln und gestattete sich einen

Blick auf die Stände. Soeben passierten sie einen, an dem es lediglich Pinzetten und Gerätschaften aller Art gab, mit denen man an verschiedenen Körperstellen herumzupfen, -stochern und -feilen konnte.

»Was machen wir nun?«, erkundigte sie sich.

»Wir besuchen die Windischs und schauen, ob die irgendwo blau-grau-weiße Handschuhe rumliegen haben. Oder einen Elektroschocker«, beschloss Heiko.

»So doof werden die grade noch sein«, schnaubte Lisa.

»Für einen Durchsuchungsbefehl reicht es nicht«, entgegnete Heiko. »Bloß dieser Krach unter den zwei Frauen … das wird dem Staatsanwalt nicht genügen.«

»Also, dann müssen wir es anders anstellen.«

Friedemann Gerstling hängte stoisch seine Ledergürtel über den drehbaren Präsentationsständer. Es waren Gürtel aus feinem Rindsleder, naturgegerbt, beste Güteklasse und damit etwas teurer als das, was man an den anderen Ständen stellenweise bekam. Aber die Leute zahlten den höheren Preis gern, wussten sie doch, dass sie bei ihm Qualität bekamen. Seine Gedanken kreisten allerdings nur um eine Sache: Nun hatte es die Erika also erwischt.

Man konnte nicht sagen, dass ihr das nicht recht geschehen würde, gar nicht. Er hatte sie dennoch irgendwie gemocht. Auch nach all dem, was passiert war, oder vielleicht gerade deshalb. Trotzdem. Es war schwierig. Er hatte bereits vor dem Besuch der Polizisten gewusst, dass sie tot war, hatte sich nur nicht verdächtig machen wollen. Allerdings fürchtete er, dass ihm doch irgendwie die Gesichtszüge entgleist waren. Verdammt, so war das nicht geplant gewesen.

Er rieb sich die Hände. Furchtbar kalt war es heute. Widerlich. Die Kälte kroch in seine Glieder. Wehmütig dachte er an die wunderbar warmen Handschuhe aus seidiger Vikunja-Wolle, die in seinem Wagen lagen. Innerlich fluchte er. Er würde für den Rest der Muswiese andere tragen müssen.

Lisa und Heiko waren am Haus des Ehepaars Windisch angekommen. Erst öffnete niemand, ziemlich lange nicht, und nach einer ganzen Weile schwang endlich die Tür auf.

»Ach«, begrüßte sie Franz Windisch und wirkte wenig begeistert. »Die Polizei. Und, haben Sie den Fall geklärt?«

»Wir sind dabei«, erklärte Lisa. »Dürften wir kurz hereinkommen?«

Wieder dieselbe Wohnküche, wieder das Ehepaar, das nun unmittelbar vor der Muswiese eindeutig noch unzufriedener wirkte als gestern. Der wirtschaftliche Schaden musste wirklich immens sein, dachte Heiko. Und dazu noch die Tatsache, dass man sonst zu diesem Zeitpunkt auf Hochtouren schuftete und jetzt zur Untätigkeit verdammt war. All die Vorbereitungen, das Essen, das entsorgt werden musste, all die Logistik …

»Was machen Sie eigentlich mit den Vorräten?«, eröffnete Heiko das Gespräch.

»Biogas«, lautete die Antwort von Brigitte Windisch. »So kriegen wir wenigstens noch ein paar Euro pro Tonne.«

»Ach, das ist ja schlimm«, fand Lisa, doch die Frau winkte ab.

»Wir kommen schon klar. Wir sind nicht ruiniert, falls Sie das denken. Der Hof gehört uns, auch, wenn er nicht so gut läuft. Aber es ist okay.«

Franz Windisch schwieg derweil weiterhin eisern und stierte die Kommissare missmutig an.

Seine Frau ergriff erneut das Wort: »Deshalb sind Sie aber nicht hier, hab ich recht?«

»Nein«, gab Heiko zu. »Wir haben neue Erkenntnisse.«

»Ach.«

»Wir wissen nun mit Sicherheit, dass Erika Böckler einem Gewaltverbrechen zum Opfer gefallen ist. Am Tatort wurden…«, Heiko beschloss aus einer Eingebung heraus, die Katze nicht ganz aus dem Sack zu lassen, »… Wollfasern gefunden. Sie könnten vom Täter stammen.«

»Sou«, meldete sich Franz Windisch endlich. Offensichtlich folgte er dem Gespräch durchaus.

»Naturwolle?«, erkundigte sich seine Gattin.

Lisa nickte.

»Aber das ist ja wunderbar«, freute sich Brigitte Windisch, und ein glückliches Lächeln huschte über ihre Lippen.

»Wie bitte?«, hakte Lisa konsterniert nach.

»Wunderbar ist das«, wiederholte Brigitte Windisch. »Dann kommen mein Mann und ich als Täter definitiv nicht infrage.«

»Warum nicht?«

»Ich hab eine Allergie gegen Tierhaare, und die schließt jegliche Art von Naturwolle ein. Wir haben kein einziges Kleidungsstück aus Naturwolle im Haus, Sie können gerne nachschauen.«

»Sie haben eine Allergie gegen Tierhaare?«, wiederholte Lisa zweifelnd. »Aber Sie halten doch … Schweine, oder?«

Die Bäuerin nickte. »Richtig. Aber der Umgang mit Schweinen macht mir nichts aus. Von der Nachbarskatze halte ich mich aber fern, und ich werde mich hüten, mich in Wolle zu wickeln, weil, glauben Sie mir, das schaut nicht schön aus.«

Franz Windisch nickte zustimmend und meinte: »Sie sollten mal sehen, was meine Frau für widerliche Quaddeln kriegt, wenn sie was angefasst hat, wo Wolle nur minimal mit verarbeitet wurde. Knallrot und riesengroß, überall. Keine Naturwolle. Im ganzen Haus nicht.«

Lisa und Heiko tauschen stumm Blicke. »Haben Sie … ein ärztliches Attest oder eine andere Bestätigung?«, wollte Heiko wissen.

»Wir können sofort meinen Hausarzt anrufen«, bot die Hausherrin an.

»Das werden wir gleich machen. Doch zunächst noch was anderes«, fuhr Heiko fort. »Wie betäuben Sie denn Ihre Schweine vor der Schlachtung?«

Franz Windisch zog die Augenbrauen zusammen. »Was hat das denn mit dem Mordfall zu tun?«

»Beantworten Sie einfach die Frage, Herr Windisch«, forderte Lisa.

»Mit einem Bolzenschussapparat. Das ist eine saubere Sache, da sind die gleich weg.«

»Sie benutzen nicht etwa einen Elektroschocker?«, insistierte Heiko.

Franz Windisch schüttelte den Kopf. »Das macht kein Mensch. Wir in Musdorf nehmen alle den Bolzenschießer, wenn ich richtig informiert bin.«

»Nun gut«, schloss Heiko. »Dann rufen Sie jetzt bitte ihren Hausarzt an, Frau Windisch.«

Die Frau wählte die Nummer und reichte Heiko das Telefon. Der Hausarzt bestätigte, dass seine Patientin an einer ausgeprägten Allergie gegen Wolle litt, es handele sich um eine Kreuzallergie zu Tierhaaren, sie hätte deshalb bereits mehrfach ein Antihistaminikum nehmen müssen.

Heiko bedankte sich und legte seufzend auf. Die Polizisten verabschiedeten sich von dem Ehepaar und verließen das Haus.

»Wieder eine Sackgasse«, brummte Heiko resigniert und zündete sich eine Zigarette an.

Lisa dachte nach. »Hm. Am besten gehen wir noch einmal zu den Böcklers. Vielleicht ist aus denen doch noch was rauszuholen.«

Die Vorbereitungen waren in vollem Gange. Melanie stellte die Tellerstapel bereit und kontrollierte dabei, ob das Geschirr auch sauber war. Johann und Jörg wuchteten gemeinsam das Sauerkrautfass in die Küche. Und Ludwig Böckler putzte den Holzherd so akribisch, wie er gestern das Innere des Kamins gereinigt hatte, nachdem er die verräterische Schachtel und die Rechnung verbrannt hatte. Es hatte ihm dennoch nichts genützt, der Franz war seiner Erika auf die Schliche gekommen. Innerlich fluchte er. Wieso hatte sie das getan, und wenn sie es schon hatte tun müssen, warum hatte sie sich nicht ein bisschen cleverer angestellt?

Seine Wut auf Erika ließ ihn erschrecken, ›Verzeih mir, ich habe es nicht so gemeint‹, leistete er gedanklich umgehend Abbitte. Er strich sich mit der behandschuhten Hand den Schweiß aus dem Gesicht. Er wollte ihr nicht böse sein. Er hatte mit dem Gedanken gespielt, dieses Jahr die Muswiese auszulassen, einfach abzuhauen, wegzugehen, in Urlaub oder keine Ahnung wohin. Weg von allem, entfliehen. Aber die anderen waren dagegen gewesen. Außerdem war es ja gar nicht möglich. Er hatte Franz die Hälfte seines Gewinns angeboten, und der hatte Dreiviertel verlangt. Unverschämt, ja, allerdings verständlich. Irgendwie. Und das Schlimmste, was passieren könnte, wäre, wenn die Sache mit Erika publik werden würde, und nein, das wollte er nicht. Er seufzte. Dann eben so. Es war sowieso egal.

Zu allem Überfluss ging nun auch noch die Tür auf und die beiden Kommissare betraten den Raum, gefolgt von Fabienne, die sie offenbar hereingelassen hatte.

»Grüß Gott, Herr Böckler«, begann Heiko und sah sich um. »Sie sind ja voll dabei.«

»Bleibt ja nix«, lautete die kurze Antwort.

»Ich will Ihnen nicht zu nahe treten … aber hätten Sie die Muswiese nicht lieber ausfallen lassen wollen, dieses Jahr?«, erkundigte sich Lisa vorsichtig.

Der Mann wischte sich den Schweiß von der Stirn. »Schon«, antwortete er. »Das wäre eine Möglichkeit gewesen. Aber wissen Sie …«, sein Blick schien kurz in die Ferne zu wandern, »Arbeit lenkt ab. Ich kann sie sowieso noch nicht begraben, das geht während der Muswiese eh nicht.«

›Und weil die Leiche voraussichtlich noch für längere Zeit nicht freigegeben ist‹, fügte Heiko innerlich hinzu. Das würde einige Tage dauern.

»Wir wollen auch gar nicht lange stören«, versprach Lisa und musterte das geschäftige Treiben um sie herum. »Wir haben überlegt, ob Ihnen vielleicht noch was eingefallen ist? Ob noch jemand ein Problem mit Ihrer Frau gehabt hat?«

Ludwig Böckler schwieg eine Weile, bevor er erwiderte: »Einer der Muswiesenwirte hat ihr mal unterstellt, ihm ein Wurstrezept geklaut zu haben. Das war natürlich Quatsch, der hat das trotzdem hartnäckig behauptet. Hat sogar überlegt, uns zu verklagen, es dann aber gelassen.«

»Ach…« Lisa dachte, dass das wohl kaum ein Mordmotiv sei. Obwohl – in Hohenlohe, wo Wurst- und Fleischwaren einen derart hohen Stellenwert hatten, wurde vermutlich so manches Wurstrezept gehütet wie der Heilige Gral.

»Welcher Wirt war das?«, fragte Heiko nach.

Ludwig Böckler zögerte. »Ach, wisst ihr, das war grad irgendwie nur daher gesagt, ihr glaubt doch nicht im Ernst, dass das … also.« Er schaute sie verunsichert an. »Okay. Es war der Kirchner.«

»So. Fällt Ihnen noch irgendwas ein?«

Fabienne Böckler war neben sie getreten, sie trug ein Kopftuch, das ihre mittellangen Haare aus der Stirn hielt, dazu Jeans und ein zerschlissenes T-Shirt. »Hast du die Sache mit den Bulldogs schon erzählt?«, meinte sie zu ihrem Vater gewandt.

»Was für eine Bulldog-Sache?« Heiko horchte auf.

Fabienne sah ihren Vater an, und der schien leicht, kaum wahrnehmbar zu nicken.

»Wie Sie vielleicht wissen, bleiben an der Muswiese immer haufenweise Autos im Dreck stecken«, erzählte sie schließlich.

Lisa erinnerte sich. Da es an der Muswiese häufig regnete und der beliebteste Parkplatz ein riesiges Feld war, versanken viele Fahrzeuge hoffnungslos im Matsch. »Ja, und?«

»Normalerweise fahren welche von den Musdorfer Bauern rum und ziehen die Leute aus dem Acker«, fuhr die Tochter des Hauses fort.

»So kenne ich das auch«, stimmte Heiko zu und dachte mit Schaudern daran, was passieren würde, wenn ein Bulldog seinen M3 aus dem Acker ziehen müsste, womöglich mit irgendwelchen scharfkantigen Haken und Ketten. Nein, er parkte sein Auto lieber auf dem Feldweg in Richtung Schainbach, da stand es zumindest mit zwei Rädern auf Asphalt und kam ohne Probleme wieder vom Fleck.

»Ja, und normalerweise nehmen die Bauern nichts dafür, aber meistens kriegen sie einen Zehner oder einen Zwanziger, und den spenden sie sowieso der Feuerwehr«, ergänzte Fabienne Böckler.

»Und?«

»Und letztes Jahr haben ein paar Bauern aus irgendeiner Nachbargemeinde … woher eigentlich?« Sie sah fragend ihren Vater an.

Ludwig Böckler zuckte mit den Achseln. »Weiß nimmer.«

»Jedenfalls hatten sie die Geschäftsidee, die Leute in Eigenregie aus dem Matsch zu ziehen und dafür 20 Euro zu kassieren. Das rentiert sich durchaus, wenn man auf Zack ist und das die ganze Muswiese über betreibt.«

»Und was hatte Ihre Mutter damit zu tun?«, fragte Lisa.

»Meine Mutter hat sich beschwert, in Rot am See auf dem Rathaus, und die haben das unterbunden. Die Möchtegernabschlepper haben ziemlich eins draufgekriegt.«

»Hm«, ließ Heiko verlauten. »Da kümmern wir uns vielleicht mal drum. Aber noch was anderes: Besitzt jemand in Ihrer Bekanntschaft einen Elektroschocker? Vielleicht zum Schlachten?«

»Wieso?«, meldete sich nun der Witwer zu Wort.

Heiko zögerte, kam jedoch zu dem Schluss, dass es der Familie zustand, die Wahrheit zu erfahren, und wer weiß, vielleicht könnten sie den Fall ja auch schnell lösen, wenn sie die passende Tatwaffe fanden.

»Ihre Frau wurde mit einem solchen Gerät außer Gefecht gesetzt«, wandte er sich an Ludwig Böckler.

Dieser schlug die Hände vor den Mund, er wirkte verstört.

»Was?«, entfuhr es seiner Tochter, allerdings war ihr Tonfall nicht eindeutig und schwankte zwischen Überraschung, Erstaunen und Entsetzen.

»Ich kenne höchstens ein paar Leute, die einen Viehtreiber haben.« Ludwig Böckler hatte wieder die Fassung gewonnen. »Aber die nimmt man nicht zum Schlachten. Da nimmt man ein Bolzenschussgerät.«

»Ihnen fällt also niemand ein?«, hakte Heiko noch einmal nach und sah den Mann prüfend an.

»Haben das normalerweise nicht Frauen, die sich vor einem Überfall fürchten, oder irgendwelche Securitys in der Disco?«

»Schon«, gab Heiko zu.

In dieser Sekunde klingelte sein Handy.

Eine Stunde später saßen Heiko und Lisa bei Uwe im Büro und warteten auf die neuesten Erkenntnisse. Der Spurensicherer hatte sie angerufen, die Ulmer hätten einen ersten Bericht geschickt.

Uwe griff mit einer lahmen Bewegung nach der Akte, obwohl er ihren Inhalt hundertprozentig schon kannte. »Also«, begann er gedehnt und fuhr erst fort, als Heiko tadelnd die Brauen zusammenzog. »An der Kleidung der Toten waren noch ein paar Wollfasern. Wieder Vikunja-Wolle, um genau zu sein, und zwar oben an den Ärmeln.«

»Weil sie dort angefasst wurde, als der Mörder sie zur Quelle getragen hat?«, vermutete Lisa.

»Wohl eher geschleift«, verbesserte Uwe. »Wir haben, nachdem ihr weg wart, Spuren im Gras gefunden, die darauf hindeuten.«

»Deutet das auf einen schwachen Täter hin? Eine Frau vielleicht?«, überlegte Heiko.

Uwe schürzte die Lippen. »Na, auch ein starker Kerl müsste ein ziemlicher Idiot sein, wenn er sein Mordopfer trägt, anstatt es hinter sich her zu zerren.«

»Habt ihr wirklich keine brauchbaren Fußabdrücke mehr gefunden?«, vergewisserte sich Heiko. Er hoffte auf welche, die nicht Erika Böckler zuzuordnen waren.

»Nein, komischerweise nicht. Nur die verschmierten, die vom Mordopfer und die des Ehemanns, der seine Frau aufgefunden hat.«

Lisa sinnierte kurz, bevor sie vorschlug: »Und wenn er es war?«

Uwe sah sich nach seinem Kaffeebecher um und nahm einen Schluck des widerlich süßen Gebräus. »Bisher deutet nichts darauf hin, denn die Spuren gehen nur zur Ermordeten hin und dann wieder weg.«

Heiko dachte verwundert an die matschige Wiese, die eigentlich wunderbare, gestochen scharfe Abdrücke hätte liefern müssen. »Komisch, dass die Spuren so undeutlich sind«, fand er.

»Warum das so ist, das müsst ihr herausfinden«, erwiderte Uwe.

»Und die Wollfasern, waren die ebenfalls blau, grau und weiß?«, erkundigte sich Lisa.

»Ganz genau.«

»Wir suchen also nach einem Täter mit blau-grau-wollweißen Vikunja-Handschuhen«, quittierte Heiko. »Na, das kann kein Kerl sein!«

»Och du. Wer weiß, so ein modebewusster«, relativierte Uwe und erlaubte sich ein Grinsen.

»Hast du DNA dran gefunden?«, hoffte Heiko.

»Leider bisher immer noch nicht.«

»Jetzt echt?«, wunderte sich der Kommissar.

»Das Wasser zerstört viel, das schwemmt die DNA praktisch weg. Vielleicht finde ich ja noch ein Fitzele. Ich bleib jedenfalls dran.«

»Hm…« Heiko dachte nach. »Und der Elektroschocker? Weiß man da schon was?«

»Wurde von links hinten geführt«, erklärte Uwe. »Wenn man die Körpergröße des Mordopfers berücksichtigt, müsste der Mörder ungefähr die gleiche Größe haben.«

»Und wie groß war die Frau?«, wollte Lisa wissen.

»1,71«, antwortete Uwe nach einem Blick in die Akte. »Mittelgroß.«

Heiko stöhnte. Das traf auf halb Musdorf zu.

»Demnach ein Linkshänder?«, vermutete Lisa.

Uwe wiegte den Kopf. »Kann alles sein. Es hat bereits Fälle gegeben, wo ein Rechtshänder die Waffe in die linke Hand genommen hat, um von sich abzulenken.«

»Und der Stromschlag war … nicht tödlich«, erinnerte sich Heiko.

Uwe nickte. »Sie war nur bewegungsunfähig. Konnte nicht verhindern, dass der Mörder sie zur Quelle geschleift, umgedreht und unter Wasser gedrückt hat.«

»Gibt es Spuren eines Kampfes? Keine DNA unter den Fingernägeln?«, fragte Heiko weiter.

»Wie denn, wenn sie flach im Becken lag und von hinten unter Wasser gedrückt wurde!«, schnaubte Uwe. »Sie hätte sich die Arme auskugeln müssen, um an den Mörder ranzukommen. Dafür sind ihre Fingernägel voller Quellschlamm und blutig-rissig, aber das wisst ihr ja schon. Sie hat offenbar versucht, sich hochzudrücken.«

Heiko schauderte. Was für ein grässlicher Tod!

»Hast du sonst noch was?« Lisa schaute ihren Kollegen erwartungsvoll an, doch Uwe schüttelte nur den Kopf.

Lisa und Heiko beschlossen, erst mal eine Kleinigkeit zu essen. Diesmal hatten sie sich für eine schnelle Mittagspause im »La Piazza« entschieden. Das italienische Bistro lag direkt gegenüber dem Rathaus, und man konnte hier wunderbar draußen sitzen – zumindest in der warmen Jahreszeit. Da der Herbst deutlich vorangeschritten und es heute kühl und zugig war, machten es sich die Kommissare drinnen auf den roten Stühlen an einem der Tische mit den schwarz glitzernden Platten bequem. Sowohl vor Lisa als auch vor Heiko stand bald eine Bruschetta, die attraktiv auf Holzbrettchen angerichtet war und irgendwie etwas von einem hohenlohischen Vesper hatte.

»Ich hab meinen Eltern übrigens ein Zimmer im ›Post Faber‹ bestellt«, erzählte Lisa und wies auf das gegenüberliegende Hotel.

»Toll«, erwiderte Heiko übertrieben euphorisch, seine Ironie richtete sich gegen die Eltern, zumindest gegen Maria, nicht das »Post Faber«. »Vielleicht erkältet sich deine Mutter noch …«

»Sei nicht so giftig«, schimpfte Lisa und kaute auf einem Stück Bruschetta herum. »Sie wird sich schon zusammenreißen, diesmal.«

»Bestimmt«, meinte Heiko und verzog das Gesicht.

Nach dem Essen bestellten beide noch einen Espresso. Sie schwiegen eine Weile und schauten durchs Fenster auf die Lange Straße hinaus. Ungemütlicher, nadelscharfer Nieselregen hatte eingesetzt. Wenig einladend.

»Wie lautet unser Plan?«, unterbrach Heiko schließlich die Stille. »Sollen wir ernsthaft diese Wurstspur verfolgen? Oder die Guerilla-Abschlepper? Oder fragen wir den Gerstling noch mal, ob er dieses Jahr nicht doch solche Handschuhe im Sortiment hat?«

Lisa zuckte mit den Achseln. »Das mit den Handschuhen sehen wir spätestens morgen, wenn die Muswiese aufmacht.«

»Stimmt. Na, zumindest die Wirte mit der Wurst dürften uns noch einiges über das Mordopfer zu berichten haben, meinst du nicht?«

Heiko brummte auf eine Weise, die jedem, der ihn gehört hätte, klar gemacht hätte, warum Lisa ihren Freund »Bärchen« nannte. Aber sie hatte momentan auch keine bessere Idee.

Die Muswiesenwirtschaft Kirchner lag noch hinter dem Uhl, an einem Ende des Festgeländes. Sie war relativ neu, der Bauer hatte erst vor einigen Jahren eine Scheune aufgestellt, um ebenfalls ein Stück vom Muswiesenkuchen abzubekommen. Kirchner hatte sich jedoch schnell etabliert.

Heiko und Lisa betraten die Scheune, die bereits adrett hergerichtet war, mit Bierzeltgarnituren, auf denen rot karierte Papiertischdecken klebten. Praktisch, die konnte man nach jedem Muswiesenabend einfach abreißen und neue anbringen, immerhin sahen die Tische nach einem

Muswiesentag fürchterlich aus, bei all den Soßen und Salaten. Die Kommissare blickten sich um, es herrschte zwar geschäftiges Treiben, allerdings war nicht auszumachen, wer denn nun eigentlich der Chef war.

Heiko hielt letztlich einen der Umhereilenden, der einen Kasten Sprudel trug, am Arm fest und erkundigte sich, an wen er sich zu wenden hätte. Der junge Mann deutete auf einen dickeren Herrn mit spärlichem schwarzem Haupthaar, das sorgfältig über die durchschimmernde Glatze drapiert worden war. Er trug einen schlabberigen grauen Wollpullover zu einer beigefarbenen Cordhose und brütete an einem der Biertische über Papieren. Er hob erst den Kopf, als Lisa und Heiko neben ihm standen.

»Grüß Gott«, begann Heiko das Gespräch, »Luft und Wüst von der Kriminalpolizei.«

Der Mann brummte und deutete mit seinem runden Kopf auf die Bierbank ihm gegenüber, auf der sich Heiko und Lisa dann auch niederließen. »Kirchner, Schorsch. Wie kann ich euch helfen?«

»Es geht um den Fall Böckler«, sagte Lisa. »Sie haben sicherlich davon gehört?«

Kirchner streckte die Füße unter der Bank hervor, schob die Papiere von sich und verschränkte die Arme. »Ach«, erwiderte er. »Und wie kommt ihr jetzt auf mich? Doch nicht etwa wegen der Wurstsache?«

»Was ist denn ›die Wurstsache‹?«, fragte Heiko.

»Die Erika hat mir mein Rezept geklaut«, behauptete der Wirt.

»Wie können Sie da so sicher sein?«, erkundigte sich Lisa.

Der Mann streckte den Finger aus und deutete auf Lisa. »Sehen Sie, junge Dame, das war genau der ihr Stil. Sicher sein konnte man nie, und Beweise gab es keine. Das hat sie immer so gemacht, bei all ihren Intrigen. Ein durchtriebenes Ding war die, so durchtrieben, wie ein Weib nur sein kann.«

Lisa hatte gelernt, dass man sich über die Bezeichnung »Weib« nicht aufzuregen brauchte, sie war in Hohenlohe absolut gängig und in den meisten Fällen nicht einmal diskriminierend, sondern neutral oder maximal neckisch gemeint.

»Was vermuten Sie also?«, führte Heiko das Gespräch fort.

»Wissen Sie, ich hab mir ein Wurstrezept ausgedacht, und das ist auch gut angekommen, mit ein paar extra Kräutern, die ich selbst zusammengestellt habe, nach jahrelangem Herumprobieren.«

»Und?«, forderte Heiko zum Weiterreden auf.

»Und die Böcklerin hatte schon oft versucht, mich auszuquetschen. Bis zu diesem einen Abend vor einer der Muswiesen, wo wir alle ziemlich betrunken waren und ich es ihr wohl im Suff verraten habe.«

»Genau wissen Sie das nicht mehr?«, wollte Lisa wissen.

Kirchner hob seine wuchtigen Schultern. »Wissen tu ich es nicht, wie gesagt, ich war besoffen. Aber ich würde mein Seelenheil drauf verwetten.«

»Ou«, entfuhr es Heiko und er dachte, dass sich der Mann in diesem Fall schon sehr sicher sein musste.

»An der nächsten Muswiese hatte sie jedenfalls genau diese Würste, meine, meine guten, mit der speziellen Kräutermischung.«

»Sou«, kommentierte Heiko.

»Na, und das hat Sie sicher geärgert«, vermutete Lisa.

»Geärgert ist gar kein Ausdruck. Ich hab sie damit konfrontiert, und sie hat es abgestritten. Wie immer.«

»Hm«, brummte Heiko.

»Ich bin übrigens auch davon überzeugt, dass die den Windischs das Viechzeugs in den Keller gekippt hat. Das traue ich der jederzeit zu, jederzeit. Da hat sie es genauso gemacht und hinterher schön die Ahnungslose gespielt.«

»Sie waren also gar nicht gut auf die Tote zu sprechen«, resümierte Lisa und wechselte einen Blick mit Heiko.

Kirchner stützte sich auf dem Tisch auf, beugte sich nach vorne, bevor er antwortete: »Da ist es doch echt gut, dass ich an dem Abend mit meiner Frau in Stuttgart in der Oper war und wir dort übernachtet haben, gell? Sie hatte nämlich Geburtstag, ihren Sechzigsten, deswegen haben wir lauter Zeugs gemacht, was meiner Frau gefällt.« Ohne weitere Aufforderung zückte er seinen Geldbeutel, kramte kurz darin und hielt den verdutzten Kommissaren zwei zerknitterte Platzkarten hin, die sogar personalisiert waren, außerdem einen Parkschein der Tiefgarage der Oper Stuttgart. »Da hat die Oper doch endlich mal ihr Gutes«, fügte der Mann grinsend hinzu.

Heiko seufzte, aber nun gut, er hatte ohnehin nicht an das geklaute Wurstrezept als Mordmotiv geglaubt.

»Wisst ihr, wen ihr euch dafür mal genauer anschauen solltet?«, entgegnete der Wirt und warf einen Blick nach links und dann nach rechts, wie um sich zu vergewissern, dass ihn niemand sonst hören konnte. »Mein Sohn Martin ist mit einer Lehrerin zusammen, mit einer tollen Frau«, erzählte er. »Blond, blauäugig, hübsch, wie man es sich wünscht.«

»Ja, und?«, hakte Lisa nach, die den Zusammenhang nicht sah.

»Und raten sie mal, mit wem er vorher gegangen ist!«
Heiko tat ihm den Gefallen nicht. »Mit wem?«

»Mit der Böcklers Fabienne. Und die ist … also, sagen
wir mal, die hätte sich vonschreiben können mit meinem
Jungen. Denn auf den fahren sie alle ab, und die ist ja eher
so mittelhübsch, wenn ihr versteht, was ich meine.«

Heiko verstand. »Und was hat das mit dem Mord zu
tun?«

»Raten Sie mal, wer die beiden auseinandergebracht
hat«, half Kirchner.

»Sou.«

»Ja, die Erika. Die Fabienne ist seither todunglücklich,
Single, und alle paar Wochen, wenn sie was getrunken hat,
ruft sie meinen Junior an und sülzt ihn voll.«

»Ach«, entfuhr es Lisa.

»Ja. Dabei hätte sie sich nur durchsetzen müssen gegen
die Alte, damals, der Martin hätte sie genommen. Aber
jetzt ist er mit der Elfi glücklich. Und wenn Sie mich fragen, ist das auch wirklich die bessere Partie, ein Pracht-
weib.«

Lisa und Heiko sahen sich bedeutungsvoll an.

»Wo finden wir denn Ihren Sohn?«, wandte sich Heiko
wieder an Kirchner.

Der grinste. »Ihr habt Glück, die könnt ihr grad alle
auf einem Haufen antreffen. Die sind grad bei der vor-
letzten Metzgerstanzprobe.«

Die Metzgerstanzprobe fand, wie sie herausgefunden hatten, nicht in Musdorf, sondern in Rot am See im Forum
statt. Das Forum war nicht nur die Sporthalle für alle Ver-
eine und Schulen der Gemeinde und der Umgebung, auch
viele Abschlussbälle wurden hier abgehalten. Ab und zu

diente die Mehrzweckhalle zudem als Veranstaltungsort für Konzerte und Theaterstücke. Da es in Rot am See und dem Umkreis kein ständiges Schauspielhaus gab, wurde sie häufig von Wandertheatergruppen bespielt. In der Zeit vor der Muswiese war sie außerdem Schauplatz der Metzgerstanzproben, natürlich ohne Feuer.

Lisa und Heiko betraten die Turnhalle und entdeckten die Metzgerstänzer in einem der abgeteilten Bereiche, nebenan wurde Volleyball gespielt, was man allerdings nicht sah, sondern nur hörte. Die Halle war recht groß, und die Metzgerstänzer waren unglaublich viele, ungefähr 80, und sie befanden sich mitten in der Probe. Die Kommissare näherten sich leise und lehnten sich an die hölzerne Wand. Aus einem etwas altmodisch wirkenden Gettoblaster tönte Blasmusik.

»Wie heißt das Lied?«, fragte Lisa ihren Freund flüsternd.

»Ich glaube, es heißt ›Singet und Springet‹ oder so. Und es wurde nur für den Metzgerstanz geschrieben.«

»Tatsächlich? Und was hat es mit dem Metzgerstanz auf sich?«

Heiko kratzte sich am Kopf. »Da gibt es, wenn ich mich richtig erinnere, verschiedene Theorien.« Er warf einen Blick auf die einherschreitenden Tänzer, die hoch konzentriert einen mittelgroßen Mann umkreisten, der in der Mitte stand und Anweisungen erteilte, offensichtlich der Chef. »Eine besagt, dass Räuber die Muswiese überfallen haben, irgendwann vor 200 Jahren. Einer anderen zufolge wurde ein Kind entführt. In jedem Fall haben aber die Metzger, die damals auf der Muswiese waren, die Täter vertrieben. Und zum Dank bekamen sie vom Schultheiß 25 Wellen Holz für das Feuer und vier bis acht Maß Wein zugesprochen. Und die Muswiesenmusikanten mussten zum Tanz für sie aufspielen. Und diese Ehre wird ihnen bis heute zuteil, und zur Erinnerung an diese Geschichte gibt es den Metzgerstanz.«

Die Tänzer gruppierten sich soeben als Paare, hakten beieinander unter und hopsten im Kreis herum. Heiko entdeckte Fabienne Böckler, neben ihr ein junger Mann mit Brille und dunkelblonder Bürstenfrisur.

Dann trat der Leiter der Gruppe zum Kassettenrekorder, der neben Lisa und Heiko auf dem Boden stand, und spulte zurück. Er musterte die Kommissare misstrauisch. »Kou ii eich helfa? Wellt ihr noch miitmacha?«

Heiko hob abwehrend die Hände, Gott bewahre, es gab nichts Schlimmeres als Tanzen. Lisa hatte ihn einmal zu einem Salsa-Tanzkurs zwangsangemeldet, und im Anschluss hatten sie als bestes Paar sogar noch den Fortgeschrittenenkurs absolvieren dürfen, gratis, eine furchtbare, unnötige Tortur. In Hohenlohe tanzte ein echter Mann seiner Meinung nach nur, wenn er mit 40 immer noch Single war und im »Apfelbaum« eine Frau angraben wollte, oder wenn er, noch älter, Mitte 60, unglücklich verheiratet oder geschieden, ab und zu nach Neustädtlein in die »Tanzmetropole« ging – da war Discofox dann ganz hilfreich.

»Wir müssten mit einem Ihrer Tänzer sprechen«, erklärte Heiko dem Leiter, »nämlich mit …«

Der Kassettenrekorder klackte – das Band war zurückgespult – und der Mann drückte augenblicklich auf die Starttaste. »Wir sind eh gleich fertig«, murmelte er und lief mit schnellen Schritten zurück in die Mitte der Tänzer. »Wir machen jetzt den dritten Teil, den Stern«, forderte er laut.

Er teilte Achtergruppen mit jeweils vier Paaren ein und ließ von einer augenscheinlich altgedienten Truppe vorführen, wie man zuerst gemeinsam würdevoll, aber eng beieinander zu schreiten hatte, anschließend mussten sich die Männer an den Schultern fassen, eines der Paare tanzte rückwärts und dann das nächste und das nächste, letztlich ergab sich ein vierstrahliger Stern, gebildet aus acht Personen.

Heiko war froh, dass er das nicht machen musste, er würde sicherlich über seine eigenen Füße stolpern, denn es sah kompliziert aus. Schließlich, nach weiteren fünf Minuten, in denen die Sternfigur geübt wurde, und einem Komplettdurchlauf, der etwa zehn weitere Minuten in Anspruch nahm, beendete der Leiter die Probe und die Tänzer strebten munter plaudernd auf den Hallenausgang zu.

»Wie machen wir das jetzt am besten?«, überlegte Heiko laut. Einige hatten die Tür bereits fast erreicht, also musste es schnell gehen.

»Na, wir können schlecht die Fabienne fragen, ob sie dem Kerl hinterhertrauert. Wir müssen schon ihn ausquetschen«, fand Lisa.

Heiko holte tief Luft und rief: »Martin Kirchner?« Nachdem ihn niemand beachtete, versuchte er es noch einmal, etwas lauter: »Kirchner, Martin?«

Endlich kam ein Paar auf die Kommissare zu. Ganz offensichtlich handelte es sich um den jungen Kirchner, er sah seinem Vater ähnlich, allerdings war er deutlich attraktiver und hatte noch alle Haare. Begleitet wurde er allem Anschein nach von dem »Prachtstück«, einer hell gefärbten Blondine mit kessem Kurzhaarschnitt.

Ihre Frisur erinnerte Lisa an die von Marie Fredriksson

in den 90er-Jahren, der Sängerin von Roxette. Lisa betrachtete die Tanzpartnerin des jungen Kirchner genauer. Sie war nicht allzu groß und dezent geschminkt, ihre wasserblauen Augen passten wunderbar zu ihrem roséfarbenen, unauffälligen Lippenstift, den Männer wohl gar nicht bemerkten, so zart war er. Sie trug ein weites türkisblaues Shirt, das ihre linke Schulter und einen pinkfarbenen BH-Träger entblößte, dazu einen pinkfarbenen Minirock mit schwarzen Leggins. Sie und Martin gaben ein attraktives Paar ab, er in einer hellen Hilfiger-Jeans und einem hellgrauen, eng anliegenden Shirt im Used-Look, beides umhüllte seinen durchtrainierten Körper. Sein kantiges Gesicht strahlte Entschlossenheit und Stärke aus. Ein schöner Mann, einer, der Frauen in Versuchung brachte, das musste Lisa zugeben. Kein Wunder, dass Fabienne Böckler ihn toll fand. So ein Mann war ein Prestige-Objekt für jede Frau.

»Wüst und Luft von der Polizei«, stellte Heiko vor. »Könnten wir kurz mit euch in Ruhe reden?«

Sie verständigten sich mit dem Paar darauf, sich in die Umkleidekabine der Sporthalle zurückzuziehen, wo sie auf einer der hölzernen Bänke Platz nahmen.

»Wie Sie sich vielleicht denken können, geht es um den Tod von Erika Böckler. Sie wissen Bescheid?«, begann Lisa und beobachtete Martin.

Der verzog keine Miene und nickte nur.

»Uns ist zu Ohren gekommen, dass Sie vor einer Weile mit der Fabienne Böckler liiert waren?«, vergewisserte sich Heiko, dann wandte er sich Kirchners Freundin zu: »Nix für ungut.«

Die Frau winkte lächelnd ab und murmelte: »Passt schon.«

Kein Wunder, sie hatte den Kerl ja letztendlich gekriegt.

»Ja, das stimmt«, erklärte Martin Kirchner.

»Können Sie uns sagen, warum sie sich getrennt haben?«, erkundigte sich Lisa.

»Wenn ihr so fragt, wisst ihr es doch eh«, ärgerte sich der junge Mann.

Lisa lächelte unbeirrt. »Wir würden es gerne von Ihnen hören.«

Martin Kirchner ließ die Fingerknöchel knacken, lehnte sich zurück und erzählte: »Ich kenn die Fabienne ja schon lang, seit dem Kindergarten. Und das war jetzt nicht grad Liebe auf den ersten Blick, ihr versteht.«

»Hm«, brummte Heiko verständnisvoll, damit der junge Mann weiterredete.

»Wir haben am Metzgerstanz zusammen getanzt, und ich fand sie wirklich nur nett. Und dann hab ich mich ein kleines bisschen in sie verliebt, obwohl sie nicht gerade die Schönste ist. Vielleicht hat auch die Muswiese eine Rolle gespielt. Und nett ist sie ja.«

Lisa dachte, dass er in Anwesenheit seiner Freundin kaum etwas anderes sagen konnte.

»Und dann wurden Sie zu Hause bei Fabienne vorgestellt«, half Heiko auf die Sprünge.

Martin Kirchner nickte eifrig. »Die Alte von der hatte echt einen Knall«, befand er.

»Inwiefern?«

»Die hat gleich erklärt, als sie begriffen hat, dass wir zusammen sind, mit mir könne man nichts anfangen, ich sei ein Hallodri und hätte kein Interesse an einem Hof.«

»Hatten Sie denn Interesse am Hof?« erkundigte sich Lisa.

»So weit waren wir noch nicht, würde ich sagen. Aber diesen Typ Frau kenne ich, und da bleibt nichts anderes, als die Notbremse zu ziehen.«

»Wieso?«, hakte Heiko nach.

»Wenn man mit einer solchen Frau zusammen wäre, ich meine, richtig zusammen, dann würde die Alte über das gesamte Leben bestimmen. Die hatte das Heft fest in der Hand, das sag ich euch. Die ganze Familie hat nach ihrer Pfeife getanzt.«

»Tatsach«, machte Heiko. Der Kerl war gerade so schön in Fahrt. Und es funktionierte.

»Und nicht, dass ich erwartet hätte, dass die Fabi die Gosch aufmacht, nein, gar nicht. Hat sie auch nicht. Hat sich das Gemotze von der Alten angehört und mich anschließend mit Fragen zu meiner Ernsthaftigkeit und meinem Interesse an einem Hof gelöchert.«

Wenig clever, fand Lisa, das hätte sie anders angestellt.

»Und da hab ich das Mädel in die Wüste geschickt, lieber ein Ende mit Schrecken als ein Schrecken ohne Ende.«

Heiko biss sich auf die Lippen, um sich ein Grinsen zu verkneifen, denn es war dem jungen Mann ernst, todernst.

»Und sie hat das akzeptiert?«, zweifelte Lisa.

»Na, die hat wohl eher gedacht, dass ich sie unbedingt haben will. Für die war das, glaub ich, ein ziemlicher Schock. Sie ist mir noch eine ganze Weile hinterhergerannt«, erzählte Martin weiter.

»Sie hat Ihnen gar kein bisschen leidgetan?«, wunderte sich Lisa in leicht tadelndem Tonfall.

Martin Kirchner sog scharf die Luft ein, dachte kurz nach und erklärte schließlich: »Nö. Wieso? Die hätte sich nur durchsetzen müssen. Die Einzige, die in der Familie die Gosch aufgemacht hat, ist die Melanie, die Frau vom Jörg. Die traut sich. Alle anderen haben vor der Alten gekuscht.«

»Vielleicht war es schwierig für Fabienne …«, versuchte Lisa, aber ihr Gegenüber schnaubte ungnädig.

»Das denke ich schon, Frau Luft. Aber trotzdem: Menschen, die in dieser Lage sind, kann niemand helfen. Sie können sich nur selber helfen.«

Lisa dachte kurz über das nach, was der junge Mann gesagt hatte, und fand es logisch, wenn nicht sogar ein bisschen weise.

»Und Sie trauern der Fabienne nicht hinterher?«, vergewisserte sich Heiko. Martin Kirchner lachte kurz auf und tastete nach der Hand seiner Partnerin. »Nein, sicher nicht. Ich bin der Alten sogar richtig dankbar. Die Elfi ist nämlich die Frau meines Lebens.«

»Oh«, freute sich die Blondine und wuschelte ihrem Freund durch die gegelten Haare.

Heiko kam ein Gedanke, und er beschloss, ihn anzusprechen: »Wissen Sie vielleicht, was in der Familie noch so alles vorgefallen ist? Ich meine, hat sich Erika Böckler in weitere Angelegenheiten ihrer Kinder eingemischt? Ihren Mann gegängelt?«

Der Metzgerstänzer hob die Hände. »Hab nur immer mitgekriegt, wie sie sich mit der Melanie gefetzt hat. Aber wie gesagt, so lang war ich da nicht. Ich hab geschaut, dass ich schnell wieder wegkomme.«

»Na, was meinst du?«, fragte Lisa nachdenklich, als sie vor dem Gebäude standen.

Heiko zündete sich eine Zigarette an, sog den Rauch tief in seine Lungen ein. Dann blies er ihn heraus und meinte:

»So, wie sich das anhört, dürfte die Fabienne eine ziemliche Wut auf ihre Mutter gehabt haben.«

Lisa wiegte den Kopf. »Meinst du? Denkst du nicht eher, dass sie Martin die Schuld gegeben hat?«

»Aber das wäre wider den gesunden Menschenverstand. Sie müsste doch draufgekommen sein, dass der Martin vor ihrer Mutter geflohen ist, womöglich hat er ihr das sogar gesagt. Ich schätze ihn nicht so ein, dass er um den heißen Brei herumredet. Der sechd sei Sach.«

»Kann sein«, gab Lisa zu. »Also, was sollen wir tun? Sollen wir sie darauf ansprechen?«

Heiko nahm einen letzten Zug, bevor er den Stummel auf den Boden warf und ihn mit der Spitze seines braunen Schuhs zertrat. »Lass uns ein bisschen darüber nachdenken. Wenn sie es war und wir sie konfrontieren, ohne Beweise zu haben, werden wir sie nur warnen.«

Lisa nickte, er hatte recht. Sie mussten abwarten, bis sie ihren Verdacht konkretisieren konnten.

»Noch was anderes«, wechselte Heiko das Thema. »Deine Mutter fühlt sich gut? Nicht etwa fiebrig oder unwohl?«

Lisa grinste und hieb ihm die flache Hand gegen den Arm. »Du sollst nicht so garstig sein! Sie fühlt sich ausgezeichnet, und sie fahren morgen früh um halb sieben los.«

»Hervorragend«, fand Heiko.

»Du kannst dich ja an meinen Vater halten«, schlug Lisa vor. »Ich will mit Mama sowieso ein bisschen Muswiesen-Shopping machen.«

»Shopping? Wir haben doch genug Zeugs!«, protestierte Heiko sofort.

»Ich brauche einen neuen Mantel. Oder eine Jacke«, erklärte Lisa.

»Aber du hast doch einen Mantel«, widersprach Heiko und deutete auf den, den sie trug.

»Das ist eher ein Übergangsmantel. Ich brauche was für den Winter. Für den hohenlohischen Winter, um genau zu sein.«

»Hm«, brummte Heiko und war insgeheim froh, dass sie nichts von einem bezaubernden dekorativen Zimmerbrunnen gesagt hatte, ganz zu schweigen von Handtaschen, Blumenzwiebeln und Silberschmuck.

Die Metzgerstänzer waren im Lamm eingekehrt, in Rot am See, und feierten die vorletzte Probe. Sie trafen sich nach jeder Übungsstunde in der traditionsreichen Wirtschaft. Die Atmosphäre war gemütlich, dunkles Holz dominierte den Raum, der von einer hölzernen Kassettendecke bekrönt wurde. Das Essen schmeckte hervorragend, und der Stiefel wurde gewissenhaft befüllt. Martin Kirchner und seine Elfi waren nachgekommen, nun waren alle außer den Böckler-Kindern und deren Partnern anwesend. Die hatten zwar die Probe mitgemacht, waren anschließend aber nicht ins Lamm mitgegangen, denn das schickte sich nicht, so kurz nach dem Tod der Mutter. Der gläserne, mit Bier gefüllte Stiefel kreiste, und alle hatten ihr Essen vor sich stehen. Man unterhielt sich, und es gab natürlich nur ein Thema.

»Derseift henn se's anscheinend«, flüsterte Martin Kirchner seinem Nachbarn zu und kaute auf einem Stück Maultasche herum.

»Also, do kousch soocha, was d willsch, awwer schood isses gwieß net um die«, lautete die Antwort.

»So was sagt man nicht«, tadelte nun Elfi und nippte an ihrer Weinschorle.

»Des wor a ganz bääß Weib«, beharrte Martin. »Und des deff mr soocha. Schood isses net um die.«

»Ja, wie henn se's genau verseift?«, fragte der Nachbar, etwas leiser.

»Mir wissa noch nix«, erklärte Martin und fügte dann hinzu: »Des kummt uff.«

Es war Nacht, und es war Muswiese. Sie hatten am Landjugendstand gesoffen, Selbstgebrannten, verschiedene Sorten, phänomenal gut. Aber darum war es gar nicht gegangen. Sie hatten nur Augen füreinander gehabt. Die Gespräche um sie herum, den Small Talk, all das hatten sie ausgeblendet. Er schien sie zum ersten Mal in seinem Leben wirklich wahrzunehmen, richtig, als das, was sie war, als Frau. Wo sie sich schon so lange kannten.

Und sie sah hübsch aus an diesem Abend, die Metzgerstanztracht machte was her. Sie trug den Blumenkranz im Haar, das sie zu einer schönen Gretchenfrisur gesteckt hatte. Sie war dezent geschminkt, der silberfarbene Lidschatten über ihren getuschten Wimpern betonte ihre Augenfarbe überaus vorteilhaft. Die weiße Bluse war makellos, das Mieder saß knapp und pushte an den richtigen Stellen. Der Rock mit der Schürze hob ihre schmale Taille hervor, und die weißen Strümpfe steckten in schwarzen ledernen Schnallenschuhen mit gerade so hohen Absätzen, dass das Tanzen auf dem erdigen Reithallenplatz noch möglich war. Unter dem Rock trug sie wollene Strumpfhosen, um den kalten Muswiesenabend zu überstehen. Es war Mittwoch, der Ledichadooch, und der Metzgerstanz war seit Stunden vorbei, doch auch ihr Tanzpartner hatte noch seine Tracht an. Kaum einer war an diesem Tag tatsächlich auf der Suche nach dem Mann oder der Frau fürs Leben, kaum einer. Aber wenn es sich ergeben sollte, dann war es ja gut.

Sie wankten die Straße entlang, sie hatten beschlossen, einen Spaziergang zu machen, und die Luft war kalt. Der volle Mond beschien die Felder, ein paar Bäume im Hintergrund, und tauchte alles in weißblaues, kaltes Licht. Sie entdeckten eine kleine Scheune, und er umfasste ihre Hand fester und zog sie querfeldein mit sich. Die Tür war unverschlossen. Als er sie aufstieß, drang ihnen der staubige, frische Duft von Heu und der leicht muffige Geruch von alten Gerätschaften entgegen. Er bückte sich und trug sie über die Schwelle, sie quietschte auf vor Vergnügen und schlang die Hände um seinen Nacken. Er trug sie ein kurzes Stück, um sie schließlich auf zwei übereinandergestellten Heuballen abzusetzen. Fahrig zogen sie die Jacken aus und warfen sie von sich. Dann nahm er ihr Gesicht in seine starken, sehnigen Hände und küsste sie. Sein Kuss wurde schnell gieriger, und er ließ seine Hände abwärts wandern, unter ihr Mieder, weiter nach unten, ließ sie kurz auf ihrem Bauch ruhen, und endlich huschten sie unter ihren Rock. Und sie konnte es nicht fassen, wie schön sie es fand, eine Welle des Glücks durchströmte ihren Körper. Sie fühlte seinen heißen, schweren Atem an ihrem Hals, und wohlige Schauer liefen ihr den Rücken hinunter, dann spürte sie, wie er seinen Unterleib an den ihren drängte, ungeduldig nestelte er an seiner Hose herum, sie wollte es auch, mit fahrigen Fingern kehrte er zurück unter ihren Rock, zerrte an ihrer Strumpfhose, riss vor lauter Ungeduld ein Loch hinein, aber es war ihm egal, er zerrte weiter, bis sie unten hing, zwischen ihren Knien, und dann besiegelten sie ihre Liebe …

Fabienne Böckler öffnete die Augen. Wie oft war sie diese Szene im Kopf durchgegangen, denn die Erinnerung an diesen einen schönen ersten Abend, der ihr Leben verändert hatte – hätte verändern sollen – war alles, was ihr geblieben war. Sie hatte sich als Frau gefühlt, so sehr wie noch nie zuvor, er hatte sie haben wollen, sie, nicht eine andere, obwohl es an diesem Abend am Landjugendstand Hübschere gegeben hatte, und sie war danach überglücklich gewesen. Sie hatte sich gefragt, als sein Kopf entkräftet neben ihrer Schulter niedergesunken war, ob es nicht nur ein Traum gewesen war, doch nein, es war passiert, es war echt, und die glücklichsten zwei Monate ihres Lebens sollten beginnen.

Oft durchlebte sie diesen Moment der Zweisamkeit in Gedanken, nur um noch einmal den Funken ihres damaligen Glücks zu spüren, der allerdings nie wieder ein Feuer entfachen würde. Es war vorbei, und sie war schuld. Nein. Das stimmte so nicht. Sie hatte lediglich eine Mitschuld. Richtig schuld war eigentlich die Mutter gewesen. Sie hätte sich ihr widersetzen müssen, damals, aber sie hatte es nicht geschafft. Es war zu viel gewesen. Und sie hatte das Falsche getan. Und dafür, dass ihre Mutter sie so erzogen hatte, und dafür, dass sie ihr Lebensglück zerstört hatte, hatte sie ihre Mutter gehasst. Abgrundtief. Sie hatte versucht, sie erneut lieben zu lernen, weil sie doch ihre Tochter war und weil man seine Eltern doch lieben sollte. Es war ihr nicht gelungen, nie wieder. Es war dabei geblieben. Sie hatte sie gehasst. Und nie hatte sie die Kraft gefunden, ihrer Mutter die Stirn zu bieten, niemals, nur dieses eine Mal, neulich.

MUSWIESENSAMSTAG

Es läutete an der Tür, und Heiko schloss ergeben die Augen. Sie waren da. Er hatte sich rasiert, auf Lisas Drängen hin, obwohl er sich eigentlich extra nicht hatte rasieren wollen. Extra nicht, grad net. Aber Lisa hatte ihn richtiggehend gezwungen, war fast böse geworden.

Sita bellte freudig, sie hatte ja keine Ahnung, wer vor der Tür stand. Garfield sprang vom Sofa und verzog sich ins Schlafzimmer, Alfred drehte in seinem Käfig die Ohren in Richtung Türglocke, und Lisa schritt hocherhobenen Hauptes an Heiko vorbei und öffnete die Tür.

»Liiiiiiiebes!«, hörte Heiko, und gleich darauf: »Das Landleben scheint dir ja gutzutun! Hast du wieder zugenommen?«

Heiko verdrehte die Augen und raffte sich vom Sofa auf. Er ging zur Tür und betrachtete seine Schwiegermutter in spe. Wie immer war ihr grauer Bob akkurat geschnitten und exakt gekämmt. Ihren schlanken Körper umhüllte diesmal ein mintfarbenes Kostüm, um den Hals trug sie eine Perlenkette. Ihre Füße steckten in farblich abgestimmten Schühchen aus Wildleder.

»Ach, hallo, Heiko«, sagte sie, als sie ihn erblickte, und reichte ihm geradezu widerwillig die Hand. »Wie geht es dir?«, erkundigte sie sich ausgesucht höflich, außerdem sprach sie langsam, womöglich, damit sein Landhirn in der Lage war, die Frage zu verstehen.

Heiko antwortete murmelnd: »Danke, gut, und dir?«
Erleichtert stellte er fest, dass hinter Maria Luft ihr Mann
Roland im Türrahmen auftauchte, ohne ihn wäre es ganz
unerträglich geworden.

Zum wiederholten Male verfluchte er Lisas Idee, ihre
Eltern mit auf die Muswiese zu nehmen. Doch nun war
es so, und er musste eben das Beste daraus machen. Notfalls konnte er sich ja damit entschuldigen, dass er grade
unbedingt irgendwelche Ermittlungen tätigen musste, das
konnten die Lufts sowieso nicht nachprüfen.

Es war richtiges Muswiesenwetter, das heißt, es war kalt
und hatte die ganze Nacht geregnet. Auch jetzt schien es
gleich wieder nieseln zu wollen. Unter den weißen Wolken, die den Himmel bedeckten, waren dunklere, bläuliche und graue, die noch tiefer hingen und nichts Gutes
verhießen. Das war gar nicht mal schlecht, fuhr es Heiko
durch den Kopf, denn auf diese Weise würde der Shopping-Bummel wohl ausfallen müssen, und sie würden
gleich zum Essen übergehen können.

Da der M3 ein Zweisitzer war, hatten sie beschlossen,
mit dem Auto von Lisas Eltern zu fahren. Marias mintfarbene Lederschühchen vor Augen, hatte Heiko spontan einen teuflischen Plan gefasst. Er und Lisa saßen auf
der Rückbank, und Heiko dirigierte Roland, der derbe,
feste Stiefel trug, nach Musdorf.

»Na, hier sind war ja wirklich auf dem Land, nicht
wahr«, stellte Maria fest und rümpfte die Nase.

›Sind wir, Gott sei Dank‹, dachte sich Heiko.

»Also, Kind, ich verstehe immer noch nicht, wie du
das aushältst!«, entfuhr es Lisas Mutter mit einem theatralischen Seufzer.

»Och du, es gibt alles, was man braucht«, erklärte Lisa und zwinkerte Heiko zu.

»Aber die Kultur!«, insistierte Maria. »Theater, Oper. Die Kultiviertheit der Großstadt!«

»Wir haben hier Kultur«, ließ sich nun Heiko zu einem Kommentar hinreißen. »Die Muswies. Das Volksfest. Wir haben hervorragende Mundartsänger. Annaweech, Johkurt Paulaner und Kurt Klawitter und die Mouschdpiloten.«

»Wen?«, fragte Maria konsterniert und blinzelte verwirrt.

»Kurt Klawitter und die Mostpiloten«, half Lisa. »Die wirst du heut Abend noch kennenlernen, die treten nämlich auf.«

»Ach, wir bleiben bis abends?«, wunderte sich Maria. »Ich dachte, wir würden noch schön essen gehen.«

»Da kann man was essen, Mutter«, versprach Lisa. »In Hohenlohe gibt es keine Feste ohne Essen.«

Endlich bogen sie in den Weg nach Musdorf ein.

»Hätten wir nicht lieber von hinten anfahren sollen?«, zweifelte Lisa.

»Ach, da ist ein Parkplatz, halt doch gleich da«, wies Maria ihren Mann an.

Heiko grinste. Sein Plan war aufgegangen. Roland manövrierte das Auto in den Acker hinein, der mit orangeweißem Absperrband zu einem Parkplatz umfunktioniert worden war.

Maria zog sich den fliederfarbenen Lippenstift im Spiegel der Sonnenblende nach, riss dann mit Schwung die Autotür auf und entstieg dem Wagen – um sofort mit den Schühchen im Schlamm zu versinken. »Iiiiih«, rief sie und zückte ein Taschentuch, um die Schuhe hektisch trocken zu tupfen und zumindest den gröbsten Dreck wegzuwischen.

»Das hast du mit Absicht gemacht«, zischte Lisa.

»Wieso, deine Mutter wollte hier parken«, erwiderte Heiko schelmisch und zündete sich eine Belohnungszigarette an.

Sie standen hinten beim Uhl, quasi im Herzen der Muswiese. Das Erste, was sie nach der Muswiesenwirtschaft zu Gesicht bekamen, war ein Stand mit Socken und Gürteln.

»Ach, und hier kaufen also die Bauern ihre Kleidung?«, fragte Maria und musterte die Auslage mit fast wissenschaftlichem Interesse. Offensichtlich hatte sie sich von ihrem Malheur wieder erholt.

»Nicht alles«, relativierte Lisa. »Aber man kann wirklich gut shoppen auf der Muswiese. Du wirst schon sehen!«

Heiko verdrehte die Augen.

Roland, der bisher noch gar nichts gesagt hatte, womöglich, weil er nicht zu Wort gekommen war, klopfte ihm auf die Schulter. »Solange die Damen einkaufen, können wir ja ein Bier trinken gehen, ne?«

Heiko nickte, und einmal mehr war ihm Roland äußerst sympathisch. Schon wurde Lisa magisch von einem Stand mit Kirschkernkissen angezogen, allerdings erklärte sie nahezu im selben Moment, dass ein solches Kissen wegen seines unhandlichen Formats eher etwas für den Rückweg oder gar für das Ende der Muswiese war. Der nächste Händler verkaufte gefährlicherweise Schmuck, Heiko löste die Situation allerdings geschickt auf, indem er behauptete, dass weiter hinten viel schöneres Geschmeide angeboten würde. Er wechselte einen Blick mit Roland, der ihm dankbar zunickte.

»Eigentlich gibt es auf der Muswies eh nur Kittelschurzen und Pinzetten«, versuchte Heiko weiter.

»Ja, das hast du immer behauptet. Bis ich die tollen Handtaschen und den Silberschmuck entdeckt habe. Ganz zu schweigen vom Kunsthandwerk und den außergewöhnlichen Accessoires für zu Hause«, entgegnete Lisa.

Soeben passierten sie einen Stand, der gefühlte 3.000 Paar Schuhe vorrätig hatte. »Schau mal, Mutter, die sind echt günstig!«, freute sich Lisa und strebte darauf zu.

»Du meinst, ich könnte ein neues Paar brauchen, jetzt, wo meine eigenen ruiniert sind?«, hielt Maria schnippisch dagegen.

»Anfängerfehler«, behauptete Heiko. »Auf die Muswies geht man mit passendem Schuhwerk.«

Maria ignorierte ihn.

Schließlich tauchten sie ein in den riesigen Besucherstrom der Hauptstraße auf der Muswiese mit den zahlreichen Ständen.

Zwischen all den vielen Leuten nahm Maria Roland bei der Hand, was sie sonst niemals tat. »Hier müssen wir zusammenbleiben«, beschloss sie und schaute sich ängstlich nach links und rechts um.

»Sollen wir erst einmal einen Kaffee trinken gehen?«, schlug Heiko vor.

»Wir sind doch gerade erst angekommen«, maulte Lisa, den Blick starr auf die feilgebotenen Waren geheftet.

»Also, ich könnte auch einen gebrauchen«, half Roland.

Eigentlich hatte Heiko geplant, die willkommene Pause beim Stand der Evangelischen Kirche einzulegen, die immer ein gemütliches Zelt aufbaute, den Kaffee in richtigen und vor allem großen Porzellanbechern servierte und hervorragenden Landfrauenkuchen anbot. Zu seinem Leidwesen entdeckten Lisa und ihre Mutter allerdings das vegane Café von Solveigh Sommer, die »Sommerliebe«. Solveigh Sommer hatte den Platz vor ihrem Haus mit Bierbänken bestückt. Obwohl die Muswiese brechend voll war, mieden die Leute das Café wie der Teufel das Weihwasser, lediglich vereinzelt saßen verloren wirkende Menschen an den Tischen.

»Da gehen wir rein«, beschloss Lisa.

Heiko fasste sie am Arm. »Du willst doch nicht Leichenquellwassertee trinken, oder?«

»Das gehört sich, dass wir hier einen Kaffee trinken«, antwortete Lisa in einem derart zischenden Tonfall, dass klar war, dass sie keinen Widerspruch dulden würde. »Die arme Frau.«

Arm war die schon, dachte sich Heiko, aber nicht wegen ihres Cafés.

Fünf Minuten später standen vor ihnen vier Stücke eines »total leckeren« Nuss-Möhren-Marzipan-Kuchens, wie Solveigh Sommer geschwärmt hatte, absolut vegan und absolut trocken, was seltsam war, weil das Gebäck doch Möhren enthielt, die es hätten saftig machen müssen. Milch gab es keine, stattdessen irgendein weißliches Pulver, das Heiko garantiert nicht in seinen hoffentlich nicht mit Leichenquellwasser zubereiteten Kaffee kippen würde. Es gab auch keinen weißen Zucker, sondern Rohrzucker und alternativ Birnendicksaft, ebenfalls »total lecker«. Missmutig rührte Heiko den Rohrzucker in den Kaffee und probierte mit spitzen Lippen die dünne Brühe, um sie gleich darauf für absolut seltsam zu befinden.

»Was issn des?«, beschwerte er sich laut.

»Das ist Zichorie«, erklärte Lisa. »Die Solveigh Sommer glaubt nicht, dass es echten Fair-Trade-Kaffee gibt, und setzt deshalb auf heimische Produkte.«

»Das ist ja toll«, meinte Maria und schlürfte begeistert den Fake-Kaffee.

»Was issn Zichorie?«, ließ Heiko nicht locker.

»Zichorie ist die Gemeine Wegwarte«, dozierte Solveigh Sommer, die unbemerkt hinter sie getreten war. »Blüht wunderschön blau im Sommer. Davon werden die Wurzeln geröstet und gemahlen. Und das ergibt einen hervorragenden Kaffeeersatz, für den kein südamerikanischer Bauer ausgebeutet wird.«

Heiko brummte bärenartig unzufrieden. Und er dachte bei sich, dass die armen, ausgebeuteten südamerikanischen Bauern auf diese Weise gar nichts verdienten.

»Und, wie schmeckt euch der Kuchen?«, erkundigte sich die frischgebackene Muswiesenwirtin, die zur Feier des Tages in ein schreiend gelbes Kleid gewandet war und irgendein Tuch um die Haare geknotet hatte.

»Hervorragend«, lobte Lisa kauend.

»Gell? Und das ohne ein Gramm tierischer Produkte«, warb die Schwäbin. »Er wird mit Öl gemacht, und weil ich das Dinkelmehl ganz fein schrote, wird er so schön locker. Die Mutterkörner muss man vorher natürlich aussortieren, aber das geht ganz schnell.«

»Hm«, knurrte Heiko und versuchte, nicht an den Ölkuchen und das Dinkelmehl zu denken. Und an Mutterkörner, was auch immer das war, er wollte es gar nicht wissen.

»Gesüßt ist er mit Agavendicksaft …«, fuhr die Wirtin fort, doch Heiko unterbrach sie.

»Werden dafür den Agaven nicht die Arme abgehauen?«, frotzelte er.

Solveigh Sommer rümpfte die Nase. »Ich bin sicher, er wird schonend geerntet.«

Roland erlaubte sich ein Grinsen und fügte hinzu: »Ja, barbarisch. Und hast du schon mal gehört, wie ein Kopfsalatfeld schreit, wenn alle geköpft werden?«

Die Männer feixten, selbst Lisa biss sich auf die Lippen, nur Maria rührte mit einem tadelnden Blick in ihrem Zichorienkaffee.

»Seid ihr denn in eurem Fall schon weitergekommen?«, erkundigte sich Solveigh Sommer, höflich das Thema wechselnd.

»Ja, leider müssen wir von einem Gewaltverbrechen ausgehen. Am Tatort haben wir verschiedene Wollfasern gefunden«, erzählte Lisa.

»Wie grauenhaft«, fand die Wirtin. »Wir Menschen haben kein Recht, den Schafen ihr Fell zu stehlen.«

Heiko verdrehte die Augen. So ein strikt veganes Leben war ganz schön kompliziert.

Lisa nickte nachdenklich. »Ein interessanter Gedanke«, fand sie.

Solveigh Sommer erwiderte: »Nicht wahr?«, und drückte Lisa eine Broschüre in die Hand, auf der hoffnungsvoll an die Menschlichkeit der Hohenloher appellierend dreinblickende Schweine abgebildet waren. Darunter prangte ein fett gedrucktes: »Stoppt das Morden!!!«

»Les ich mir mal durch«, versprach Lisa und verstaute den Wisch in ihrer Handtasche.

Nachdem alle ihren staubtrocknen Kuchen hinuntergewürgt hatten, beschloss Lisa, dass sie und Heiko nun recherchieren mussten – sie mussten in Erfahrung bringen, wo genau welche Produkte aus Vikunja-Wolle verkauft wurden. Denn womöglich hatte Frau Wandel vom Rathaus etwas übersehen. Am besten ginge das natürlich, wenn sie alle Verkaufsstände aufsuchen würden, von vorne nach hinten, und das auch noch gründlich.

Heiko nickte, sagte dann allerdings: »Zuerst zeigen wir aber deiner Mutter die Ausstellung.«

»Ausstellung?«, freute sich Maria. »Oh ja! Das hätte ich an so einem Ort gar nicht erwartet.«

»Och nö«, meckerte Lisa.

»Doch, das ist eine unerwartete, willkommene Abwechslung hier auf dem Land. Wer stellt denn aus?«, wollte Maria wissen.

»Wirsch scho seecha«, murmelte Heiko.

Als erstes führte Heiko seine Schwiegereltern in spe in das Gewerbezelt, in dem sich die heimischen Firmen präsentierten. Die Stadt Rot am See und der BDS – der Bund der Selbstständigen – waren vertreten, ebenso ein Landschaftsgärtner im Eingangsbereich, ein Nähmaschinenladen – die Nähmaschinen von heute waren ja wirklich unglaublich modern, wie Lisa feststellte, man konnte sogar eingescannte Bilder und Schriftzüge nachsticken lassen –, ein Fotograf, der Hochzeits- und Babybilder ausstellte, und das diesjährige Muswiesenshirt.

»Was ist ein Muswiesenshirt?«, fragte Roland.

»Ein Shirt, das nur für die Muswiese designt wurde. Für echte Muswiesagribbl«, erläuterte Heiko.

»Für echte was?«

»Muswiesagribbl«, wiederholte Heiko.

»Gribbl heißt Krüppel«, half Lisa.

»Griehbel«, versuchte Roland.

»Fast richtig«, kommentierte Heiko grinsend.

»Und wieso sagt man zu den Leuten Muswiesenkrüppel?«, erkundigte sich Maria entrüstet.

»Na, das bedeutet eigentlich nur Fan. Großer Fan. Also ein Fan, der die Muswiese herbeisehnt, an nichts anderes denken kann, und der jeden Tag auf der Muswiese genießt und absolut traurig ist, wenn sie wieder vorbei ist«, führte Heiko aus.

»Ach so«, erklärte sich Roland verständig, während Maria höflich nickte.

Natürlich war ihr anzusehen, was sie in Wahrheit dachte, und das wusste sie auch und machte es extra.

»Ist das wirklich nicht beleidigend, wenn man zu den Leuten Krüppel sagt?«, bohrte Roland nach.

Heiko wiegte den Kopf. »Es gibt tatsächlich manche, die die Bezeichnung nicht mögen. Aber die meisten nehmen das mit Humor und finden's lustig. Gribbl heißt nämlich auch so was wie … hm … verschmitzter und gewiefter Mensch.«

»Ach, tatsächlich«, wunderte sich Roland. »Euer Dialekt ist ganz schön kompliziert.«

»Hm, ich würde eher sagen, vielfältig«, präzisierte Heiko. »Es gibt viele Dinge, die man im Dialekt mit wenigen Worten ausdrücken kann, auf Hochdeutsch allerdings nicht.«

»Das kann sein«, stimmte Roland nachdenklich zu.

Unterdessen durchstöberte Lisa die hellblauen Shirts. »Schau mal Papa, das ist deine Größe, das kauf ich dir!«, beschloss sie und zeigte ihren Eltern stolz das Kleidungsstück, auf dem ein Muswiesel prangte, ein niedliches Tierchen, und darunter stand: »Souseidraaawengdo?«

»Also Roland, damit kannst du aber nicht rumlaufen«, empörte sich Maria sofort.

»Sou seid er … was?«, fragte Roland und konzentrierte sich auf den Schriftzug.

»Ach so«, sagte Lisa lachend. »Das ist Dialekt. ›Sou, seid er ah ahweng dooh‹«, las sie. »Das bedeutet ›So, seid ihr auch ein wenig hier‹ und ist die Standardbegrüßungsformel auf der Muswiese.«

Roland nickte, nahm das Shirt, das Lisa beim Händler bezahlte, und zog es zum großen Entsetzen seiner Frau über seinen anthrazitfarbenen Rollkragenkaschmirpullover. »Und warum ist ein Wiesel drauf?«, wollte er wissen, als er das gute Stück prüfend von oben musterte.

»Ein Muswiesel. Ist einfach ein Wortspiel«, erklärte Heiko.

Sie setzten ihre Runde durchs Gewerbezelt fort und beendeten ihren Rundgang schließlich am Stand der heimischen Biermanufaktur Engel, wo Roland und Heiko sich eine Erfrischung genehmigten. Als sie endlich aus dem Zelt heraustraten, atmete Maria Luft hörbar auf, doch erstarrte umgehend, als sie gegenüber ein Schild mit der Aufschrift »Ferkel-Kastrationsanlage« entdeckte, ergänzt um den Hinweis: »Zum Patent angemolden«.

»Was ist das?«, fragte sie, matt auf das Schild deutend.

»Die verkaufen Ferkel-Kastrationsanlagen«, referierte Heiko, der die Tafel selbsterklärend fand. »Wenn man die nicht kastriert, schmecken die später nicht.«

Maria rümpfte die Nase. »Das heißt aber ›angemeldet‹.«

»In der Schweiz nicht, und die Firma ist von dort«, hielt Heiko dagegen.

Maria sagte nichts und dachte sich wohl ihren Teil. »Und wo ist jetzt die Ausstellung?«, erkundigte sie sich dann.

»Wir sind in der Ausstellung«, erklärte Heiko. »Mittendrin.«

»Wie bitte? Keine Bilder?« Maria schaute Heiko entsetzt an.

»Nein, keine Bilder.« Heiko triumphierte innerlich.

Maria seufzte desillusioniert.

»Jetzt kommen wir zum interessanten Teil«, referierte Heiko, als sei er ein Touristenführer. »Hier gibt es nicht nur Ferkel-Kastrationsanlagen, Moggelesställe …«

»Mockeles was?«, entrüstete sich Maria.

»Behausungen für Kälber«, übersetzte Lisa.

»Ach so.« Roland hörte seinem Schwiegersohn in spe aufmerksam zu.

»Ja, also nicht nur Moggelesställe und Melkmaschinen, sondern auch Bulldogs, Häcksler, Mähdrescher, Aufsitzrasenmäher, Eggen und kleine Bagger«, fuhr der fort.

»Wie wär's, wenn wir uns trennen?«, schlug Lisa vor. »Du schaust mit Papa weiter die Ausstellung an, und ich gehe mit Mutter ein bisschen shoppen. Wir müssen sowieso in der Vikunja-Wollsache recherchieren.«

Lisa hatte offensichtlich registriert, wie die Augen ihres Vaters zu leuchten begonnen hatten, und fürchtete einen stundenlangen Rundgang durch die Landmaschinenausstellung, an dessen Ende ihre heiß geliebten Stände womöglich leider schon zuhatten. So war das Dilemma elegant gelöst.

»Eine hervorragende Idee«, fand Heiko.

Fabienne Böckler hatte den Stand von Friedemann Gerstling aufgesucht, dem sie früher an der Muswiese ab und zu zur Hand gegangen war. Sie besuchte ihn öfters, denn sie mochte ihn sehr gerne. Und er war für sein

Alter durchaus attraktiv, es kümmerte sie nicht, dass fast 30 Jahre zwischen ihnen lagen. Sie fühlte eine besondere Verbindung zu ihm.

»Und, wie läuft's?«, erkundigte sie sich und schenkte dem Mann ein Lächeln.

»Ganz gut«, antwortete dieser und nickte. »Ach, ist der von letztem Jahr?«, fragte er dann und griff nach einem Ende des Schals, den Fabienne um den Hals trug. Er berührte sie dabei beinahe.

Fabienne strich eine Strähne ihres dunkelblonden Haars aus dem Gesicht. »Ich hab noch alles, was ich von dir gekriegt habe. Die Sachen halten ein Leben lang, weißt du doch.«

Gerstling grinste, als er seinen Werbespruch aus ihrem Mund hörte. »Steht dir gut«, fand er und ließ den blauen Schal zurück auf ihren Mantel fallen.

»Danke«, sagte sie.

»Und meine Anteilnahme, Mädchen. Wegen deiner Mutter.«

Fabienne wurde ernst und senkte den Kopf. »Ja, es ist schlimm.«

»Ich mochte sie sehr gern, das weißt du«, fuhr Gerstling fort.

»Das weiß ich«, wiederholte Fabienne.

»Sie war ein guter Kerl.«

»Jaja«, seufzte Fabienne.

»Hoffentlich wird der Mörder gefasst …«, fügte der Händler hinzu.

Dann wurde ihr Gespräch jäh von einer Kundin unterbrochen, einer älteren Dame in einem Wollrock und mit Dutt, die sich erkundigte, ob die Wollhausschuhe auch schön warm seien.

Die beiden Frauen begannen am hinteren Ende, in der Presslerstraße, in Richtung Kühnhard.

»Es gibt alles, was man so brauchen kann«, warb Lisa.

»Na, die meisten Sachen sind ja etwas … seltsam«, fand Maria Luft.

»Wieso? Viele Sachen sind doch absolut kultig«, hielt Lisa dagegen. »Zum Beispiel die selbst gemachten Tierhandpuppen da drüben. Und die gehäkelten Barbiekleider da hinten.«

»Na, Enkel habe ich sowieso keine«, beschwerte sich ihre Mutter. »Denkst du, ihr schafft das noch? Obwohl ich mir nicht sicher bin, ob ich überhaupt schwäbische Enkel haben will.«

»Hohenlohische, Mutter.«

»Wie?«

»Wir sind in Hohenlohe. Nicht in Schwaben. Und es bleibt bei den hohenlohischen Enkeln, wenn es überhaupt jemals welche geben wird.«

»Na, *wenn* es welche gäbe, dann könnte man ihnen solche Häkelbarbiekleider oder Stofftierhandpuppen kaufen, oder womit auch immer die Kinder auf dem Land so spielen, nicht wahr?«

Sie passierten einen Stand, an dem ein schwarzer Verkäufer Schalen und Schmuck aus Kamerun anbot.

»Ach, multikulturell seid ihr hier auch schon«, zischte Lisas Mutter, und es klang verwundert.

»Der hat schöne Sachen, Mama.« Lisa begutachtete die Auslage und erstand schließlich bei dem freundlichen jungen Mann einen handgefertigten bunten Perlenarmreif für acht Euro. »Für so was hättest du dich im Laden totgezahlt«, erklärte sie.

Der nächste Stand entlockte ihrer Mutter ein Schaudern. »Was ist das denn?«, fragte sie angeekelt und wies auf die präsentierten Kleidungsstücke.

Lisa nahm ein Exemplar vom Ständer und hielt es ihrer Mutter hin. »Das sind Kittelschurze.«

»Du meinst wohl Schürzen?«

»Nein, es heißt Kittelschurz. Die ideale Arbeitskleidung für die hohenlohische Hausfrau.«

»Damit läuft doch nicht wirklich eine rum, oder?«, überlegte Lisas Mutter und zupfte mit den Fingerspitzen an einem blauen Modell mit lila-pink-weißem Blumenmuster und lilafarbenen Plastikknöpfen.

»Die älteren Damen manchmal schon. Beim Schaffen eben.«

»Aber du nicht, oder?«, hoffte Maria.

»Wenn du nicht aufhörst, kriegst du einen Kittelschurz zum Geburtstag, einen besonders schicken, praktischen«, drohte Lisa und hängte den Schurz auf den Ständer zurück, bevor die Verkäuferin, die sie schon fest im Blick hatte, mit einem Beratungsgespräch beginnen würde.

Lisas Mutter schnalzte mit der Zunge und musterte am gegenüberliegenden Stand Ausstechformen in einer Vielfalt, wie es sie sonst nur im »Eberl« in Crailsheim, dem »Großmarkt für jedermann« gab. »Ist das zum Plätzchenbacken?«, erkundigte sie sich.

»Ja. Breehtlich heißen die in Hohenlohe. Und wie du siehst, gibt es alle möglichen Formen.«

»Ihr backt Füße?«, wunderte sich die Mutter.

»Ach, das sind Käsefüße. Ist ein herzhaftes Rezept«, erläuterte Lisa. »Aber weißt du, was praktisch ist? Die Minipfanne. Für ein einzelnes Spiegelei. Mit Keramikbeschichtung.«

Sogar Maria Luft nickte nun anerkennend, das war tatsächlich sinnvoll.

Nach einer geraumen Weile erfolgreichen Bummelns und erfolgloser Recherche bei diversen Wollhändlern erreichten Lisa und ihre Mutter schließlich den Stand von Friedemann Gerstling.

»Schau mal, Mama, der hat schöne Wolljacken«, sagte Lisa und musterte die im hinteren Bereich aufgehängten anthrazitfarbenen und beigefarbenen Kleidungsstücke.

»Na, die sind etwas grob, findest du nicht, Lieselotte?«

»Nenn mich nicht Lieselotte«, zischte Lisa.

»Entschuldige. Also ich weiß nicht – obwohl, trägt man das hier?«

Lisa verdrehte die Augen und ging ein paar Schritte auf die Jacken zu.

Sofort war Friedemann Gerstling bei ihr. »Ach, die hübsche Kommissarin und ihre Schwester«, schleimte er und zwinkerte den Frauen verschmitzt zu.

»Oh, danke«, flötete Maria Luft. »Allerdings bin ich ihre Mutter.«

»Was?«, rief Gerstling theatralisch aus. »Da waren Sie aber kaum 14, als Sie mit Ihrer Tochter schwanger gingen, oder?«

Die flapsige Bemerkung entlockte zu Lisas Überraschung ihrer Mutter ein Lächeln. »Na, du kannst dir die Jacken ja mal anschauen«, meinte sie plötzlich.

»Beste Schurwolle aus Südamerika«, warb Gerstling und nahm eines der Ausstellungsstücke von der Stange. »Fair Trade, mit Taschen und Kapuze. Halten ein Leben lang!«

»Und mit einem total niedlichen Bommel hinten«, ergänzte Lisa und schnappte sich die Kordel, die von der Kapuze herabhing.

»Schlüpfen Sie doch mal rein. Das müsste Ihre Größe sein.«

Lisa grinste, sicherlich hatte der Mann nicht zufällig nach der richtigen Größe gegriffen. Clever, clever! Er hielt ihr wie ein vollendeter Gentleman die Jacke auf, und Lisa zog ihren Mantel aus und schlüpfte hinein. Dabei fielen ihr Gerstlings seltsam runde Fingernägel auf, die er wie manche Frauen länger trug.

»Die ist wirklich schön warm«, fand sie und zog den Reißverschluss zu.

»Und genau das Richtige für den hohenlohischen Winter«, beteuerte der Händler.

»So schlecht, wie ich gedacht habe, sieht sie gar nicht aus«, befand Lisas Mutter.

»Seid ihr eigentlich mit euren Handschuhen weitergekommen?«, wollte Gerstling wissen, und es klang beiläufig.

»Wir denken, dass der Mörder blau-grau-weiße Handschuhe anhatte«, antwortete Lisa und behielt dabei Gerstlings Mimik fest im Blick.

»Ach«, erwiderte der knapp und verzog keine Miene.

»Sie erinnern sich nicht zufällig an solche Handschuhe und wer sie gekauft haben könnte?«

Gerstling schloss die Augen, öffnete sie kurze Zeit später wieder und schüttelte den Kopf, was dazu führte, dass die lockigen grauen Strähnen seines Vokuhilas hin und her schwangen. »Keine Ahnung«, erwiderte er schließlich.

»Sie melden sich, wenn Ihnen was einfällt, ja?«, insistierte Lisa.

Gerstling schenkte ihr sein schönstes Lächeln. »Versprochen.«

Lisa beschloss, die Jacke zu kaufen. Sie freute sich, eine praktische und zugleich schicke Lösung für die kalten Tage gefunden zu haben. Sie bat den Händler, die Jacke aufzubewahren, damit sie sie nicht über die Muswiese schleppen musste. Als sie bezahlte, entdeckte sie die Schuhe in der Auslage.

»Ist das Futter aus echter Wolle?«, wollte sie wissen und betrachtete das helle Innere der ansonsten wildledernen hellbraunen Pantoffeln.

»Aber natürlich. Mollig-wollig warm«, kalauerte Gerstling.

Nachdenklich nahm Lisa die genähten weichen Lederschuhe in die Hand, und plötzlich kam ihr ein Gedanke. Sie drehte die Schuhe um. »Die haben ja gar keine Sohle.«

»Na, die sind ja auch fürs Haus«, erläuterte Gerstling. »Die ziehen Sie ja nicht draußen an.«

Lisa überlegte. Natürlich könnte man sie draußen anziehen, für den Fall, dass einem daran gelegen war, keine Spuren zu hinterlassen. Und das wäre eine Erklärung für die seltsamen Spuren am Tatort.

»Sie wissen nicht zufällig, wer von den Musdorfern solche Schuhe gekauft hat?«, forschte Lisa.

»Wieso, ist das wichtig?«

»Das werden wir sehen«, meinte Lisa bewusst unbestimmt.

»Also, nein, leider nicht. Sie können sich denken, dass das viele Leute sind, in all den Jahren. Und ich führe ja nicht Buch drüber.«

»So«, entfuhr es Lisa nachdenklich. »Noch mal wegen

den Handschuhen …«, fuhr sie im Plauderton fort und wog die Schuhe in der Hand.

»Ah ja?«, entgegnete Gerstling und taxierte einen älteren Herrn, der soeben seine Rindsledergürtel musterte. »Sie kommen zurecht?«, fragte er den Mann, der lediglich vor sich hin brummte. Der Händler wandte sich wieder Lisa zu: »Und?« Dann drehte er sich erneut zum potenziellen Kunden: »Wir haben auch längere.«

Gerstling ging zum Ständer mit Gürteln und drehte ihn ein Stück herum. Der Mann fasste stumm nach einem hellbraunen Exemplar und betrachtete es eingehend.

Der Händler kehrte derweil zu Lisa zurück. »Entschuldigen Sie, junge Dame. Ja, also, ich kann Ihnen leider nicht helfen, wie gesagt.«

»Überlegen Sie bitte noch mal genau: Sie hatten doch mal Vikunja-Handschuhe im Angebot? Genauer gesagt suchen wir nach welchen mit den Farben Blau, Weiß und Grau.«

Der Mann zuckte mit den Achseln. »Womöglich. Die, die ich hatte, sind bunt, wie schon gesagt. Man kriegt immer verschiedene Muster, weil die Latinos das wirklich in Handarbeit und ganz individuell machen. Jedes Exemplar ist ein Unikat. Alles Designerstücke, wenn Sie so wollen.«

»Ah ja«, erwiderte Lisa nachdenklich. »Wie gesagt, falls Ihnen noch was einfällt, wissen Sie, wie Sie uns erreichen.«

»Aber natürlich, junge Frau.«

»Und ich nehme ein Paar von diesen Hausschuhen. Größe 39.«

Kaum war die Kommissarin mit ihrer Mutter verschwunden, zückte Friedemann Gerstling sein Handy.

Mit einem prüfenden Blick auf den Kundenstrom stellte er fest, dass er in der nächsten Minute wohl nicht eingehend würde beraten müssen. Der Rindsledergürtelinteressent war wortlos weitergegangen, auch sonst war alles ruhig, die Besucher schoben sich an seinem Stand vorbei. Er platzierte sich trotzdem am Rand seiner Auslage, sodass er das Gespräch jederzeit würde unterbrechen können, und sprach so leise, dass er nicht belauscht werden konnte, nicht einmal zufällig. Er musste es nicht lange klingeln lassen, zweimal, dann wurde abgenommen.

»Hallo, Schätzchen«, eröffnete er das Gespräch. »Du, hör mir kurz zu: Die Polizei war gerade bei mir, und die haben sich nach einer bestimmten Sorte Handschuhe erkundigt … ja, weil sie wohl glauben, dass der Mörder solche angehabt hat … das denken sie wohl … ach was, ich doch nicht, du doch nicht! … Was? … Nein. Nämlich welche mit Blau, Weiß und Grau … ja, klar, Zufall, hab ich mir auch gedacht, aber sicher ist sicher, du hattest dir doch mal solche ausgesucht, vor ein paar Jahren? Erinnere ich mich richtig? … Genau, mit Paisleymuster, weißt du noch? … Kann sein, ja, vielleicht wäre es allerdings besser, die würden verschwinden, nur zur Sicherheit … nein, nein, wo denkst du hin, das würde ich niemals von dir … und keine Angst, ich sag nix … ja, klar, gern geschehen. Wiedersehn, Schatzi.«

Heiko bewunderte zusammen mit Lisas Vater einen Häcksler.

»Das Ding haut echt was weg«, warb der Händler und ließ mit einer beiläufigen Handbewegung ein Bündel Reisig im Schlund des Geräts verschwinden. Mit einem ohrenbetäubenden, beeindruckenden Rattern zerhackte die Maschine das Reisig und spuckte feine Schnipsel in eine auf dem Boden bereitstehende knallrote Plastikwanne. Der Händler nahm lässig eine Handvoll des Pulvers und ließ es durch die Finger rieseln. »Und damit hätten Sie jetzt die Basis für wunderbaren, hochwertigen Kompost.«

Heiko nickte begeistert, gleichzeitig schaltete sich jedoch in der hintersten Ecke seins Hirns die Vernunft ein, die ihm sagte, dass er weder einen allzu großen Garten mit Unmengen Büschen noch sonst woher die Reisig- und Astmengen beschaffen könnte, die nötig waren, um nur ansatzweise die Anschaffung eines solchen Geräts zu rechtfertigen. Also seufzte er, bedankte sich beim Händler und vertröstete ihn auf in 20 Jahren. Wie bereits zuvor den Verkäufer des Aufsitzrasenmähers – bei einer Rasenfläche von 100 Quadratmetern war diese Maschine ebenfalls nicht wirklich rentabel –, den vom Holzspalter – ohne Kachelofen sinnfrei – und den vom Schlepper – auch nutzlos, wenn man nicht mehr als einen Hektar Land sein Eigen nennen konnte – noch nicht.

In diesem Moment klingelte Heikos Handy. Es war Lisa, die mit ihm unbedingt etwas besprechen wollte und meinte, dass es sowieso Zeit wäre, wieder zusammenzukommen.

Sie trafen sich beim Landjugendstand, und diesmal beharrte Heiko darauf, dass sie sich in eine der Wirtschaften setzten. Sie entschieden sich für den Böckler, in der Hoffnung, dort zugleich etwas über den Fall in Erfahrung bringen zu können.

Es war laut, als Heiko die Tür aufstieß, und der Duft

von Bratwürsten und Sauerkraut lag in der Luft. Heiko strebte sofort auf den einzigen freien Tisch zu.

»Wollen wir etwa hier etwas essen?«, piepste Maria, und es klang unzufrieden.

»Nein, wir trinken nur was. Wir essen später zu Abend, wir haben ja reichlich gefrühstückt. Oder braucht jemand was?«, fragte Lisa.

Alle hoben abwehrend die Hände, bis auf Heiko, der zwar zähneknirschend den Kopf schüttelte, aber trotzdem an saftiges, leckeres Kesselfleisch dachte.

»Und immerhin wollen wir nachher noch auf das Konzert«, gab Lisa zu bedenken.

»Konzert?«, erkundigte sich Maria. »Klassik?«

Heiko verdrehte die Augen, und auch Roland seufzte.

»Nein, keine Klassik. Beim Kirchner tritt heute Abend ab halb acht die Band Kurt Klawitter und die Mostpiloten auf, das hab ich euch doch im Auto erzählt«, erwiderte Lisa ungeduldig.

»Ach, ich erinnere mich dunkel. Und warum nennen die sich Mostpiloten?«, hakte Maria nach.

»Das«, antwortet Heiko, »hab ich den Kurt auch schon mal gefragt. Und der meinte, das hätten sie sich einfach so ausgedacht. Eigentlich heißen sie Kurt, Thomas und Gilgamesch.«

»Wie?«

»Gilgamesch«, wiederholte Heiko.

»Heißt der wirklich so?«, vergewisserte sich Maria, obwohl sie mittlerweile gar nichts mehr wunderte.

»Der ist Schweizer«, erklärte Heiko.

»Na dann.«

Die Bedienung erschien, es handelte sich um Melanie Böckler.

»So, jetzt habt ihr also auf«, plauderte Heiko und verkniff sich ein: ›Was soochan doa d' Leit!‹

Die Schwiegertochter des Mordopfers nickte. »Ja«, sagte sie knapp, nichts weiter.

Offenbar verspürte sie wenig Lust, sich zu rechtfertigen. Heiko bestellte für sich einen Kaffee, einen richtigen, mit viel Milch und Zucker, Lisa orderte eine Apfelschorle, Maria einen schwarzen Tee und Roland ein Radler.

Als Melanie Böckler verschwunden war, verwickelte Maria ihren Mann in ein Gespräch über die Widrigkeiten des Landlebens in Schwaben und die seltsamen Bräuche. Sie bedauerte Lisa wortreich und überlegte laut, wie ihre Tochter das hier nur aushielte. Roland hörte einfach nur zu und nickte sporadisch.

Lisa ignorierte ihre lamentierende Mutter und kramte derweil in ihrer riesigen Handtasche, die sie extra für die Muswiese mitgenommen hatte, für den Fall, dass sie etwas Schönes finden würde, ein oder zwei Dinge eben, und förderte ein ungemein hässliches Paar Hausschuhe zutage. Sie reichte es Heiko, und der hoffte inständig, dass es nicht für ihn gedacht war, denn er wollte die grässlichen Dinger auf gar keinen Fall anziehen.

»Schau mal die Unterseite an«, forderte Lisa.

Heiko drehte die Schuhe gehorsam um und entdeckte einen gestempelten grünen Aufdruck: »Gr. 39«. Gott sei Dank.

»Ja, recht«, log er.

Lisa verdrehte die Augen. »Das meine ich nicht. Schau dir mal die Sohle an.«

»Sohle?«, hakte Heiko verständnislos nach. »Aber die haben doch gar keine. Nur eine Lederrutschfläche.«

»Genau. Das könnte erklären, warum wir am Tatort keine deutlichen Fußspuren des Täters gefunden haben.«

Heiko nickte nachdenklich. »Tatsach!«, stimmte er schließlich zu.

»Danach wären die Hausschuhe allerdings zu nichts mehr zu gebrauchen, voller Matsch. Die würde man nie wieder sauber kriegen«, überlegte Lisa laut.

»Na, die würde der Mörder wohl kaum aufbewahren«, beschloss Heiko.

»Wohl nicht. Und der Gerstling kann sich partout nicht erinnern, wer von den Musdorfern solche Schuhe gekauft hat.«

»Es muss ja nicht unbedingt ein Musdorfer gewesen sein«, relativierte Heiko. »Und außerdem habe ich die an mehr Ständen gesehen.«

»Vielleicht weiß jemand von der Familie was?«, schlug Lisa vor, als Melanie Böckler die Getränke auf den Tisch stellte.

Sie musste die Bemerkung gehört haben, reagierte allerdings nicht und verschwand wieder. Seltsam.

»Ja«, meinte Heiko. »Nur, wenn einer von denen der Mörder ist, wird der alle Zeit der Welt haben, die Schuhe verschwinden zu lassen, falls sie noch da sind.«

»Dann fragen wir den Witwer. Hast du nicht auch den Eindruck, dass seine Trauer echt ist?«

Heiko nickte. »Noch am ehesten, ja.«

Friedemann Gerstling musterte seine Kunden und ließ den Besuch der Kommissarin Revue passieren, bei dem er sie angelogen hatte. Er hatte gelogen, ja, und er fragte sich, ob das schlimm war in diesem Fall. In seinem Job sagte er selten die Wahrheit. Er schmeichelte alten Schabracken, er beteuerte unattraktiven Kerlen, dass sie gut aussähen und eine gute Partie seien. Er behauptete, er würde demnächst heiraten oder hätte vier Kinder, studierende Töchter, die ihm die Haare vom Kopf fressen würden. Dann zeigte er auf die lichten Stellen auf seinem Schädel. Und damit brachte er alle zum Lächeln, oft sogar zum Kaufen. Und es war nicht schlimm, weil alle wussten, dass er log, aber sie ließen es ihm durchgehen, weil er charmant dabei war. Sie ließen sich gerne Honig ums Maul schmieren, und sie kauften gerne bei ihm.

Er betrachtete die defilierenden Besucher. Die Hohenloher waren schon ein besonderer Schlag, das war unter den Händlern allgemein bekannt. Einige waren für die Muswiese richtiggehend herausgeputzt, als gelte es, einen Staatsbesuch zu absolvieren. Andere wiederum sahen aus, als hätten sie extra ihre ältesten Arbeitsklamotten aus dem Schrank gezerrt oder kämen gerade ungeduscht aus dem Stall. Und dazwischen gab es nicht allzu viel. Der Satz »An dr Muswies deff alles naus«, den er mal von einer Kundin gehört hatte, traf manchmal ganz wunderbar zu. Sie waren Schnäppchenjäger, die Hohenloher, ohnegleichen, dabei jedoch qualitätsbewusst. Schwierig, aber mit seinen tollen Produkten und Preisen durchaus zu befriedigen. Ja, er wusste Bescheid über seine Pappenheimer, viele kamen jedes Jahr, und nach 30 Jahren kannte man sich, zumindest vom Sehen. Und er würde den Teufel tun, die Person zu verraten, die die gesuchten Handschuhe hatte, denn diese Person verdiente das erstens nicht und konnte es zweitens unmöglich gewesen sein. Es war gut, dass er sie gewarnt hatte. Es war okay.

Er goss sich Tee aus seiner zylindrischen Thermoskanne in seine Tasse und wärmte seine kalten Hände daran. Seine eigenen blauen Handschuhe lagen immer noch im Wagen.

»Entschuldigt ihr uns kurz?«, bat Lisa ihre Eltern. »Wir müssen mit dem Wirt sprechen.«

»Ach, das ist der Mann des Mordopfers?«, erkundigte sich Roland interessiert.

Heiko nickte.

»Und obwohl die Mutter gerade gestorben ist, machen die hier Restaurantbetrieb?«, wunderte sich Maria.

»Ja, das finden wir auch ein bisschen seltsam«, gab Lisa zu. »Aber es ist wohl so, dass die Bauern das ganze Jahr auf die Muswiese hinarbeiten. Das ist vor allem eine wirtschaftliche Angelegenheit.«

»Womöglich«, quittierte Maria und nippte an ihrem Tee.

Heiko und Lisa erhoben sich und steuerten auf Melanie Böckler zu. Als sie sich erkundigten, wo sie Ludwig Böckler finden könnten, wies die Schwiegertochter mit der Hand zu einer Tür, die offensichtlich zur Küche führte. Das Familienoberhaupt stand am Herd. Er trug ein beige-grün kariertes Hemd und über der Jeans eine helle Schürze, die schmutzig war. Kein Wunder, Kochen an der Muswiese war ein echter Knochenjob und hatte wenig mit Kosmetik zu tun. Der Mann schwitzte und wischte sich mit einem Tuch über die Stirn.

»Viermol Graachde«, schrie soeben sein Sohn Jörg, was den Witwer veranlasste, mit geschickten Bewegungen vier geräucherte Bratwürste aus einem riesigen Topf auf vier Teller zu bugsieren und sie nach links zu seinem Jüngsten, Johann, weiterzuschieben, der Sauerkraut darauf drapierte.

In der Küche war es leiser als draußen, doch auch hier

herrschte Betrieb, Tellerklappern ertönte, und das Blubbern in den Töpfen war zu hören. Dampfschwaden waberten umher, die Dunstabzüge rauschten.

»Herr Böckler?«, rief Lisa über diesen Lärm hinweg.

Der Mann hob den Kopf, entdeckte sie, nickte grüßend, sagte etwas zu Johann, der daraufhin seinen Platz am Herd einnahm, wischte sich die Hände an der Schürze ab und kam auf die beiden Kommissare zu.

Kurze Zeit später saßen die drei wieder in der Wohnküche der Familie, oben im Haus.

Ludwig Böckler wirkte ruhig, hatte die Hände übereinandergelegt. »Und? Wisst ihr schon, wer meine Erika auf dem Gewissen hat?«, erkundigte er sich.

»Wir sind dem Mörder auf der Spur«, erzählte Heiko.

»Oder der Mörderin.«

»Sie denken, es war eine Frau?«

»Es könnte eine gewesen sein«, informierte Lisa. »Wir haben Faserspuren gefunden, die nahelegen, dass der Mörder blau-weiß-graue Handschuhe aus einer speziellen Naturwolle getragen hat.«

»Aha.«

»Sie wissen nicht zufällig, ob jemand in Ihrem Bekanntenkreis oder in der Familie solche Handschuhe besitzt?«

Böckler zuckte mit den Achseln. »Was gänna mii die Hendschich von da Leit ou?«

»Hend-schich?«, hakte Lisa nach.

»Handschuhe«, übersetzte Heiko.

»Ah ja. Außerdem ist es ziemlich komisch, dass wir am Tatort nur Fußabdrücke von Ihrer Frau gefunden haben, aber keine vom Täter. Oder der Täterin. Wir haben allerdings eine Theorie«, fuhr Lisa fort und entnahm ihrer

Tasche die Hausschuhe. Sie drehte sie um und zeigte dem Witwer die profillose Ledersohle.

»Hat jemand, den Sie kennen, solche Hausschuhe? Oder so ähnliche, jedenfalls ohne richtige Sohle?«, wollte Heiko wissen.

»Wir haben die alle«, erklärte Böckler, nachdem er das Paar kurz konsterniert angestarrt hatte. »Die sind wunderbar bequem, und sehr warm im Winter.«

Die Kommissare verständigten sich stumm. »Können wir die sehen?«, bat Heiko dann.

»Aber natürlich. Die Fabienne hat nämlich früher mal beim Gerstling geschafft, als Nebenjob, und da haben wir die billiger gekriegt.«

»Ach so!«, entfuhr es Lisa. Sie warf Heiko einen bedeutungsvollen Blick zu.

Ludwig Böckler erhob sich und führte sie zu einem Schrank im Flur. Als die schmale Tür aufschwang, nahmen sie den typischen Schuhschrankgeruch wahr – alt, etwas muffig, nach Füßen.

Böckler deutete auf die Hausschuhe, die paarweise in der unteren Reihe des Schranks übereinandergelegt waren. »Eins, zwei, drei, vier, fünf, sechs«, zählte er. »Alle da. Von meiner Familie war das eh keiner, falls ihr das wirklich geglaubt habt.«

Heiko bückte sich und zog ein Paar an der Schuhspitze heraus, um es umzudrehen und die Sohle zu inspizieren. Es waren wirklich solche, wie Lisa gekauft hatte. »Tragen alle Mitglieder Ihrer Familie diese Schuhe oder stehen die nur im Schrank rum?«, fragte er nachdenklich. »Also, wie wenn ich nichts anderes zu tun hätte, als meiner Familie ständig auf die Füße zu glotzen ... weiß ich doch nicht.«

»Und denken Sie doch noch mal nach: Wirklich niemand aus Ihrer Familie besitzt blau-weiß-graue Handschuhe?«, erkundigte sich Lisa erneut.

»Wissen Sie, welche Handschuhe Ihre Familie hat?«, hielt Böckler dagegen.

Natürlich, dachte Lisa. Frauen bemerkten so etwas. Aber Männer wohl nicht, da hatte der Mann vermutlich recht und log nicht.

»Haben Sie eine Garderobe?«, forschte Lisa weiter.

Böckler führte sie zu einem alten messingfarbenen Garderobenständer aus den 80er-Jahren, der über und über mit Jacken, Taschen, Schals und Mützen beladen war. Allerdings konnten die Kommissare selbst nach längerer Suche kein passendes Stück entdecken.

»Sie denken doch nicht ernsthaft, dass es jemand aus meiner Familie war?«, meinte Böckler nun regelrecht empört. »Denken Sie das?«

»Können Sie sich das vorstellen?«, fragte Lisa zurück.

Böckler schüttelte den Kopf, es wirkte trotzig.

Lisa räusperte sich und sagte dann: »Ganz ehrlich, Herr Böckler, diese Harmonie, die Sie uns da weismachen wollen, nehme ich Ihnen nicht ab.«

»Wie bitte?«

»Bei unseren Recherchen wurde uns Ihre Frau immer als – nennen wir es vorsichtig – ›resolut‹ beschrieben. Sie können mir nicht erzählen, dass das nicht innerhalb der Familie zu Spannungen geführt hat.«

Böckler schwieg zunächst mit verschränkten Armen, seufzte jedoch schließlich und murmelte kleinlaut: »Die Melanie. Die und meine Frau haben sich partout nicht verstanden.«

»Worum ging es bei den Streitigkeiten?«, wollte Lisa wissen.

»Meistens um Kleinigkeiten. Grabenkämpfe, wenn Sie so wollen. Manchmal waren es größere Sachen, ob man das Haus renovieren soll, ob man auf Bio umstellen soll, solche Sachen. Die Melanie wäre wohl selber gern die Bäuerin gewesen, die alles in Eigenregie entscheiden kann.«

»Und da hatte Ihre Frau was dagegen«, vermutete Heiko.

Böckler nickte. »Dabei waren manche von Melanies Vorschlägen gar nicht schlecht. Doch Erika hat sie alle abgeblockt, nur aus Prinzip, weil sie von Melanie waren. Erika wollte die Chefin sein. Und das war sie auch.«

»So was tut unter Frauen gar nicht gut«, gab Lisa zu bedenken. Nach einer kurzen Pause fuhr sie fort: »Trauen Sie Ihrer Schwiegertochter den Mord zu?«

Böckler schüttelte zuerst energisch den Kopf, strich sich dann über die Frisur und ließ endlich seine Arme an die Seiten seines Körpers klatschen. »Ganz ehrlich: Ich weiß es nicht.«

»Ist Melanie Linkshänderin?«, fragte Lisa weiter.

»Keine Ahnung.«

»Gut, ich bitte Sie, vorerst mit niemandem über unser Gespräch zu reden«, schloss Heiko, die Augen fest auf Ludwig Böckler gerichtet.

Die Kommissare kehrten zurück zum Tisch, warnten Lisas Eltern vor, dass sie noch etwas zu erledigen hätten, während sie verstohlen Melanie Böckler musterten, die eifrig hin und her eilte, lächelte und Bestellungen aufnahm. Hatte sie an ihrem Tisch nicht irgendwie nervös gewirkt? Unsicher? Verdächtig wortkarg?

Heiko winkte sie heran, um die Rechnung zu bestellen, und sie nickte ihm zu – weniger beflissen als den anderen Gästen, vielleicht weil sie etwas zu verbergen hatte? Letztlich kam sie, hatte ihr Lächeln aufgesetzt und zog fragend die Augenbrauen hoch.

»Mir däda zoohla«, sagte Heiko und zückte seinen ledernen Geldbeutel.

»Ein neues Portemonnaie brauchst du auch mal«, stellte Lisa fest.

Heiko murmelte: »Nix«, und beobachtete Melanie, wie sie mit der rechten Hand ihren Block zückte, mit der linken den Stift aus ihrer Schürzentasche holte und dann mit links die Rechnung schrieb.

»9 Euro 80«, sagte sie und schob Heiko den Zettel hin.

Der legte elf Euro daneben und meinte: »Frau Böckler, können wir Sie einmal kurz sprechen?«

Die Jungwirtin fuhr sich mit einer Hand durchs halblange blonde Haar, das zu einem ordentlichen Pferdeschwanz gebunden war. »Jetzt? Des is grad ganz schlecht.«

»Es ist dringend«, beharrte Heiko.

Melanie Böckler nickte stumm und ging zu Fabienne, vermutlich um sie zu bitten, ihre Seite mit zu übernehmen, und verschwand dann für einen kurzen Moment in der Küche. Als sie wieder in den Gastraum trat, bedeutete sie den Kommissaren, ihr zu folgen. Sie führte sie wieder nach oben in die Wohnküche, unten in der Muswiesenwirtschaft war an ein diskretes Gespräch nicht zu denken.

Missmutig setzte sie sich an den Esstisch und verschränkte die Arme fest vor dem Körper. »Also, ich habe wirklich nicht viel Zeit.«

Heiko zog die Augenbrauen hoch. »Jetzt müssen Sie sich ein bisschen Zeit nehmen, Frau Böckler.«

»Wieso, was ist los?« Melanie Böckler wirkte verunsichert.

»Wie würden Sie das Verhältnis zwischen Ihnen und Ihrer Schwiegermutter beschreiben?«, begann Heiko.

Die Verdächtige löste ihre Hände aus einer krampfartigen Erstarrung und wischte sich nervös eine Haarsträhne, die aus ihrem Pferdeschwanz entwischt war, aus dem Gesicht. »Wieso?«

Heiko zuckte mit den Achseln und wartete auf Antwort.

Melanie seufzte. »Wenn ihr so fragt, wisst ihr doch schon, dass es nicht gut war, oder?«, vermutete sie.

Lisa nickte. »Das haben wir gehört. Ihre Schwiegermutter war wohl etwas, nun, wie könnte man das ausdrücken …«

»… herrschsüchtig trifft es ziemlich gut. Wissen Sie, wenn ich mich damals nicht in den Jörg verliebt hätte – ich meine richtig, denn der Jörg ist ein toller Kerl –, dann hätte ich auch Reißaus genommen.«

»Auch, wie wer?«, hakte Heiko nach.

»Na, wie der Martin, der hat sich die Fabienne quasi angeschaut, und als er die Alte näher kennengelernt hat, ist er sofort abgehauen.«

»Jetzt aber zurück zu Ihnen«, mahnte Lisa und setzte demonstrativ ihr Verhörgesicht mit der entzückenden Steilfalte zwischen den Augenbrauen auf. Sie beschloss, nicht allzu viel Pulver zu verschießen, damit die Verdächtige nicht hellhörig wurde. »Wir fragen uns, wo Sie in dieser Nacht waren?«

Melanie Böckler schnaubte. »Was denken Sie denn? Kurz vor der Muswiese? Im Bett, wo sonst?«

Heiko und Lisa wechselten einen Blick. »Können Sie uns mal Ihre Hausschuhe zeigen?«

»Äh, wie bitte, was?«

»Ihre Hausschuhe«, wiederholte Heiko.

»Warum das denn?«

»Tun Sie's einfach.«

Melanie Böckler zuckte die Schultern, etwas zu lässig, stand auf und führte Heiko und Lisa zu dem Schuhschrank, den diese mit Ludwig Böckler bereits inspiziert hatten. Sie musterte die Paare und zog schließlich eines heraus, um es Heiko zu reichen. »Meine. Größe 41.«

Heiko nahm das Paar mit spitzen Fingern entgegen und betrachtete es eingehend, drehte die Schuhe schließlich um.

»Die Sohle ist dreckig«, stellte er fest.

»Wie, dreckig?«, wunderte sich Melanie Böckler und folgte Heikos Blick.

»Erde«, präzisierte Heiko und deutete auf die krümeligen braunen Verunreinigungen auf der Sohle.

Die Tochter des Opfers zuckte die Achseln. »Keine Ahnung, bestimmt bin ich damit mal kurz über den Hof gelatscht, als es schnell was zu tun gab. Bei uns ist nämlich immer was zu tun, wisst ihr. Und was hat das überhaupt mit dem Mord zu tun?«

»Das müssen Sie schon uns überlassen«, antwortete Lisa spitz.

Wortlos griff Heiko nach den anderen Paaren und betrachtete die Sohlen. Die Schuhe waren alle pieksauber und offensichtlich noch nie außerhalb des Hauses angezogen worden.

»Kann ich die Schuhe jetzt wiederhaben?«, versuchte die Verdächtige und streckte fordernd ihre Hand aus.

»So einfach ist es leider nicht«, beschloss Heiko. Er wechselte mit Lisa einen Blick, und sie nickte leicht. »Sicher, dass Sie am Mittwochabend zu Hause waren? Die ganze Zeit?«, fuhr Heiko fort.

Melanie Böckler schnaubte. »Ganz sicher. Ich war im Bett, vorschlafen. Mit meinem Mann.«

»Der das natürlich bestätigen wird«, vermutete Heiko und zückte sein Telefon, um die Kollegen anzurufen. Er musterte kurz den Raum. Er stand zwischen der Verdächtigen und der Treppe, die den einzigen Fluchtweg bildete, sie hätte keine Chance abzuhauen. »Wir müssen Sie leider vorläufig festnehmen, Frau Böckler«, bestimmte Heiko.

Melanie Böcklers Augen weiteten sich. »Was? Das geht nicht! Es ist Muswiese! Ihr könnt mich nicht verhaften, ich muss mithelfen!«

Heiko grollte: »Beruhigen Sie sich, Frau Böckler. Wir können das diskret handhaben oder offensichtlich, wie es Ihnen lieber ist.«

»Aber ich war es nicht«, beharrte Melanie Böckler und verschränkte wieder die Arme vor der Brust.

»Dann wird sich das herausstellen«, erklärte Lisa.

Sie schickten Maria und Roland eigenständig auf eine Muswiesenrunde. Maria war zwar eher dafür, ins Hotel zu fahren, Roland gab jedoch zu bedenken, dass es dort nichts für sie zu tun gab, und setzte sich dieses Mal durch. Lisa versprach, sofort anzurufen, wenn sie die Angelegenheit hinter sich gebracht hätten.

Die Kommissare beantragten einen Durchsuchungsbefehl für das Böckler'sche Anwesen. Wenn es gut lief, würden die fraglichen Handschuhe in ihrem Zimmer neben dem Elektroschocker gefunden werden. Sie hatten den Witwer über die Maßnahme informiert, dieser hatte mit den Schultern gezuckt und gesagt, wenn es helfen würde, sei ihm das egal. Von seiner Familie sei es keiner gewesen, er selbst sowieso nicht, die Melanie auch nicht, wenn er genauer darüber nachdenke, und sie sollten bitte um Himmels willen diskret vorgehen, damit nicht die halbe Muswiese den Polizeieinsatz mitbekäme und womöglich noch seine Kinder oder er in Verruf gerieten.

Heiko versprach, den Einsatz so unauffällig wie nur möglich zu gestalten, etwas verwundert über die plötzliche Selbstsicherheit des Familienoberhaupts. Das Okay für den Durchsuchungsbefehl kam nahezu sofort, der Staatsanwalt hoffte offenbar ebenfalls, den Fall schnell abschließen zu können. Das Revier schickte vier weitere Beamte, um zu helfen. Heiko ließ die Verdächtige von zwei Polizisten flankieren, sodass sie nicht fliehen konnte. Melanie Böckler dachte allerdings gar nicht daran, sich zu wehren, sondern zückte umgehend ihr Handy, um ihren Anwalt anzurufen.

In dem Moment, als sie ihren Namen nannte und der Person am anderen Ende der Leitung ihr Anliegen schilderte, kam allerdings Jörg die Treppe heraufgestürmt, zwei Stufen mit einem Schritt nehmend. »Was ist denn hier los?«, brüllte er und bedachte die Polizisten neben seiner Frau mit wütenden Blicken.

Beide legten automatisch die Hände an die Dienstwaffen. Heiko stellte sich dem aufgebrachten Hohenloher in den Weg.

Der war oben am Treppenabsatz angekommen, stierte Heiko hasserfüllt an und schnaubte: »Spinnt ihr? Was macht ihr mit meiner Frau?«

»Beruhigen Sie sich, Herr Böckler«, entgegnete Heiko beschwörend und machte beschwichtigende Handbewegungen.

Melanie Böckler zerrte sich brüsk von dem Polizeibeamten los, der sie an einem Arm gepackt hatte, und sagte zu ihrem Mann: »Es ist alles okay, Jörg. Die können mich nicht behalten. Ich hab nämlich nichts gemacht. Und den Anwalt hab ich auch schon angerufen.«

Jörg Böckler atmete schwer, seine Augen wanderten unruhig von einem zum anderen. Dann sackten seine Schultern herab. »Melanie war es nicht«, meinte er schließlich.

»Aha?« Heiko spitze die Ohren. »Und wer war es stattdessen?«

Der junge Mann schüttelte den Kopf. »Keine Ahnung. Aber nicht meine Melanie. Und außerdem lag sie die ganze Nacht neben mir im Bett.«

Heiko brummte: »Sie können sich vorstellen, dass ein Alibi vom Ehepartner nicht gerade glaubwürdig ist.« Er wandte sich ab.

Während die beiden Polizisten Jörg und Melanie Böckler im Flur im Auge behielten, betraten er und Lisa mit den zwei anderen Beamten die kleine Wohnung im Obergeschoss des Hauses, in der das junge Ehepaar lebte. Eine typische Einliegerwohnung, wie man sie in den 50er-Jahren in vielen Höfen unter dem Dach gebaut hatte, um sie vielleicht einmal zu vermieten oder damit sich die alten Bauern zur Ruhe setzen konnten, wenn die Jungen den Betrieb übernommen hatten. Die Tür war keine schwere, sondern ein helles Exemplar aus Holz mit abgesplitterter weißer Farbe und einer Milchglasscheibe. Da sie die Wohnung lediglich vom Rest des großen Familienhauses trennte, war sie unverschlossen, und Lisa drückte die Klinke herunter.

Die Tür schwang auf und gab den Blick frei auf einen Flur mit billigem, aber sauberem hellbraunem Laminat. Darauf standen ebenso helle Furniermöbel aus Pressspan, es war ihnen anzusehen, dass sie nicht allzu teuer gewesen waren, dennoch hatten sich die Böcklers offensichtlich Mühe gegeben, das Heim freundlich zu gestalten. Ein Bild – diffuse stilisierte Figuren in Orange-Weiß-Rot – hing an der Wand, darunter war ein roter Flokati auf dem Boden drapiert.

Die Beamten betraten den Gang und sichteten als Erstes die Lage der Zimmer. Geradeaus am Ende des Flurs befand sich eine kleine Küche mit Aussicht auf die Musdorfer Felder, rechts gingen die Stube und ein kleines Bad mit beigefarbenen Fliesen ab, die aus den 70er-Jahren zu stammen schienen. Links lagen das Schlafzimmer und ein weiterer Raum, der wohl als potenzielles Kinderzimmer gedacht war. Momentan diente er allerdings als Abstellraum, Büro und Bügelzimmer in einem. Überall hingen Gemälde wie das im Flur an der Wand, die man von Hobbymalern auf Ebay für wenig Geld kaufen konnte.

»Also, Kollegen«, erinnerte Heiko, »wir suchen nach Handschuhen in Blau-Weiß-Grau. Außerdem nach einem Elektroschocker, im Idealfall.«

Die Kollegen murmelten Zustimmung. Sie teilten sich auf, und Lisa und Heiko nahmen sich zuerst das Schlafzimmer vor. Es war mit Möbeln aus demselben hellen Pressspanholz eingerichtet wie in der Diele. An den Fenstern hingen gemusterte blau-grüne Vorhänge, die schwer nach Ikea aussahen. Über dem Bett war ein Hochzeitsfoto angebracht, Melanie Böckler im schlichten, langen Seidenkleid mit luftigem Schleier über dem blonden Haar, das Gesicht dezent und mädchenhaft geschminkt, ihr Mann, ein kräftiger Kerl im Anzug, adrett hergerichtet, den Stolz auf seine Braut im Blick. Ein schönes Paar und noch deutlich jünger, wohl erst Anfang 20.

Gegenüber dem Bett stand ein Kleiderschrank, die Nachttischchen verrieten, wer auf welcher Seite schlief. Links lagen eine Packung der Antibabypille sowie mehrere Labellos und eine Handcreme, rechts hingegen lediglich ein Päckchen Tempotaschentücher. Ebenfalls linker Hand befand sich eine Kommode, auf der sich diverse Parfumflakons aneinanderreihten und über der ein großer Spiegel angebracht war. Lisa trat auf die Kommode zu und öffnete die obere Schublade, Heiko hingegen schob zögerlich eine der Schranktüren auf. Es fühlte sich immer wieder seltsam an, fremde Sachen zu durchstöbern, aber es war eben notwendig.

»Unterhosen und BHs«, stellte Lisa fest. Mit spitzen Fingern schob sie die Wäsche auseinander, um anschließend die zweite Schublade zu öffnen. »Socken«, murmelte sie.

Heiko musterte währenddessen die Seite des Kleiderschranks, die mit hoher Wahrscheinlichkeit Melanie Böckler gehörte. »Und hier sind Pullover, Hosen und Shirts drin.«

Lisa zog die letzte, untere Schublade auf. »Und hier Wintersachen«, triumphierte sie.

Heiko trat neugierig hinzu, allerdings konnten sie nichts Passendes entdecken, keine blau-grau-weißen Handschuhe, dafür graue, rosafarbene und schwarze mit Glitzerfäden sowie diverse Schals und Mützen, allerdings nichts in den gesuchten Farben.

Lisa schob die Schublade wieder zu und seufzte. »Das wäre auch zu schön gewesen.«

Plötzlich schwang die Tür auf und einer der Beamten betrat den Raum. »Schaut mal, was ich gefunden habe!« Er schwenkte ein Paar gemusterter Handschuhe in der

Luft hin und her, genau solche, die sie gehofft hatten zu finden, in Blau, Weiß und Grau.

»Wo waren die?«, fragte Heiko.

»In der Wäschetruhe im Badezimmer«, informierte der Kollege.

In diesem Moment klingelte Heikos Handy, es war der sehr förmliche Anwalt von Melanie Böckler, der erklärte, seine Mandantin stünde erst morgen für eine Befragung zur Verfügung, da er zuerst mit ihr allein sprechen werde. Heiko nahm es murmelnd zur Kenntnis, das war ihm gerade recht, dann könnten sie den Abend noch auf der Muswiese verbringen.

Im Anschluss durchsuchten sie die Wohnung weiter, jedoch fanden sie keine weiteren Beweismittel, auch keinen Elektroschocker. Also beauftragten die Kommissare einen der Beamten, die dreckigen Hausschuhe und das Handschuhpaar in Crailsheim auf dem Revier abzugeben und beide Fundstücke in Uwes Büro bringen zu lassen. Sie waren zuversichtlich, dass die Beweislage erdrückend wäre. Die Schwiegertochter der Ermordeten hatte kein glaubwürdiges Alibi, war Linkshänderin und die gefundenen Kleidungsstücke sprachen für sich. Melanie Böckler war quasi überführt.

Solveigh Sommer räumte das Geschirr in die Spülmaschine. Ihr Café war inzwischen ganz ordentlich besucht, und sie hatte ihre Botschaft bei einigen Menschen untergebracht, sie zumindest zum Nachdenken angeregt. Bei Frau Böckler war das völlig unmöglich gewesen, leider. Unmöglich. Sie war bestimmt schon reinkarniert, die arme Seele. Sicher hatte sie es nun nicht leicht, wer weiß, vielleicht war sie ein Huhn in der polnischen Massentierhaltung, ein Hund in China oder ein Schwein auf einem der hiesigen Bauernhöfe. Dann würde sie eines Tages vom Fleischerbeil getroffen werden, nachdem sie zuerst mit einem Bolzenschussgerät betäubt worden war, wobei die meisten Tiere dabei einen irreparablen Hirnschaden erlitten, doch das war ohnehin egal, denn Minuten später wurden sie sowieso geschlachtet, und niemand scherte sich darum.

Solveigh wusste nicht, was schlimmer war, die Methode mit dem Bolzenschussapparat oder die mit dem Elektroschocker, bei der die armen Geschöpfe lediglich gelähmt wurden, ihr Hirn aber intakt blieb. Es war beides schrecklich, ob mit dem Bolzen oder mit einem Schlag niedergestreckt zu werden, der das zarte Herz durcheinander brachte, damit man das Fleisch essen und die Haut zu Leder verarbeiten konnte, nein, wie barbarisch.

Und Solveigh Sommer dachte, dass es der Hauptträdelsführerin der Mörder irgendwie ganz recht geschehen sei, dass sie nun, wiedergeboren, womöglich die Chance bekommen würde, ein besseres Wesen zu werden, eines, das im wiederum nächsten Leben eine schönere Existenz verdiente, wobei der Weg ins Nirwana wohl noch weit war, sehr, sehr weit. Solveigh Sommer seufzte noch einmal. Dann stellte sie die Spülmaschine an.

Lisa und Heiko konnten sich an diesem Abend, an dem sie im Fall zur Untätigkeit verdammt waren, ohne schlechtes Gewissen ausgiebig der Muswiese widmen. Als sie sich mit Lisas Eltern wieder vor der Wirtschaft trafen, trug Roland mehrere Plastiktüten. Eine mit Wollsöckchen, eine mit einer Pfanne, eine mit einem Seidenschal, eine mit einem verchromten Windspiel mit, wie Heiko es nannte, »Glasbollen« in der Mitte und eine mit aprikosenfarbenen Handschuhen.

»So, seid ihr infiziert«, frotzelte Heiko.

»Na, man muss sagen, auf den ersten Blick ist alles ganz grauenhaft, doch auf den zweiten entdeckt man immer mal wieder schöne Sachen dazwischen«, gab Maria kleinlaut zu.

Lisa nickte begeistert. »Nicht wahr? Wunderbar kann man hier shoppen!«

»Das hast du ja schon erledigt! Vorhin!«, mahnte Heiko, Lisa winkte allerdings ab.

»Ach. Wir sind bloß einmal durchgelaufen. Da muss man schon noch eine genauere Runde machen.«

Heiko seufzte und sah auf die Uhr, es war nach sieben, die Stände machten jetzt zu, Gott sei Dank. »Jetzt gehen wir zum Kirchner. Die Mostpiloten treten gleich auf«, beschloss er.

»Apropos Uhrzeit, Liebes, wolltest du nicht noch deine Jacke abholen?«, erinnerte Maria.

Heiko grinste gequält. »Ach, hasch eikaaft?«

Als sie den Stand von Friedemann Gerstling erreichten, wirkte dieser wie bei ihrem letzten Besuch locker-lässig. Allerdings hatte Heiko das Gefühl, dass er irgendetwas zu überspielen versuchte. Was genau es war, konnte er jedoch nicht sagen.

Sie verabschiedeten sich schnell wieder von dem Händler, und kurze Zeit später setzten sich die vier auf die, wie es schien, einzige noch freie Bierbank im Kirchner. Endlich konnte Heiko sich seine Schlachtplatte schmecken lassen, nachdem sein bisheriges Muswiesenessen gerade einmal aus dem seltsamen Ölkuchen von der Ökotussi bestanden hatte. Mit leuchtenden Augen bestellte er sein Lieblingsgericht.

»Was ist das denn genau, diese Schlachtplatte?«, erkundigte sich Roland.

»Lauter gute Sachen«, versprach Heiko.

»Also, dann nehme ich das ebenfalls«, entschied Lisas Vater.

Maria hingegen orderte ein kleines Schnitzel mit Kartoffelsalat, Lisa das Gleiche, nur mit gemischtem Salat.

»Als Vegetarier hast du hier aber auch verloren«, stellte Roland mit einem Blick auf die Karte fest, nachdem die Bedienung verschwunden war.

»Stimmt, deshalb ist ja das vegane Café von der Solveigh Sommer so eine gute Idee«, gab Lisa zu bedenken.

Maria nickte begeistert, Roland und Heiko schauten sich verstohlen mit hochgezogenen Augenbrauen an.

»Und das hier vorne sind jetzt also die Musiker?«, seufzte Maria, die wohl insgeheim trotz aller Vorzeichen auf ein Klassikkonzert gehofft hatte.

»Du, die sind supergut, wir sind große Fans«, bekräftigte Lisa und winkte Kurt zu, der sie schon erspäht hatte. Der winkte zurück und widmete sich dann wieder dem Aufbau der Soundanlage, die zwar stets etwas chaotisch wirkte, aber immer ihren Zweck erfüllte.

Nachdem alle ihr Essen bekommen hatten, begann die Band zu spielen. Heiko bemerkte aus dem Augenwinkel, dass Maria mit Grauen beobachtete, wie er aus seinen Würsten die gräulichen und bräunlichen Massen herausquetschte und sie mit Hochgenuss verzehrte, und wie sie gleichzeitig entsetzt feststellte, dass ihr eigener Ehemann es ihm, dem ungehobelten Schwaben, gleichtat und an dem Fleischmassenberg offenbar Gefallen fand. Diese Tatsache verleitete wiederum Heiko zu einem schadenfrohen Grinsen.

Kurt, der heute zwar seinen »Seistoolkittel«, doch nicht die sonst übliche »schäni, gräni, seidene Seistoolkappa« trug – die schöne, grüne, seidene Schweinestallmütze – eröffnete auf der Bühne seinen Vortrag mit dem obligatorischen »Sou« und stellte sich und seine Band als »die Mouschdpilota« vor. Deshalb würden sie auch die Pilotenbrillen tragen. Der Thomas sei am Keyboard und der Gilgamesch am Schlagzeug. »Mir fanga amol ou mit einem Lied, des subbergut zur Muswies basst«, kündigte der Hohenloher Barde an.

Vereinzelt erschallte ein gemurmeltes »Uff dr Muswies« aus dem Publikum.

»Und zwar hat es do vor vielen Jahren ja den Elvis Pressler geba, und der is nach Amerika ausgwandert.«

»Ach, stimmt ja …«, murmelte Lisa und erinnerte sich, dass sie das bei einem der Klawitter-Konzerte schon einmal gehört hatte.

»Ja, ja!«, Roland lachte.

»Das ist tatsächlich belegt, dass der Elvis mit den Presslers verwandt ist. Weitläufig zumindest«, versicherte Heiko.

»Ach, wirklich?«, wunderte sich Roland. »Kein Witz?«

Kurt fuhr derweil fort: »Und der hat ja no ein berühmtes Lied gesungen in Amerika, der Elvis, aber den hohenlohischen Originaltext hat er natürlich einamerikanisieren müssen.«

Die ersten Akkorde des Klassikers »In the Ghetto« erklangen, und der Mundartsänger widmete sich seiner Gitarre. Dann unterbrach er noch einmal und sagte: »Und ihr müsstet do natürlich mitsingen, des heißt, wenn ii sing, ›uff dr Muswiiiiies‹, no müsstet ihr des nochsinga.«

Vereinzelte Lacher, alle wussten Bescheid.

»Awwer setzt net zu früh ei, sunsch versaut ihr's«, fügte Kurt hinzu, das war ebenso obligatorisch wie sein »Sou«.

Schließlich setzte die Band ein, und es erklangen wieder die Akkorde des Elvis-Lieds. Statt des gängigen Texts sang Kurt: »In einer kalten Oktobernacht, in einer Scheira, do hewwas mii gmacht, uff dr Muswiiiiies.« Er nickte dem Publikum zu, das – noch etwas verhalten – für das Echo sorgte: »Uff dr Muswiiiiies.«

Der Sänger übernahm wieder: »Dem Vatter war nicht mehr ganz klar, die Mutter, die fand's wunderbar, uff dr Muswiiiiiies. Neun Monat später wor es dann soweit, dass ich ankomma bin – der Vatter blass, die Mutter schreit, nach drei Monat war ich schon bereit – für die Muswiiiiies.«

»Für die Muswiiiiiies«, wiederholten die Besucher, und Lisa stellte ein weiteres Mal amüsiert fest, dass die Klawitter-Konzerte die einzigen Gelegenheiten waren, bei denen Heiko freiwillig sang.

»Was singt der?«, fragte Maria. »Ich hab's nicht genau verstanden.«

»In einer kalten Oktobernacht haben sie mich in einer Scheune gemacht, auf der Muswies. Der Vater war nicht mehr ganz nüchtern, die Mutter fand es wunderbar. Und so weiter«, übersetzte Lisa.

Maria lächelte müde. »Na dann.« Doch plötzlich stimmte sie versöhnliche Worte an: »Aber er singt gut, das muss man zugeben.«

»Ja, ne?«, erwiderte Lisa, in den nordrhein-westfälischen Slang verfallend.

Die Mostpiloten beendeten schließlich das Lied, und Kurt gab den nächsten Beitrag bekannt: »Sicher kennt ihr alle den Tannheiser.«

»Meint der Tannhäuser?«, überlegte Maria.

Heiko nickte.

»Und dem sei Muader hat ihn Tanni gnennt. Wie ihr alle wisst, is der ja von Waldtann, und oomol is der in seim Suff bis nach Eisenach gloffa, und do is er dann derra Venus verfalla.«

»Also, Eisenach hab ich kapiert«, meinte Maria nicht ohne Stolz.

Drei Minuten später hörten sie den weisen Ratschlag, den »Tannis« Mutter ihrem Sohn mit auf die Reise gegeben hatte: »Bua, aans des sooch dr ii, nimm koo Maadle von dr Stadt, weil die mecht di fei blooß hie, nimm a Maadle, des was schafft, ohne Ete und Petete, mit ara Mieze von dr Stadt, Bua, do bisch doch blooß dr Bleede.«

»Das also ist der hohenlohische Tannhäuser«, stellte Roland fest, nachdem Heiko die Worte der klugen Mutter von Tannhäuser, sich keine aus der Stadt, sondern ein echtes, arbeitsames Landmädle zu suchen, übersetzt hatte.

Die Mostpiloten gaben noch viele ihrer Songs zum Besten, unter anderem den dynamischen Titel »Mir fährt a Depp voraus«, das weihevolle »Tanke an jedem guten Morgen«, das nachdenkliche »Männer braucha Krautwickel« und endlich die melancholisch-schönen Liebeslieder »Du bischt mei Traum« und »Tanz beim Ochsawirt in Neistädtle«. Heiko und Lisa beendeten den Abend mit einigen selbst gebrannten Likören, die es beim Kirchner zu erstehen gab. Heiko hatte den Quittenlikör empfohlen, und sogar Maria hatte er geschmeckt. Nur Roland bekam nichts. Der musste fahren.

Herbert Greiner stand zusammen mit seinen Kumpanen im Partystadl. Die Stimmung war gut, alle hatten ein Bier in der Hand, der DJ leistete ganze Arbeit. Soeben hatten sie miteinander angestoßen und im Anschluss die Gläser auf der Bierbank abgestellt, als die ersten Akkorde von »Die immer lacht« erklangen. Er und seine Jungs hatten inzwischen so viel intus, dass sie, ohne zu zögern, die Tanzfläche stürmten, um sich in all dem Dunst ein bisschen Platz zwischen den Flirtwilligen zu erkämpfen. Obwohl heute nicht der Ledichadooch war, flirrte die Luft von all den Flirts und heißen Blicken, die hin- und hergeworfen wurden.

Herbert sondierte die Weiber um sich herum. Elfi, die echt scharf war, tanzte mit einer herben Brünetten mit kinnlangen Haaren, einer üppigen Blondine und einem Kerl mit Hut, der allerdings so Furcht einflößend wirkte, dass man lieber freiwillig die Finger von dem Damentrio ließ. In diesem Moment setzte die Stimme der Sängerin ein, und alle grölten mit. Zunehmend euphorischer wurde die Stimmung, als klar wurde, welche Version der DJ aufgelegt hatte. »Sie ist die eine, die Hektar hat«.

»Und nur sie weiß, die Liebe, sie vergeht, doch der Hek-tar, der Hek-tar besteht!«, sang Rico neben ihm in voller Lautstärke und etwas schief.

Elfi hatte sie entdeckt und nickte ihnen zu, und Herbert erwiderte den Gruß.

»Die Fabi is heut gar net da«, stellte er fest.

»Is klar. Der ihre Mutter is ja tot«, entgegnete Rico.

»Ach so, stimmt.« Herbert betrachtete die wogende Masse singender und tanzender Muswiesagribbl.

»Aber eins sag ich dir: Um die Alte isses net schad«, erklärte Rico lallend.

Herbert runzelte die Stirn. »Wie meinsch?«

»Grad recht, dass die nimmer lebt. So, wie die den Martin vergrault hat – ich mein, für mich isses gut.« Rico grinste.

Herbert verstand, sein Kumpel war schon lang in die Fabi verschossen, obwohl er nicht ganz verstehen konnte, warum. Na ja, wo die Liebe hinfällt.

Die ersten Töne von *Muswiese* erklangen, einer eigens für den Hohenloher Jahrmarkt geschriebenen Schlagerhymne im Discofox-Takt, und erneut brandete eine Woge der Begeisterung durch die Menge.

»Freie Bahn, weisch«, fuhr Rico fort. »Wenn ich endlich mit der Fabi zusammen bin, kommt die Alte mir nicht mehr in die Quere.«

Herbert nickte nachdenklich, meinte dann allerdings: »Also, so kannsch des net sagen, Rico. Die is immerhin tot. Da muss man ein bisschen Respekt haben.«

Rico schüttelte heftig den Kopf. »Glaub mir, des is gut so. Der Mörder hat des scho reechd gmacht!«

Es war spät in der Nacht, und er hatte den ganzen Tag gearbeitet. Die Muswiese war ein echter Knochenjob, und er spürte bereits die Vorbereitungswoche in den Gliedern. Er überlegte, wie er das noch bis Donnerstag durchhalten sollte.

Er seufzte und schaltete seinen Rechner an. Das vertraute Flackern des Bildschirms übte sofort eine beruhigende Wirkung auf ihn aus. Er wusste, jetzt würde er sich entspannen können, so wie er es sonst nie gekonnt hatte, niemals. Der Rest der Familie wusste nichts davon, durfte nichts wissen, auf keinen Fall. Es gab Tage, an denen gestand er es sich selbst kaum ein. Er klickte auf den Internetbrowser und tippte die vertraute Webadresse ein. Mit klopfendem Herzen klickte er auf »Login«. Er fühlte sich aufgehoben in dieser Gemeinschaft von Leuten, die alle dasselbe wollten, oder fast dasselbe. Und dennoch konnte jeder vollkommen anonym bleiben. Außer, man wollte, dass das anders wurde. Und wer weiß, jenseits all dieser Gelüste, die ihn umtrieben, hatte er tief im Inneren den Wunsch, jemanden zu finden, wer weiß, vielleicht gab es jemanden, irgendwo. Und wo sonst sollte er diesen Jemand finden, wenn nicht in dieser Community. Vielleicht könnten sie dann woanders gemeinsam neu beginnen, irgendwo, wo ihn nicht alles an seine zerstörten Träume und Wünsche erinnerte, weit weg von Musdorf, vielleicht in Hamburg oder Berlin. Wo niemand Regeln aufstellte, die ihn einschränkten.

Er gab seine Login-Daten ein. »Musbengel« und das Passwort. Schon wurde er weitergeleitet zu seinem Profil, »Du hast drei neue Nachrichten«, meldete die Seite, und gespannt öffnete er sie. Die erste war von einem »loverboy69«, und ihr Inhalt war eindeutig. Das war eher nichts für ihn. Die zweite stammte von »Netteropa12«, ihn mochte er, mit ihm konnte er sogar über Probleme reden.

»Wie war dein Tag?«, erkundigte sich sein Bekannter, und ein Lächeln huschte über seine Lippen, bevor er antwortete: »Beschissen. Und deiner?«

Die letzte Nachricht hatte ein »Rainbowguy48« aus Stuttgart geschickt, der ihn ab und zu mit seinen kruden Fantasien nervte, aber sonst eigentlich ganz witzig war. Auf so was hatte er heute allerdings keine Lust, heute brauchte er jemanden zum Reden. Und so verbrachte er

den Rest des Abends damit, mit »Netteropa12« zu chatten und ihm sein Leid zu klagen.

Fabienne rang mit sich. Sie sollte es nicht tun, das wusste
sie, es war sinnlos, sinnlos und demütigend. Aber sie
konnte nicht anders, und sie wusste auch dieses Mal, wie
es ausgehen würde, sie würde es wieder tun, sie konnte
sich einfach nicht beherrschen. Es war allzu verlockend.

Sie griff zu ihrem Smartphone, stellte es auf Inkog-
nito-Modus und schloss die Augen. Noch einmal. Nachdenken, ob es wirklich gut war. Nein, war es nicht, natürlich nicht, es war Quatsch. Doch es musste sein. Sie hatte
seine Nummer gelöscht, schon vor langer Zeit, aus Enttäuschung, aus Trotz, aus Wut. Und sie würde sie niemals wieder in ihr Handy einspeichern, niemals, zum
Selbstschutz. Aber leider half das nichts, die Zahlen-
folge hatte sich in ihr Hirn eingebrannt, unauslöschlich,
sie murmelte sie beim Treppensteigen vor sich hin, sie
summte die Melodie, die die Wähltasten verursachten,
wenn sie sie eintippte, sie tippte sie beim gedankenver-
lorenen Trommeln mit den Fingerspitzen auf dem Tisch,
sie war immer da. Wie von selbst fanden ihre Finger die
Tastenkombination, als wäre sie nicht die Handelnde,
sondern nur eine Zuschauerin, die das Geschehen von
außen betrachtete.

Mit klopfendem Herzen hielt sie letztlich das Handy
ans Ohr, sie wusste, die Verbindung wurde gerade aufgebaut, dann klackte es in der Leitung, und endlich klingelte es, einmal, zweimal, dreimal, und schließlich meldete er sich, verschlafen, er war so süß, wenn er müde
war.

»Hallo?«, sagte er verwundert. »Wer ist denn da?«

Und sie erwiderte nichts, war außerstande zu antworten, was hätte sie auch sagen sollen, es genügte ihr, seine Stimme zu hören.

»Hallo?«, fragte er noch einmal, jetzt ungeduldiger. Sie sah ihn vor sich, wie er die Stirn runzelte, ein bisschen verärgert.

Dann hörte sie eine zweite Stimme, eine, die ebenfalls müde klang, eine weibliche, und diese Stimme war nicht verärgert, sondern spöttisch: »Na, rat mal, wer das ist. Drück sie weg und komm wieder her!«

MUSWIESENSONNTAG

Lisa und Heiko saßen auf dem Revier, das war nicht gerade ein Sonntag, wie sie ihn sich vorgestellt hatten. Aber es musste eben sein. Heiko hatte gestern zwar nur zwei Quittenlikör getrunken, trotzdem war er fix und fertig – ein Tag auf der Muswiese war eben kräftezehrend. Doch ein rechter Hohenloher hielt das aus, zumindest mittelfristig. Nicht umsonst war ja Montag Ruhetag.

Noch von zu Hause aus hatten sie Uwe gebeten, so schnell wie möglich aufs Revier zu kommen und die Handschuhe auf DNA zu untersuchen sowie den Dreck auf den Schuhsohlen mit dem Wiesenschlamm vom Tatort zu vergleichen.

Sie saßen im Verhörzimmer, ihnen gegenüber rutschte Melanie Böckler nervös auf ihrem Stuhl hin und her, und neben ihr hockte im Anzug, stoisch ruhig mit undeutbarem Gesichtsausdruck, ihr Anwalt, ein Helmut Baumann, ein dürres Männchen mit militärischem Kurzhaarschnitt. Heiko schaltete mit einer beiläufigen Handbewegung das Tonbandgerät ein, sie hatten Frau Brucker, die üblicherweise die Verhöre protokollierte, am heiligen Sonntag nicht aufs Revier zitieren wollen,

»Verhör von Melanie Böckler, Verdächtige im Mordfall Erika Böckler«, begann Heiko. Dann beugte er sich über den Tisch und faltete die Hände. »Frau Böckler, zuerst möchte ich Sie darauf hinweisen, dass sich ein Geständnis positiv auswirkt. Haben Sie sich diesbezüglich mit Ihrem Anwalt besprochen?«

Melanie Böckler lehnte sich zurück, verschränkte die Arme und meinte: »Hab ich. Allerdings kann ich nichts gestehen, was ich nicht gemacht habe.«

»Die Beweislage ist erdrückend«, behauptete Lisa.

»Von Beweisen kann keine Rede sein«, schaltete sich der Anwalt mit sehr hoher Stimme ein. Wohl ein Tenor. »Sie können maximal von Indizien sprechen.«

Heiko fluchte innerlich, da hatte der Mann absolut recht. »Ihre Mandantin hat zunächst einmal kein richtiges Alibi«, begann er also.

»Ihr Mann bezeugt, dass sie in der besagten Nacht neben ihm im Bett lag. Hingegen haben andere Musdorfer gar kein Alibi für die Mordnacht«, hielt Baumann dagegen.

»Dazu kommt, dass das Mordopfer häufig Streit mit Ihrer Mandantin hatte«, fuhr Heiko unbeirrt fort.

»Na und?«, entgegnete nun Melanie Böckler. »Wenn jeder, der mit meiner Schwiegermutter mal Krach gehabt hätte, sie hätte umbringen wollen, hätte sich ein Lynchmob aus 500 Leuten gebildet.«

Heiko verkniff sich ein Grinsen und bemühte sich, weiterhin streng zu gucken.

»Haben Sie sonst nichts?«, fragte der Anwalt und betrachtete gelangweilt die Nägel seiner manikürten Hände.

»Doch«, erwiderte Heiko. »Das Mordopfer wurde von links angegriffen, und Ihre Mandantin ist Linkshänderin.«

Baumann winkte betont theatralisch ab. »Das könnte ein Rechtshänder genauso gut getan haben.«

»Im Affekt benutzt man fast immer die Schreibhand«,

behauptete Heiko. Er wusste, dass dies vor Gericht keinen Bestand haben würde, doch er musste die Verdächtige und ihren Anwalt unter Druck setzen. Also fuhr er fort: »Außerdem wurden am Tatort Spuren von profillosen Schuhen im Matsch gefunden. Ihre Mandantin besitzt genau solche Schuhe mit glatter Ledersohle – und die ist verdreckt.«

Der Anwalt lachte gekünstelt auf. »Ach, und daraus folgern Sie jetzt, dass meine Mandantin die Mörderin ist?«

»Alle anderen Schuhe waren sauber.«

Nun beugte sich der Anwalt vor. »Haben Sie die Schuhe denn schon untersuchen lassen? Ob es sich nicht viel eher um ganz gewöhnlichen Dreck handelt? Aus dem Schweinestall vielleicht?«

»Wir sind gerade dabei«, informierte Heiko und spielte endlich seinen letzten Trumpf aus. »Und da ist noch etwas.«

»Und das wäre?«

»Wir haben die Handschuhe, die während der Tat getragen wurden.«

»Woher wissen Sie, dass diese Handschuhe während der Tat getragen wurden?«, erkundigte sich der Anwalt umgehend, und Heiko konnte in seiner Mimik erkennen, dass diese Information neu für ihn war und er Zeit zum Nachdenken gewinnen wollte. Treffer.

»Das legen Faserspuren nahe, die am Mordopfer gefunden wurden«, antwortete Heiko.

»Ach, das legen sie nahe. Und? Ist auch die richtige DNA dran?«

»Auch das wird gerade untersucht. Jedenfalls wurden Handschuhe in der passenden Farbe bei Ihrer Mandantin im Wäschekorb gefunden«, triumphierte Heiko. Er hoffte inständig, dass Uwe etwas finden würde, die DNA des Mordopfers, idealerweise auch die von Melanie Böckler.

In Melanie Böcklers Hirn arbeitete es, es war an ihrer gerunzelten Stirn zu erkennen. »Was für Handschuhe bitteschön?«

»Blau-grau-weiße«, erklärte Heiko. »Aus Vikunja-Wolle.«

Wieder dachte Melanie angestrengt nach, es bildeten sich weitere Stirnfalten, ihr Mund öffnete sich, als der Groschen fiel. Dann sprang sie auf und rief: »Ach die! Die gehören mir nicht.«

»Setzen Sie sich wieder, Frau Böckler«, forderte Lisa, auch der Anwalt berührte den Arm seiner Mandantin und redete besänftigend auf sie ein.

»Das würde ich jetzt auch sagen«, erwiderte Heiko.

»Nein, die gehören mir wirklich nicht. Sie gehören Fabienne.«

Heiko stutzte. »Wie, sie gehören Fabienne?«

Auf Melanie Böcklers Stirn bildete sich eine tiefe Steilfalte zwischen den Augen, und sie sog hörbar die Luft ein. »Dieses Miststück, die hatte schon immer ein Problem mit mir.«

»Wie meinen Sie das?«

»Na, die hat ein Problem damit, dass ich mich gegen die Alte durchgesetzt habe. Womöglich glaubt sie, dass ich nun das Regiment übernehmen könnte, dabei liegt mir daran gar nichts, ich will einfach nur meine Ruhe.«

»So«, brummte Heiko und überlegte, ob er mal kurz bei Uwe durchläuten sollte, ob er schon ein Ergebnis hatte. Aber der Kollege hätte sich bestimmt schon gemeldet.

»Wenn meine Mandantin die Handschuhe irgendwann einmal getragen haben sollte, müsste ihre DNA daran nachzuweisen sein«, erklärte der Anwalt überflüssigerweise.

Heiko nickte zustimmend. »Wie gesagt: Der Kollege ist gerade dabei. Und wenn ihre DNA nachgewiesen wird, reicht das jedem Staatsanwalt auf der Welt zumindest für eine Anklage, meinen Sie nicht auch?«

Der Anwalt wechselte einen Blick mit seiner Mandantin und lehnte sich dann locker-lässig in seinen Stuhl zurück. »Liefern Sie erst mal die Ergebnisse, bevor sie solch krude Theorien aufstellen. Und dann sehen wir weiter.«

»Wie hätte Fabienne die Handschuhe bei Ihnen überhaupt deponieren sollen?«, fragte Lisa nachdenklich, die überheblichen Anwandlungen des Anwalts ignorierend.

»Bei uns ist immer alles auf«, antwortete die Verdächtige. »Da kann jeder jederzeit überall rein. Ist ja auch okay, bei einer normalen Familie. Offensichtlich ist das in unserem Fall aber keine so gute Idee. Das hätte ich dem Mauerblümchen echt nicht zugetraut.«

Diese Erklärung war durchaus plausibel, hatten doch die Kommissare selbst ohne Schlüssel die Wohnung betreten können.

»Bis wir die Ergebnisse der Untersuchungen haben, bleiben Sie in Untersuchungshaft«, verkündete endlich Heiko und drückte die Stopptaste des Aufnahmegeräts.

Sofort nachdem die Verdächtige wieder in ihre Zelle verbracht worden war, eilten die beiden Kommissare zum Spurensicherer, um sich zu erkundigen, ob es schon ein Ergebnis gäbe. Der schickte sie allerdings brummend davon, bestellte jedoch noch eine DNA-Probe der Verdächtigen. Lisa und Heiko veranlassten, dass Melanie eine Probe abgenommen wurde, und machten sich wiederum auf den Weg nach Musdorf, um sich Fabienne Böckler vorzunehmen – wenn Melanie Böcklers Aussage ein Fünkchen Wahrheit enthielt, war die Tochter des Opfers nämlich die nächste heiße Option. Bei dieser Gelegenheit könnten sie zudem wieder mit Lisas Eltern zusammenkommen. Heiko rief seinen Schwiegervater in spe an und bestellte ihn zum hinteren Muswieseneingang, beschrieb ihm diesmal den Weg zum schlammfreien Parkplatz in der Nähe des Tatorts, auf dem man zumindest mit zwei Reifen auf trockenem Boden stehen konnte.

Als sie am vereinbarten Treffpunkt ankamen, mussten sie den Wagen weit hinten abstellen, hinter einer Hecke, etwa 200 Meter entfernt von der Seebachquelle, vor der immer noch ein polizeiliches Absperrband im Herbstwind flatterte. Die Straße war eng, es passten keine zwei Autos aneinander vorbei, deswegen galt unter den Einheimischen die stille Vereinbarung, den Weg während der Muswiese nur aus Richtung Schainbach zu befahren. Fast alle hielten sich daran, doch wenn es irgendjemand nicht tat, hatte man ein echtes Problem, denn dann musste eines der Fahrzeuge zurücksetzen.

Das Wetter war wunderbar an diesem Muswiesensonntag, über der Musdorfer Skyline mit der Michaelskirche und dem kleinen Riesenrad spannte sich ein azurblauer Himmel, dem die klare Herbstluft ein beinah überirdisches Strahlen verlieh. Die Sonne schien, und trotz der herbstlichen Kühle wärmten die Strahlen die Haut. Lisa trug einen leichten Mantel, Heiko seine schwarze Lederjacke. Sie warteten kaum zehn Minuten an der verabredeten Stelle, bis Lisas Eltern auch schon erschienen.

»Na, wie habt ihr geschlafen?«, begrüßte Lisa ihre Eltern und umarmte sie.

»Ganz gut«, erwiderte Maria, und Roland nickte. »Und das Frühstück war ebenfalls in Ordnung.«

»Och, das Post Faber ist nicht schlecht«, erklärte Heiko und meinte das wie immer als höchstes Lob.

»Und, hat eure Verdächtige gestanden?«, erkundigte sich Roland, als sie dem Weg folgten, vorbei an einer Auslage mit Wildschweinsalami, die von einem verschroben wirkenden Mann verkauft wurde, der wie ein Jäger aus einem Grimm'schen Märchen aussah, etwa aus Rotkäppchen oder Schneewittchen. Die Standdekoration bestand aus einem ausgestopften Frischling, und Heiko dachte sich, dass das die Solveigh Sommer aber nicht sehen dürfte.

»So einfach ist es leider nicht, Vater«, antwortete Lisa. »Im Gegenteil, es gibt Schwierigkeiten.«

»Was für Schwierigkeiten?«

»Ach, es fehlt halt der Beweis«, ergriff Heiko das Wort und wollte soeben vom Verhör erzählen, als Lisa einen entzückten Seufzer ausstieß, ihre Mutter bei der Hand fasste und sie zu einem von zwei nebeneinanderliegenden Silberschmuckständen zog.

»Lisa! Wir müssen arbeiten!«, tadelte Heiko und klopfte demonstrativ auf sein Handgelenk.

»Auf zwei Minuten kommt es ja wohl nicht an«, verteidigte sich Lisa und musterte bereits voller Begeisterung die Auslage.

Der Händler, ein Mann um die 60 mit längerem, graublondem Haupthaar, hatte es sich auf einem Klappstuhl bequem gemacht. Neben Lisa und ihrer Mutter drängten sich noch zwei weitere Frauen vor den Stand und musterten die Ringe.

»Sind die aus Silber?«, fragte eine der Frauen den Verkäufer.

»Nein, Edelstahl«, lautete die Antwort, mit schwäbischem Einschlag.

»Ach sou«, entgegnete die Frau, und es klang enttäuscht. »Des lefft no nach arra Weil ou, odder?«

»Haben Sie schon mal eine schwarze Edelstahlspüle gesehen?«, lautete der Denkanstoß des Händlers.

»Ha, die is noo awwer lang net butzt worra«, beschied die Frau, schnappte ihre Freundin und ging.

Lisa runzelte die Stirn und tauschte einen Blick mit dem Verkäufer.

»Die hat des jetz net kapiert«, erklärte der Mann und grinste.

Lisa gluckste vor sich hin. »Aber das hier ist aus Silber, oder? Mit … Koralle?« Sie deutete auf einen schönen Kettenanhänger.

Es folgte eine umfassende und kompetente Beratung des Händlers, bei der er auf Lisas Typ einging und ihr erklärte, welche Ringe zu ihren schlanken Fingern passen würden und welche Anhänger zu ihrer Figur. Schließlich entschied sie sich für einen dreieckigen Anhänger aus Koralle – gegen den Solveigh Sommer wohl ebenfalls etwas gehabt hätte – mit ziseliertem Silberaufhänger und einen schlichten Silberring mit einem klaren, recht großen quadratischen Zirkoniastein.

Heiko und Roland schauten sich bereits genervt an, als die Damen endlich den Weg fortzusetzen bereit waren.

»Gehen wir am besten als Erstes zum Gerstling, oder?«, schlug Lisa vor.

Heiko wiegte nachdenklich den Kopf. »Ob das was bringt? Der hat bisher noch nie was gewusst.«

»Ich nehme dem das nicht ab«, erklärte Lisa. »Das gibt's

nicht, das ist doch sein täglich Brot, dass er sich seine Kunden merkt. Oder etwa nicht?«

»Ein Grund mehr, ihn erst mal außen vor zu lassen. Vielleicht steckt ja mehr dahinter«, gab Heiko zu bedenken.

Lisa nickte zustimmend. »Also, wen knöpfen wir uns stattdessen vor?«

»Den Witwer«, schlug Heiko vor. »Dem nehme ich wiederum nicht ab, dass er keine Ahnung hat, welche der Damen in seinem Haushalt welche Handschuhe trägt.«

»Einen Versuch ist es wert«, stimmte Lisa zu.

Zehn Minuten später saßen die vier beim Böckler. Sie hatten den letzten freien Tisch ergattert. Johann Böckler bediente heute, und die Kommissare entschlossen sich spontan, den jungen Mann nach seiner Schwester zu befragen. Heiko zückte sein Handy, als sich der jüngere Sohn der Verstorbenen dem Tisch näherte, um die Bestellung aufzunehmen. Da sich Maria vorher partout geweigert hatte, noch ein weiteres Mal Fleisch zu essen, orderte Heiko nur vier Kaffee.

»Setzen Sie sich doch kurz, Herr Böckler«, bat Lisa, nachdem Johann Böckler seinen Notizblock zurück in die Tasche geschoben hatte.

»Muss das sein?«, entgegnete der junge Mann etwas unwirsch. »Ich hab eigentlich gar keine Zeit. Seit die Melanie weg ist, haben wir nämlich keine Ahnung, wie wir die ersetzen sollen«, fügte er bissig hinzu.

»Darum geht es ja«, meinte Heiko in einem betont ruhigen Tonfall, er konnte den Ärger seines Gegenübers durchaus verstehen. »Vielleicht habt ihr eure Melanie dann schnell wieder zurück.«

Johann Böckler ließ seine Augen über die besetzten Tische hinwegwandern, und tatsächlich streckte gerade niemand die Hand nach ihm aus oder rief nach ihm. Seufzend zog er einen Stuhl heran und setzte sich. Maria und Roland rutschten etwas weg und unterhielten sich absichtlich leise miteinander, um das Gespräch nicht zu stören und nicht neugierig zu wirken.

Heiko rief das Handyfoto von den Handschuhen auf und hielt es Johann Böckler vor die Nase. Der musterte das Display mit ernsten Augen und sagte schließlich: »Ja, und?«

»Gehören diese Handschuhe Ihrer Schwägerin?«

Der junge Mann zuckte mit den Achseln, schüttelte dann jedoch den Kopf. »Nein, ich hab sie damit noch nie gesehen. Sie gehören glaube ich …« Er verstummte.

»Wem?«, insistierte Heiko.

Johann Böckler presste die Lippen zusammen, bevor er hervorstieß: »Ich bin mir nicht sicher. Solche Handschuhe haben sicher Hunderte.«

»Na, sie sind schon speziell. Sie sind aus Vikunja-Wolle, und mit hoher Wahrscheinlichkeit wurden sie hier auf der Muswiese bei einem Herrn Gerstling gekauft.«

In Johann Böcklers Hirn arbeitete es, das sah man, dann fuhr er sich durch das kurze, etwas borstige Haar, das er mit Gel zu einer schicken Frisur zurechtgeklebt hatte. »Das kann gar nicht sein. Die bringt doch nicht ihre eigene Mutter um …«, murmelte er endlich.

»Sie meinen, die Handschuhe gehören Ihrer Schwester Fabienne?«

»Kann sein, ich glaube, sie hat ähnliche. Aber sie würde doch nicht …«

»Wo ist Ihre Schwester jetzt, Herr Böckler?«

»Sie macht grad eine Stunde Pause und ist mit ein paar Freundinnen zum Hornung«, erklärte der junge Mann sichtlich konsterniert. »Hören Sie, ich will jetzt da aber nicht meine Schwester reinreiten. Ich könnte mir eher bei der Melanie vorstellen, dass ...«

»Machen Sie sich keine Gedanken«, unterbrach Heiko. »Die Wahrheit wird schon rauskommen.«

Es dauerte eine geraume Weile, bis sie die Muswiesenwirtschaft Hornung erreichten, denn der Sonntag war der Haupttag an der Muswiese. Zeitweise kamen die Kommissare und Lisas Eltern keinen Schritt voran, sie blieben in der Menschenmenge stecken und mussten warten, bis sich die Massen wieder in Bewegung setzten. Vor allem Maria war ziemlich genervt und musterte die Menschen um sie herum mit ängstlichen Blicken. Schließlich bogen sie ab und liefen hinter den Ständen entlang, durch die Äcker, die so matschig waren, dass der Dreck in Batzen an ihren Schuhen hängen blieb. Maria hatte an diesem Tag derbe Halbschuhe angezogen, wohlweislich – offenbar hatte sie dazugelernt. Gegenüber einem Stand, an dem es Gartenskulpturen und Feuerkörbe aus edelgerostetem Metall zu kaufen gab, waren die vier wieder auf die Hauptstraße eingeschwenkt und standen schließlich vor der Muswiesenwirtschaft Hornung.

Heiko öffnete die verhältnismäßig kleine hölzerne Tür und hielt sie den anderen auf. Sofort drangen ihnen Schwaden verschiedener Gerüche und Wärme entgegen, augenblicklich begannen sie, in den Jacken zu schwitzen. Die Ursache war der Dunst von Hunderten von Menschen und einer gut gemeinten Heizung. Rechter Hand befand sich eine Theke, an der Essen ausgeteilt wurde und vor der sich eine etwa 20 Meter lange Schlange quer durch den Raum und um mehrere Ecken gebildet hatte. Die Wirtschaft war mit herbstlichen Accessoires dekoriert, die Wände waren teils bemalt. Einige Leute saßen bereits vor gut gefüllten Tellern mit deftigem Burgunderbraten mit Spätzle oder Schnitzeln, andere warteten vor Bierkrügen oder besetzten mehrere Plätze.

Heikos Magen knurrte, und ihm lief das Wasser im Mund zusammen. Burgunderbraten mit Spätzle, das wär jetzt was! Allerdings mussten sie zuerst arbeiten, vielleicht würde sich nachher die Gelegenheit zum Essen ergeben. Andererseits würde es bei diesem Gedränge dauern, bis ein Teller vor ihm stehen würde.

»Vielleicht könnt ihr euch schon mal anstellen?«, erkundigte sich Heiko bei Roland, und dieser hielt das ebenfalls für eine gute Idee.

Nachdem sie sich von Lisas Eltern getrennt hatten, mussten sie nicht lange suchen, bis sie Fabienne Böckler im Kreise zweier Freundinnen auf einer Bierbank sitzend fanden. Sie wirkte gelöst, lachte soeben über einen Witz, den eine der anderen jungen Frauen gemacht hatte, und stocherte in einem Teller Maultaschen herum.

Als Heiko sie ansprach, legte sie die Gabel weg und richtete sich auf. »Dürfen wir uns setzen, Frau Böckler?«, fragte Heiko.

Sie wies auf die freien Plätze gegenüber auf der Bierbank. Die Freundinnen stellten sich vor, eine Jacqueline Hausner und eine Kathrin Kleinbram.

»Frau Böckler, wir müssten Sie in einer dringenden Angelegenheit sprechen«, begann Lisa und schielte auf Fabienne Böcklers Begleiterinnen.

»Kein Problem, das dürfen die Mädels ruhig mitbekommen, ich habe nichts zu verbergen«, winkte die Tochter des Opfers ab.

»Die Sache betrifft allerdings nicht nur Sie, deshalb müssen wir darauf bestehen …«, beharrte Heiko.

Die zwei Frauen verstanden den Wink mit dem Zaunpfahl, erhoben sich und kündigten an, kurz zur Toilette zu gehen. Lisa sah jedoch, dass sie sich lediglich etwas abseits setzten, tuschelten und ab und zu neugierige Blicke herüberwarfen.

»Wir haben gestern Ihre Schwägerin verhaftet, Frau Böckler«, setzte Heiko an.

Ein scheues, undeutbares Lächeln huschte über die schmalen Lippen von Fabienne Böckler. »Ja, und ich könnte mir gut vorstellen, dass …«

»Kennen Sie diese Handschuhe?«, unterbrach Heiko und schob ihr sein Handy so schnell vor ihr schmales Gesicht, dass sie eine Weile konsterniert das Foto betrachtete.

»Wieso?«, erkundigte sie sich endlich, schob das Handy mit einer unwirschen Geste beiseite und spielte nervös mit ihrer Haarsträhne.

»Beantworten Sie bitte einfach die Frage«, entgegnete Lisa so ruhig wie möglich.

»Wieso sucht ihr Handschuhe?«

»Wir denken, dass sie dem Täter gehören.«

»Und? Wurden die bei Melanie gefunden?«, fragte Fabienne Böckler scheinbar ahnungslos, aber ihr Lächeln verriet sie.

»Sie sagt, dass die Handschuhe Ihnen gehören.«

»Miiiiiir?«, rief die Verdächtige und riss die Augen auf. »Ich … keine Ahnung. Ich habe unglaublich viele Klamotten.«

Lisa lächelte milde. »Hören Sie mal, so von Frau zu Frau: Wir wissen doch ganz genau, was wir für Zeugs im Kleiderschrank haben. Erzählen Sie bitte keine Märchen.«

Fabienne Böckler schwieg bockig und zuckte mit den Achseln.

»Wieso haben Sie überhaupt vermutet, dass wir die Handschuhe bei Ihrer Schwägerin gefunden haben?«, hakte Lisa nach. »Wir haben nichts in der Art angedeutet.«

Nun lachte Fabienne auf. »Also wirklich, das war ja wohl logisch, oder nicht?«

»Ihre Schwägerin besteht darauf, dass es Ihre Handschuhe seien. Und dass Sie sie ihr untergeschoben hätten.«

»Iiiiiich?«, empörte sich Fabienne Böckler, und ihre Stimme erreichte ungeahnte Höhen. »Warum sollte ich?«

»Vielleicht um sie zu belasten? Weil sie Ihnen ein Dorn im Auge ist?«, versuchte Lisa. »Und um von sich selbst als Täterin abzulenken?«

»Ich muss von gar nichts ablenken, und die Handschuhe kenne ich nicht«, behauptete Fabienne Böckler.

»Wissen Sie, es ist sehr einfach herauszufinden, ob es Ihre Handschuhe sind oder nicht.«

»Ah ja?«

»Ah ja«, wiederholte Heiko, zog die Augenbrauen hoch und zückte ein DNA-Teststäbchen – zur Sicherheit hatte er zwei eingesteckt. »Wir brauchen dafür nur eine Probe von Ihnen.« Er legte das Röhrchen mit dem Wattestäbchen vor sich auf den Tisch.

Die Tochter des Opfers starrte es an, als sei es ein Fata Morgana. Dann fuhr sie sich fahrig mit der linken Hand durch das dunkelblonde leicht gewellte Haar. »Muss ich das?«, fragte sie schließlich, und ihre Stimme wurde leise.

Offensichtlich wurde der Verdächtigen bewusst, dass es mehr als wahrscheinlich war, dass die Menschen um sie herum die Szene beobachteten und sie belauschten. Schnell legte sie ihre rechte Hand auf das DNA-Teststäbchen, und Lisa bemerkte die ungewöhnlich runden und breiten hellrosa Fingernägel, von denen der Lack bereits teilweise abgesplittert war.

»Nein«, erklärte Heiko. »Aber wenn Sie sich weigern, macht Sie das sehr, sehr verdächtig. Und warum sollten Sie sich weigern, wo es doch gar nicht Ihre Handschuhe sind? Zudem können wir Sie dazu zwingen, wenn …«

»Okay, okay!«, unterbrach Fabienne Böckler ergeben, öffnete schnell das Gläschen, steckte das Stäbchen in den Mund und fuhr es mit gesenktem Kopf über ihre Wangeninnenseite. Mit einer schnellen Bewegung schraubte sie das Gläschen wieder zu und schob es Heiko hin. »Seid ihr jetzt zufrieden?«

»Voll und ganz«, meinte Heiko. »Ach, und noch was – wo waren Sie eigentlich am Mittwochabend zum Tatzeitpunkt?«

Fabienne Böcklers Augenbrauen zogen sich zusammen, Heiko hatte den Eindruck, dass sich hinter der hohen Stirn Panik abspielte. »Ich brauche ein Alibi?«, hakte sie nach.

Heiko lächelte und zuckte mit den Achseln.

»Ich war unterwegs. Mit Freundinnen.«

»Können wir die Namen dieser Freundinnen bekommen?«, wollte Heiko wissen.

»Die Mädels, die ihr weggeschickt habt.«

»Ach, das ist ja perfekt«, rief Lisa und erhob sich, um sich zum Tisch zu begeben, an dem sich die jungen Frauen niedergelassen hatten. Doch die waren nirgendwo mehr zu sehen. »Wie heißen die beiden noch mal?«

»Jacqueline Hausner. Kathrin Kleinbram«, erinnerte Fabienne.

Heiko machte sich eine Notiz und sagte: »Gut, Frau Böckler. Verlassen Sie die Gegend nicht.«

Nun verzog sich der schmale Mund der Verdächtigen zu einem spöttischen Grinsen. »Musdorf verlassen? Während der Muswiese? Wo denkt ihr hin!«

Als sich die Kommissare erhoben hatten, arbeitete es in Fabiennes Hirn. Hoffentlich würden ihre Freundinnen das Alibi bestätigen. Sie beobachtete die beiden Ermittler, die im Gastraum umherstreiften und ab und zu einen prüfenden Blick zu ihr herüberwarfen, und tastete blind nach ihrem Handy. Mit einer beiläufigen Bewegung hielt sie es unter den Tisch und rief ihre Chatgruppe »Musdorf-Girlies« auf. Blind tippte sie eine Nachricht ein und drückte ebenso blind auf »Senden.« Gut. Die Kommissare hatten nichts bemerkt. Nun hieß es Daumen drücken.

Lisa und Heiko waren sich einig, dass es wenig clever wäre abzuwarten, bis sich Fabienne Böckler mit ihren Freundinnen bezüglich des Alibis absprechen konnte. Also hielten sie in der Wirtschaft Ausschau nach den zwei jungen Frauen. Immer mal wieder schauten sie zur Verdächtigen hinüber, die still auf ihrem Platz saß und offenbar auf die Rückkehr ihrer Freundinnen wartete. Sie wirkte in Gedanken versunken und hielt den Kopf gesenkt.

»Denkst du, sie war es?«, fragte Lisa, während sie die Menschenmenge nach Jacqueline Hausner und Kathrin Kleinbram durchsuchte.

»Wenn es nicht Melanie Böckler war«, antwortete Heiko.

»Sie würde zwei Fliegen mit einer Klappe schlagen«, vermutete Lisa. »Die despotische Mutter beseitigen und die Nachfolgerin in spe gleich noch dazu.«

»Möglich«, murmelte Heiko und zeigte mit spitzem Finger auf die gesuchten jungen Frauen, die er am hinteren Eingang entdeckt hatte, sie waren wohl auf der Toilette gewesen.

Eine der beiden steckte soeben ihr Smartphone in die hintere Hosentasche, und sie machten sich auf den Rückweg zu ihrer Freundin, die ihnen bereits zuwinkte. Die Kommissare fingen die jungen Damen ab und erkundigten sich nach Fabienne Böcklers Alibi. Sie hätten an jenem Abend den Junggesellinnenabschied einer Freundin organisiert, lautete die Antwort, in Dinkelsbühl. Nein, das habe ziemlich lang gedauert und sei recht lustig gewesen, sie hätten ordentlich gesoffen, und nein, die Fabienne sei auch nicht zwischendurch gegangen, nicht mal kurz. Überhaupt sei niemand vorzeitig gegangen.

Heiko hatte beschlossen, die DNA-Probe gleich zu Uwe zu bringen, und er war so schnell gerast, dass er sich bereits auf dem Rückweg befand und nach einer Stunde wieder in der Muswiesenwirtschaft Hornung ankommen würde, wo er endlich Mittag essen konnte. Uwe hatte einen Zwischenstand geliefert, er habe bisher zwei verschiedene DNA-Spuren an den Handschuhen sichern können, der Abgleich würde laufen, auch der vom Dreck an den Hausschuhen, und er würde sich melden, sobald er mehr wüsste.

Während Heiko noch auf dem Rückweg war, aßen Lisa und ihre Eltern bereits zu Mittag, weil Maria nun doch über Hunger geklagt und Bedenken geäußert hatte, ob Heiko wirklich so schnell zurück sein würde. Lisa und ihre Mutter holten sich Maultaschen mit Kartoffelsalat, Roland einen Burgunderbraten. Heiko müsste sich nachher eben selbst anstellen.

Gemeinsam setzten sie sich an einen der wenigen freien Biertische neben eine ältere Dame, die unter der dunkelblauen Strickweste zum dunkelgrauen Rock eine weiße Bluse trug und das hellgraue Haar streng gescheitelt zu einem Dutt gesteckt hatte. Ihr gegenüber saß ein etwa 40-jähriger Mann, der leicht dicklich war und dessen Haupthaar schon etwas schütter geworden war. Er trug einen gestreiften Pullover und darunter ein Hemd. Die beiden nickten grüßend, als Lisa sich mit ihren Eltern zu ihnen gesellte.

»An Guada«, wünschte die ältere Dame und lächelte Lisa freundlich zu.

»Gleichfalls«, antwortete Lisa und schenkte den beiden ebenfalls ein nettes Lächeln.

»Sou, jetz is scho widder Muswies, des gätt sou schnell, sou schnell kou mr gor net gugga«, begann die Alte.

»Jaja«, erwiderte Lisa und probierte die Maultaschen, die hervorragend schmeckten.

»Sind Sie aus der Gegend?«, erkundigte sich Maria im Plauderton.

»Mir sin von Großbäraweiler«, gab die Frau Auskunft.

Maria zog die Augenbrauen zusammen und fragte: »Bitte, von wo?«

»Von Großbärenweiler. Das liegt neben Kleinbärenweiler«, informierte die Dame und schwenkte dabei auf leidliches Hochdeutsch um.

»Und das gibt es wirklich?«, hakte Maria nach.

»Aber klar«, versicherte die Frau. »Wir haben da einen großen Hof, 25 Hektar«, fügte sie hinzu und musterte Lisa wohlwollend. »Das ist übrigens der Karlheinz, unser einziger Sohn«, fuhr sie fort und wies auf ihren Begleiter.

Der hob den Kopf und lächelte Lisa schüchtern an, um anschließend sofort puterrot anzulaufen und wieder in seinem Essen zu stochern.

»Ach, angenehm, ich heiße Lisa. Und das sind meine Eltern, Maria und Roland Luft.«

Die ältere Frau nickte anerkennend. »Und, habt ihr auch einen Hof?«

»Wir? Nein. Ich bin Polizistin, und meine Eltern besuchen mich heute.«

»Ach, Polizistin«, entfuhr es der Frau mit einem undeutbaren Unterton, und Karlheinz sagte: »Sou«, bevor er ein weiteres Stück von seinem Schnitzel abschnitt und es sich konzentriert in den Mund schob.

»Und wie alt sind Sie?«, wollte die Frau wissen.

»35«, gab Lisa höflich Auskunft.

»Der Karle ist 40«, informierte die Frau.

»Wir haben uns heute die neuen Bulldogs angeschaut«, äußerte sich nun Karlheinz zum ersten Mal artikuliert.

»Ach, tatsächlich«, erwiderte Lisa und lächelte höflich. »Und?«

»Wir kaufen einen Fendt, 250 PS Boldi«, erklärte Karlheinz nicht ohne Stolz, zückte einen Prospekt und legte ihn beiläufig neben Lisa auf den Tisch.

Lisa erinnerte sich lächelnd an das Lied »Viel Fendt, viel Ehr« der Hohenloher Mundartband »Annaweech«, in der die Vorzüge eines solchen Prestigegefährts gepriesen wurden, und betrachtete die Broschüre wohlwollend.

»Einen Sechsscharpflug haben wir schon«, erzählte die

Frau weiter. »Und 100 Rinder. Jetzt braucht der Karle nur noch eine Frau.« Sie lächelte Lisa hingebungsvoll an.

Bei Lisa fiel der Groschen. Sie beeilte sich zu sagen: »Ich bin leider vergeben!«

Karlheinz errötete erneut bis unter die Haarwurzeln und senkte schüchtern grinsend den Kopf. »Also Muader«, tadelte er die alte Dame.

»Wieso, des deff ii doch soocha, des is doch a schees Maadle. Und vielleicht hat se a Schweschder?«

Lisa schüttelte den Kopf. »Nein, ich bin leider ein Einzelkind.«

Karlheinz aß ein weiteres Stück Schnitzel und schwieg.

Aber seine Mutter redete weiter: »Schood. Awwer Karle, am Mittwi gesch awwer amol aloo«, bestimmte sie.

»Wann soll er was machen?«, fragte Maria im Flüsterton.

»Am Mittwoch«, wiederholte Lisa. »Erklär ich dir später.« Sie zwinkerte dem armen Karlheinz, dem die ganze Sache offensichtlich unendlich peinlich war, verständnisvoll zu.

In diesem Moment erschien Heiko mit einem Teller Burgunderbraten in den Händen.

»Ach, siehst du, jetzt hätten wir doch bei der Solveigh einen Tofu-Dinkel-Fladen mit Rucola und Walnusspesto essen können«, frotzelte Lisa.

Heiko verzog das Gesicht und sagte: »Nix. Vorher verhunger ich.«

Karlheinz und seine Mutter ergriffen, als sich Heiko zu ihnen gesellte, schnellstmöglich die Flucht.

»Und was ist jetzt am Mittwoch? Was soll der junge Mann machen?«, wollte Maria wissen, als Mutter und Sohn verschwunden waren.

Lisa begriff zuerst ihre Frage nicht, aber dann lachte sie und antwortete: »Ach so, der Karlheinz. Am Mittwoch ist Ledigadoch. Da soll er ohne seine Mutter hingehen.«

»Ledichadooch«, korrigierte Heiko sofort. Lisa war schon süß.

»Und was ist das genau?«

»Ledigentag«, übersetzte Lisa. »Sozusagen Single-Party.«

»Liebe vergeht, Hektar besteht«, dozierte Heiko.

»Ach, deshalb hat der junge Mann mit seiner Hektarfläche angegeben«, schloss Roland.

»Na, das war wohl kaum der junge Mann, sondern viel eher seine Mutter«, korrigierte Lisa.

»Da hast du allerdings recht«, stimmte Maria zu und fragte an ihren Schwiegersohn in spe gewandt: »Werden bei euch viele Ehen auf diese Weise geschlossen?«

»Fast jede«, meinte Heiko, nachdem er endlich sein erstes Stück Rinderbraten hinuntergeschluckt hatte. »Meine Eltern wurden auf diese Weise verheiratet.«

»Ach, tatsächlich?«

Heiko nickte und fuhr fort: »Ja, und an der Hochzeit wurde ein Wildschwein geschlachtet, und meine Eltern haben sich dann mit dem noch warmen Blut eingerieben, während der Dorfälteste aus den Eingeweiden die Zukunft …«

»Der veräppelt dich, Mutter«, unterbrach Lisa und trat Heiko unter dem Tisch gegen das Schienbein.

Uwe hatte sich nicht noch einmal gemeldet, er hatte vielmehr vorhin angekündigt, dass die Untersuchung noch eine Weile in Anspruch nehmen würde. Also entschied sich das hohenlohisch-westfälische Ermittlerteam nach dem Essen dazu, mit Lisas Eltern noch einen Rundgang über die Muswiese zu unternehmen; Heiko tat dies schweren Herzens, denn er fürchtete, dass der Bummel in eine Shopping-Orgie ausarten könnte. Mit voller Absicht hatte er nur 50 Euro mitgenommen. Allerdings wusste er, dass Lisas Geldbeutel gut gefüllt war – mal abgesehen von den zahllosen Karten und Kundenkarten, Zetteln und Quittungen, die Frauen in ihren riesigen Geldbeuteln jahrelang mit sich rumschleppten, waren sage und schreibe 300 Euro drin. Zudem gab es seit einigen Jahren auf der Muswiese einen mobilen Geldautomaten, verdammt.

Der erste Stand, zu dem es die Damen hinzog, war einer mit Schrott. Das heißt, Heiko fand, dass es sich um Schrott handelte, Lisa hingegen erklärte, das sei edelgerosteter Corten-Stahl, der habe eben eine Patina, das sei doch gerade das Reizvolle daran. Es gab Vögel auf Stäben für den Garten, rostige, wie Heiko es nannte, »Bollen« auf Stecken und komische große, runde Schalen mit Löchern.

»Was soll das denn sein?«, brummte Heiko missmutig, als Lisa allzu lang vor einem von diesen Dingern stand. »Das ist ein Feuerkorb«, erklärte Lisa. »Da kannst du Feuer drin anzünden.«

»Und wo?«

»Na, auf deiner Terrasse zum Beispiel.«

»Warum sollte ich Feuer auf meiner Terrasse anzünden, außer wenn ich grillen will? Und ein Grill ist es ja wohl keiner, denn sonst …«

»Du elender Banause«, schimpfte Lisa, und Heiko nahm aus dem Augenwinkel wahr, dass ihre Mutter zustimmend nickte. »Das ist doch schön, wenn im Herbst so ein Feuer draußen brennt. Dann kann man da sitzen, eingehüllt in eine Decke, und dann … und für Gartenpartys im Sommer, denn dann …«

»Feuer macht man maximal drinnen, damit es brennt. Kaufen wir lieber einen Kachelofen, dann kann uns Onkel Sieger ein bisschen Holz anliefern, das macht wenigstens Sinn. Oder wir kaufen den Holzspalter und machen selbst Holz.«

Lisa schüttelte den Kopf und erstand trotzig eine völlig verrostete kleine Maus aus Schrauben und Schrottresten, die sie vor der Haustüre aufstellen wollte, wie sie ankündigte.

Als nächstes schoben sie sich durch die Menge weiter zu einem Stand, an dem es Glasbollen gab. Ja, Glasbollen, hohle, mit Luft gefüllt. Und, zu Heikos Leidwesen, Zimmerbrunnen, in denen diese Glasbollen, deren Sinn sich Heiko so gar nicht erschließen wollte, zu Dutzenden schwammen.

»Das ist ja toll«, entfuhr es Lisa. »So filigran! Ganz zauberhaft! Wie Seifenblasen!«

»Nicht wahr?«, bestätigte ihre Mutter und betrachtete verzückt die spärlich plätschernden Brunnen.

Diesmal wechselten nicht Mutter und Tochter Blicke, sondern Heiko und Roland, und zwar reichlich genervte. »Also, Lisa, das ist doch nun wirklich nur zum Rumstellen«, versuchte Heiko.

Aber Lisa widersprach: »Das ist überhaupt nicht wahr. Ein Zimmerbrunnen wirkt sich überaus positiv auf das Raumklima aus, außerdem ist das Plätschern extrem beruhigend nach einem langen Arbeitstag.«

Heiko konnte sich beim besten Willen nicht vorstellen, was an dem dürftigen Getröpfel beruhigend sein sollte, vielmehr war er überzeugt, dass er es äußerst nervig finden würde, weil er sich die ganze Zeit fragen würde, ob nicht irgendwo ein Wasserhahn lief. Allerdings wusste er ebenso, dass er bereits verloren hatte, sie *würden* einen Zimmerbrunnen mit nach Hause nehmen, und er würde ihn tragen müssen, das war ebenso klar. Es ging nur noch darum, welchen, und Heiko hoffte auf einen handlichen. Letztlich wählte Lisa eine silberne Schale mit Pumpe und ließ sich dazu zehn Glasbollen einpacken.

Beim Vogelhäuschenstand, zu dem Lisa ihn anschließend schleifte, streikte er allerdings, mit dem Hinweis, dass es noch mehr Muswiesentage geben würde, und dass er immerhin schon den Zimmerbrunnen tragen müsste. Lisa dirigierte sie alle daraufhin zum Teehaus, einer Art mobilen Gartenhütte, die mit ihren ungefähr 50 Quadratmetern einen der größten Muswiesenstände bildete.

»Da kannsch alleine rein«, widersetzte sich Heiko und betrachtete die Menschenschlange, die sich durch die Bude schob.

Bockig schob Lisa ihre Unterlippe vor, fasste ihre Mutter bei der Hand und betrat mit ihr zusammen die Hütte.

»Was die Weiber nur mit dieser Bude haben«, wunderte sich Heiko, an Roland gewandt. »Als gäb's das ganze Jahr über sonst nirgends Tee zu kaufen.«

Und wirklich erschien seine Freundin 20 Minuten später mit einer Tüte mit zehn vollkommen abstrusen Teesorten, die sie ihm begeistert zeigte, darunter »Himbeerblätter-Jasmin-Hibiskus«, »Kardamom-Mango-Sahne« und »Ingwer-Anis-Kümmel«. Igitt. Wenn der dann auch noch mit Leichenquellwasser aufgegossen wurde … Heiko schauderte.

Anschließend mussten sie noch zum Stand der Firma

Reutter, wo Lisa total leckere Bonbons in allen möglichen Geschmacksrichtungen und Süßigkeiten »aus Omas Zeiten« erwarb. Und das, obwohl sie niemals Bonbons aß. Allerdings musste Heiko zugeben, dass das Himbeerbonbon, das sie ihm in den Mund schob, ziemlich gut schmeckte.

Nach zwei Stunden nervenaufreibenden Shoppings ließen sich die vier endlich zum Kaffeetrinken nieder – Heiko hatte diesmal auf das Zelt der Evangelischen Kirchengemeinde bestanden, obwohl sowohl Lisa als auch Maria betonten, dass Solveighs Kuchen und der Zichorienkaffee ganz hervorragend gewesen seien.

Als Heiko gerade ein Stück seines Zwetschgenblootzes mit Sahne in den Mund schieben wollte, klingelte sein Handy.

Heiko legte seufzend die Gabel zurück auf den Teller und nahm das Gespräch an. »Ja?«

»Hallo, Heiko, hier Uwe. Also, ich habe jetzt die Ergebnisse der Untersuchung. An den Handschuhen befinden sich drei verschiedene DNA-Spuren: einmal die von Fabienne Böckler.«

»Also sind es doch ihre Handschuhe«, meinte Heiko.

»Womöglich, ja.«

»Und dann noch die von Melanie?«, hoffte Heiko.

»Leider nicht, sondern noch die von einem Mann.«

»Sicher vom Verkäufer.«

»Nein, eben nicht. An den Handschuhen sind Spuren von Fabienne Böcklers … nun, es muss ihr Vater sein, das würde von der genetischen Struktur her passen, gleicht man die DNA mit der des Mordopfers und mit der von Fabienne Böckler ab.«

»Ihr Vater? Aber der hat behauptet, die Handschuhe noch nie gesehen zu haben!«

»Tja, dann solltet ihr euch den noch mal genauer anschauen«, erklärte Uwe. »Am besten beide: Fabienne Böckler und ihren Vater.«

Heiko seufzte. »Und das bedeutet auch, dass Melanie Böckler die Wahrheit gesagt hat«, stellte er lakonisch fest.

»Ganz genau«, stimmte Uwe zu.

»Und die dritte DNA-Spur stammt vom Mordopfer?«, vermutete Heiko.

»Leider nicht«, erklärte Uwe noch einmal, »die nachgewiesene DNA ist hundertprozentig südamerikanisch indigen.«

»Indiwas?«, hakte Heiko nach.

»Stammt nicht von einem Europäer, sondern aus dem südamerikanischen Hochland. Vermutlich von demjenigen, der die Handschuhe gestrickt hat.«

»Und das kann man feststellen?«, wunderte sich Heiko.

»Ja, klar«, versicherte Uwe. »Den dritten würde ich ausschließen.«

»Und was ist mit dem Dreck unter den Schuhen?«, fragte Heiko nach. »Gibt es da eine Übereinstimmung mit dem vom Tatort?«

»Auch nicht«, lautete die Antwort. »Da ist viel weniger Lehm drin, und er ist viel heller. Sorry, passt leider nicht, eure Verdächtige ist eindeutig aus dem Schneider. Konzentriert euch mal auf Vater und Tochter, die sind womöglich eher interessant.«

Lisas Eltern hatten ohnehin vorgehabt, sich nach dem Kaffee auf den Heimweg zu machen. Sie verabschiedeten sich vor dem Riesenrad, das eigentlich gar nicht so riesig war, wie sein Name vermuten ließ. Maria umarmte ihre Tochter derart fest, dass dieser fast die Luft wegblieb, und murmelte ihr zu, sie möge die Ohren steif halten und sie sei jederzeit zu Hause willkommen, wenn sie genug von Schwaben hatte. Heiko schüttelte sie hölzern die Hand, während Roland seinem Schwiegersohn in spe die Schulter klopfte und ihm aufmunternd zulächelte.

Nachdem Lisas Eltern aufgebrochen waren, steuerte das hohenlohisch-westfälische Ermittlerteam wieder die Böckler-Wirtschaft an. Sie entdeckten Ludwig Böckler neben seinem jüngeren Sohn am Ausschank, während seine Tochter zwischen den Gästen hin- und herflitzte, die am laufenden Band die Arme in die Höhe reckten, und Bestellungen aufnahm. Heiko winkte ihr zu, und das Lächeln der Verdächtigen erstarb umgehend, als sie ihn in der Menschenmenge entdeckte.

Mit einigen schnellen Schritten waren die Kommissare bei ihr. »Frau Böckler, wir müssten Sie noch mal kurz sprechen. Es ist dringend.«

Fabienne Böckler bugsierte sie forsch in die Küche, wo es aus einem Dutzend Töpfen und riesigen Pfannen brodelte und zischte. Jörg Böckler legte gerade einige Schnitzel in eine Pfanne und warf den Kommissaren Blicke zu, die ihnen sagten, dass sie absolut störten, und sie fragten, wie sie es wagen konnten, nun auch noch seine Schwester von der Arbeit abzuhalten. Anders als beim letzten Mal blieb der ältere Sohn der Familie jedoch ruhig. Heiko fragte sich unwillkürlich, wie das Verhältnis zwischen den Geschwistern wohl sein mochte. Bisher war es ihm, wenn er ein wenig darüber nachdachte, seltsam neutral und emotionslos erschienen.

Die Tochter des Hauses geleitete die Polizisten in eine

Ecke des Raumes. Offensichtlich wollte sie nicht, dass ihr Bruder etwas mitbekam.

»Frau Böckler, wir haben die Ergebnisse der DNA-Analyse«, begann Heiko.

Fabienne Böckler stellte sich mit dem Rücken zum Herd, verschränkte die Arme und meinte bockig: »Ah ja? Und, habt ihr Melanies DNA gefunden?«

»Nein, kein Fitzele, und das ist wirklich ungewöhnlich, sollten die Handschuhe Ihrer Schwägerin gehören, nicht? Stattdessen sind sie voll mit Ihrer DNA und mit der Ihres Vaters«, antwortete Heiko.

Nun runzelte Fabienne Böckler die Stirn. »Mit der von meinem Vater? Das kann nicht sein.« In diesem Moment erstarrte sie. Ihr wurde bewusst, dass sie sich verraten hatte.

»Es sind demnach Ihre Handschuhe«, stellte Lisa lakonisch fest.

Die Verdächtige seufzte. »Ja, es sind meine, verdammt. Aber ich habe nichts mit dem Mord zu tun.«

»Das müssten Sie jetzt schon genauer erklären«, erwiderte Heiko

Die Tochter wischte sich fahrig eine Haarsträhne aus dem Gesicht. »Ich hab mitgekriegt, dass ihr nach solchen Handschuhen sucht«, erzählte sie.

»Von wem haben Sie das mitgekriegt?«

Fabienne Böcklers Augen wanderte im Raum umher, für einen Moment schien sie geistesabwesend zu sein, bevor sie sagte: »Das ist rumgegangen.«

»So«, kommentierte Heiko, das war ja sehr unglaubwürdig. »Und dann?«

»Na, dann hab ich mich erinnert, dass ich selber auch solche habe, und da hab ich mir gedacht …«

»Was denn?«, hakte Heiko ungeduldig nach.

»Na ja, ich hab mir gedacht, ich wäre die Handschuhe los und könnte auf diese Weise der Melanie noch einen Streich spielen.« Verunsichert schaute sie zu ihrem Bruder hinüber, doch der hantierte konzentriert an einem Stück Fleisch herum.

Lisa lachte freudlos auf. »Einen Streich? Na, als Streich würde ich die Verdächtigung in einem Mordfall nicht gerade bezeichnen. Und es sind Ihre Handschuhe, und damit sind Sie die Hauptverdächtige. Es wird noch einiges strafrechtlich auf Sie zukommen!«

Fabienne Böckler hob abwehrend die Hände. »Okay, okay, das war scheiße. Ich hab mich halt geärgert über die Melanie, wie sie sich immer aufspielt, dabei ist sie nur angeheiratet, und der Hof …«

»War Ihr Alibi auch eine Lüge?«, forschte Heiko mit Nachdruck weiter.

»Mein Alibi?«

Sie fuhr sich mit fahrigen Fingern durch die Frisur und beeilte sich dann zu versichern: »Ich habe den Mord wirklich nicht begangen, das mit dem Junggesellinnenabschied stimmt, und …«

»Wo war das noch mal genau?«, unterbrach sie Heiko.

»Was?«

»Wo haben Sie sich getroffen?«

»In Dinkelsbühl, bei einer Freundin. Und wir waren bis um zwei nachts beieinander. Es ist etwas später geworden, und da …«

»Haben Sie die Adresse von Ihrer Freundin?«

»Ja, klar, und die von den anderen Mädels kann ich euch auch geben, Jacqueline und Kathrin habt ihr ja schon kennengelernt.«

Heiko zückte sein Handy, um die Kontaktdaten abzuspeichern.

»Aber eins ist wirklich komisch«, ergänzte Fabienne Böckler. »Ihr habt gemeint, an den Handschuhen seien Spuren von meinem Vater?«

Lisa nickte.

»Was macht mein Vater mit meinen Handschuhen?«, wunderte sich die Verdächtige. »Die passen ihm außerdem gar nicht.«

»Das wüssten wir auch gern«, antwortete Heiko knapp. »Zuerst allerdings kümmern wir uns um Sie!«

Eine gute halbe Stunde und einige Telefonate später waren die Kommissare wieder am Anfang, denn Fabienne Böcklers Alibi war nicht nur bestätigt, sondern wasserdicht – ein Nachbar der Freundin in Dinkelsbühl hatte in der besagten Nacht um eins darum gebeten, dass Fabienne Böcklers Auto, ein alter lilafarbener Twingo, aus seiner Einfahrt entfernt wurde, damit er nach der Schichtarbeit seinen Wagen in seiner Garage abstellen konnte. Er beschrieb zudem die Tochter des Opfers richtig, da diese herausgeeilt war, um seiner Bitte Folge zu leisten. Es war nur noch eine Formsache, sich das Alibi von dem Mann persönlich bestätigen zu lassen.

Heiko beendete das Telefongespräch mit dem Zeugen und ging wieder in die Küche, wo Lisa mit der Verdächtigen wartete. »Damit sind Sie vorerst entlastet. Vorerst. Aber halten Sie sich bereit.« Er nickte Lisa kurz zu, die ihn erstaunt ansah.

»Ja, und was ist jetzt mit meinem Vater?«, wollte Fabienne Böckler wissen. Sie schien sichtlich erleichtert.

»Das klären wir als Nächstes.«

Heiko wandte sich ab und deutete Lisa an, ihm zu folgen. Während sie aus der Küche in den Gastraum traten, raunte er ihr zu: »Damit ist die Fabienne endgültig aus dem Rennen.«

Sie näherten sich dem Oberhaupt der Familie, das soeben an der Zapfanlage hantierte. Ludwig Böckler stemmte die Arme in die Seiten und brummte dann missmutig: »So, wollt ihr mir die ganze Familie verhaften, damit ich ja den Laden dichtmachen kann?« Mit ungeduldigem Wedeln schickte er Fabienne, die den Kommissaren gefolgt war und ihnen nun konsterniert hinterherstarrte, wieder zu den voll besetzten Tischen.

»Wir mussten mit Ihrer Tochter noch ein paar Dinge klären, aber jetzt lassen wir sie wieder in Ruhe, vorerst zumindest«, versuchte es Heiko versöhnlich.

Der Mann erhob sich, eine Hand in die Hüfte gestemmt. »Und die Melanie? Ich kann mir das nicht vorstellen, die Melanie ist eine Gute!«

»Die kriegen Sie im Lauf des Tages zurück«, versprach der Kommissar. »Mit Ihnen müssten wir jedoch dringend etwas besprechen.«

Ludwig Böckler winkte den Polizisten, ihm in die Küche zu folgen. Seinem jüngeren Sohn bedeutete er mit einem Kopfnicken, die Stellung zu halten.

»Lassen Sie uns endlich in Ruhe!«, bellte er, nachdem er die Küchentür hinter sich geschlossen hatte. »Mir hewwa sou vill zum doona und koa Zeit fir sou Zeich! Von uns wor des näämerds!«

»Wenn Sie wüssten, was es alles gibt«, erwiderte Heiko lakonisch und zückte das verbliebene DNA-Teststäbchen. »Wir bräuchten eine DNA-Probe von Ihnen, Herr Böckler«, erklärte er und reichte dem Mann das Gläslein.

»Von mir?«, wunderte sich Böckler nun leise. Er war sichtlich überrascht. »Wieso das denn?«

»Ermittlungen«, erklärte Heiko unbestimmt.

»Bin ich überhaupt verdächtig? Muss ich das?«

»Nein, das musst du nicht!«, mischte sich der älteste Sohn ein. Er war vom Herd herbeigeeilt. »Was wollen Sie jetzt von meinem Vater?«

»Beruhigen Sie sich!«, entgegnete Lisa Jörg Böckler und bestätigte dem Vater: »Nein, das müssen Sie nicht. Wenn Sie sich allerdings weigern, wirft das ein sehr schlechtes Licht auf Sie, und letztendlich können wir Sie durchaus auch dazu zwingen.«

Ludwig Böckler verdrehte die Augen und wischte sich mit dem Handrücken einen Schweißtropfen von der Stirn. »Kou ii noa endlich weiterschaffa?«, fragte er.

»Augenblicklich«, versicherte Heiko, woraufhin der Mann ihm das Röhrchen mit einer unwirschen Bewegung aus der Hand nahm, den Mund öffnete, das Stäbchen zweimal über die Mundschleimhaut führte und es im Anschluss zurück reichte.

Die Ermittler waren umgehend nach Crailsheim aufs Revier gefahren, damit Uwe die Probe gleich untersuchen konnte. Heiko hatte unterwegs beim Spurensicherer angerufen, um ihm die Hiobsbotschaft mitzuteilen, dass er noch länger würde arbeiten müssen. Weil Lisa den blöden Zimmerbrunnen nicht, wie Heiko gehofft hatte, einfach vergessen hatte, mussten sie noch einen Schwenk zum Zimmerbrunnenstand machen. Heiko tippte bedeutungsvoll auf sein Handgelenk, als Lisa sich auch noch Metall-Mobiles mit Glasbollen in der Mitte anschauen wollte. Minuten später schleppte Heiko den neu erworbenen Zimmerbrunnen zum Auto, Lisa hingegen trug eine Tüte mit akribisch in Zeitungspapier verpackten, absolut sinn- und nutzfreien Glasbollen sowie zwei bezaubernden Wind-Metall-Mobiles.

In Crailsheim angekommen, waren sie in Uwes Büro geeilt. Sie hatten ihrem Kollegen erklärt, so lange warten zu wollen, bis das Ergebnis vorlag. Denn wenn die DNA des Witwers mit den männlichen DNA-Spuren auf den Handschuhen übereinstimmte, war das ein deutliches Indiz, und sie könnten postwendend nach Musdorf zurückfahren und den Mann zumindest vorläufig festnehmen.

»Und was machen wir jetzt mit Melanie Böckler?«, fragte Lisa, während die Kommissare in ihrem gemeinsamen Büro warteten.

Heiko nahm eine Amethystspitze zur Hand und strich nachdenklich mit dem Daumen darüber. Ihr Büro unterschied sich von den anderen dadurch, dass ihre Fensterbank auf Heikos Seite des Doppelschreibtisches mit Halbedelsteinen und auf Lisas Seite mit Orchideen vollgestellt war.

»Die Indizien werden nicht für einen Haftbefehl reichen«, sinnierte Heiko. »Außerdem war keine DNA von ihr an den Handschuhen zu finden. Ich glaube auch nicht mehr, dass sie es war.«

»Aber warum ist die DNA vom Alten an den Handschuhen?«, dachte Lisa laut nach und zupfte eine vertrocknete Blüte von einer Phalaenopsis. »Das sind doch Frauenhandschuhe.«

»Vielleicht wollte er den Verdacht auf seine Tochter lenken? Die Frage ist allerdings, wieso.«

In diesem Moment klingelte das Telefon. Es war Uwe,

von oben, er sei dann soweit, sie könnten hochkommen, es gäbe eine Überraschung.

Ungeduldig fanden sie sich im Reich des Spurensicherers ein. Uwe thronte auf seinem Ledersessel vor dem Rechner, diesmal ohne Kaffee, ein seltener Anblick.

»Es gibt Neuigkeiten«, empfing er Heiko und Lisa und wies auf die Hocker ihm gegenüber. »Also. Erst einmal stimmt die männliche DNA, die wir an den Handschuhen sicherstellen konnten, nicht mit der von Ludwig Böckler überein.«

»Verdammt«, fluchte Heiko, das wäre aber auch zu schön gewesen.

»Da ist noch etwas?«, vermutete Lisa.

»Ja, Lisa«, stimmte Uwe zu. »Und zwar ist Ludwig Böckler mit einer Wahrscheinlichkeit von 99,99 und so weiter Prozent demnach nicht der Vater von Fabienne Böckler.«

»Wie?«, wunderte sich Heiko.

»Der kann nicht ihr Vater sein. Und wer auch immer die Handschuhe getragen oder angefasst hat – der Böckler war es nicht.«

»Aber wer ist dann Fabiennes Vater?«, überlegte Lisa.

Uwe strich sich über die rasierte Glatze. »Als ich die drei verschiedenen Spuren festgestellt hab, habt ihr ja sinnvollerweise gemeint, die des Verkäufers müsste sich darunter befinden. Rein von der Vernunft her müsste das zutreffen, immerhin hat er sie auch angefasst …«

»Die Fingernägel!«, entfuhr es Lisa.

»Wie bitte?«, hakte Heiko nach.

»Die Fingernägel«, wiederholte sie. »Sind dir nicht Gerstlings runde Nägel aufgefallen?«

Heiko verneinte, er achtete bei seinem Gegenüber niemals auf die Fingernägel.

»Sie sind flach und rund, äußerst ungewöhnlich. Genau wie die von Fabienne.«

»Gibt es das nicht häufiger?«, relativierte Heiko.

»Es wäre eine Erklärung: Fabienne ist die Tochter von Friedemann Gerstling und Erika Böckler. Seine DNA ist auf den Handschuhen, weil er der Händler *und* der Vater ist.«

»Das würde ihn trotzdem nicht verdächtig machen«, gab Uwe zu bedenken, »denn natürlich ist seine DNA auf den Handschuhen, er hat sie ja immerhin verkauft.«

»Und noch was«, fuhr Lisa fort. »Wir haben das mit den Handschuhen niemandem außer dem Gerstling erzählt. Wenn Fabienne wirklich seine Tochter ist, dann wusste er genau, dass sie solche Handschuhe besitzt. Und dann hätte er sie warnen können, dass sie sie verschwinden lassen muss.«

»Denkbar«, stimmte Heiko zu. »Die Frage ist nur, was wir mit diesen Informationen anfangen.«

»Ihr wisst nicht, ob das stimmt. Und wenn, muss das gar nichts bedeuten. Dann wäre es eben so. Was meint ihr, wie viele Kuckuckskinder es gibt«, meinte Uwe.

»Aber wenn es der Böckler irgendwie herausgefunden hätte?«, schlug Lisa vor.

»Vielleicht haben wir bisher falsch gelegen, vielleicht gibt es noch ein anderes Paar«, sinnierte Heiko. »Gerstling hatte vielleicht mehrere von diesen Handschuhen. Und außerdem wurde keine DNA vom Mordopfer an den Handschuhen gefunden …«

Uwe bestätigte: »Tja, das kann eigentlich nur eines bedeuten: Es gibt ein zweites Paar Handschuhe. Gell?«

Lisa seufzte, und Heiko stimmte fluchend zu. »So oder so müssen wir mit Fabienne reden. Und mit dem Gerstling, und zwar genauer.«

Heiko und Lisa bedankten sich bei ihrem Kollegen und kehrten in ihr Büro zurück. Mit einem schnellen Anruf veranlassten sie die Freilassung von Melanie Böckler, denn die war jetzt ebenfalls endgültig entlastet. Den Rest des Nachmittags und frühen Abends verbrachten die Kommissare damit, sich in Dinkelsbühl das Alibi von Fabienne bestätigen zu lassen. Damit schied Fabienne auch formal endgültig als Täterin aus. Langsam gingen Heiko und Lisa die Optionen aus.

Melanie Böckler stieß die Tür der schwiegerelterlichen Muswiesenwirtschaft auf. Sie war ungewaschen und stank, sie hatte ihre Haare notdürftig zu einem Pferdeschwanz zusammengefasst, mit einem Haargummi, den sie in ihrer Hosentasche gefunden hatte. Sie musterte die Anwesenden und konnte diejenige, die sie suchte, nirgends entdecken, sie musste in der Küche sein.

Grußlos schritt Melanie an den Gästen vorbei, die sie flüsternd musterten, ihr war nicht nach Small Talk, ihr war nicht nach Lächeln und Artigkeiten, heute nicht. Sie ignorierte Grete Lebrecht, die sich ihr geradezu in den Weg stellte, begierig nach Informationen, und betrat die Küche. Sie entdeckte sie sofort, Fabienne briet Würste in einer riesigen Pfanne. Melanie atmete tief durch, es würde nichts bringen, ihr eine reinzuhauen, obwohl ihr verdammt noch mal danach war, doch das war nicht ihr Stil.

Ihr Schwiegervater kam auf sie zu. »Mädle! Gut, dass d widder do bisch. Ii hobb des ja net glaawa kenna, dass du…«

Melanie beachtete ihn nicht, schob den verdutzten Mann beiseite und trat auf Fabienne zu, die sie inzwischen entdeckt hatte und erstarrt war, den enormen Pfannenwender in der Hand. Melanie trat auf ihre Schwägerin zu, kam ihr so nah, dass diese den Schweißgeruch ihres ungewaschenen Körpers riechen musste, das war ihr egal, es war ihr sogar recht.

»Du Miststück«, zischte Melanie, streckte einen Finger aus und pikste ihrer Kontrahentin in den Bauch. Dann beugte sie sich vor und flüsterte ihr ins Ohr: »Aber weißt du was? Ich vergebe dir. Denn du bist neidisch, weil du hässlich bist. Und weißt du, was noch? Du bist so hässlich, dass dich niemals einer nehmen wird, der Martin schon gar nicht, und auch sonst keiner. Du wirst allein und vertrocknet sterben.«

Es klang derart hasserfüllt, dass Fabienne keine Antwort einfiel. Als wäre es ein Fluch. Fabienne ließ den Wender auf die Pfanne fallen und wandte sich Melanie zu, doch die drehte sich einfach um, ließ sie stehen und ging duschen.

Nach ihrem Abstecher nach Dinkelsbühl hatten Lisa und Heiko vor, den Abend gemütlich auf der Muswiese ausklingen zu lassen. Sie aßen im Zelt vom Muswiesenwirt Ziegler hervorragenden Tafelspitz mit Meerrettich und Salzkartoffeln, tranken dazu einen Schnaps und fuhren schließlich nach Hause.

Zu Heikos Leidwesen breitete Lisa daheim als Erstes die Ausbeute des Tages aus. Nachdem sie in die profillosen Hausschuhe geschlüpft war, die sie am Tag vorher erstanden hatte, räumte sie die verschiedenen Teesorten in den überquellenden Vorratsschrank ihrer kleinen Küche, nahm eine Schale aus dem Schrank und legte aus unerfindlichen Gründen alle Bonbontüten hinein, um sie anschließend mitten im Wohnzimmer auf dem Couchtisch zu deponieren. Als würde irgendjemand so viele Bonbons essen. Den Schmuck räumte sie ins Schlafzimmer in ihren Nachttisch und die verrostete Maus fand einen Platz auf der Kürbislaterne vor der Haustür, dort wurden auch die Glasbollenwindspiele hinverfrachtet. Und zuletzt stöberte sie noch eine Flasche destilliertes Wasser aus der Besenkammer hervor, um den beruhigenden, kontemplativen Glasbollenzimmerbrunnen in Betrieb zu nehmen, der kurze Zeit später mäßig beruhigend in einer Ecke des Wohnzimmers vor sich hin plätscherte.

Sie tanzten. Sie tanzten, und es war wunderschön. Es war in Dünsbach, eigentlich unglaublich, Dünsbach. In dem kleinen Dorf bei Gerabronn, wo es sonst nur den Schacht, eine uralte Dorfdisco, gab. Niemand würde vermuten, dass hier eine Milonga stattfände. Eine richtiger Tango-Tanzabend, im Alten Schulhaus, einer, bei dem man sich so fühlte wie in Argentinien in den Straßen von Buenos Aires. Obwohl er nicht wissen konnte, wie man sich in Argentinien während einer Milonga fühlte, denn er war niemals dort gewesen. Aber er stellte es sich eben so vor. Streng genommen war es auch egal, wo man tanzte, es ging einzig und allein um das Gefühl.

Johann drückte sich an Sandra, seine Hand ruhte unweit ihres rechten Schulterblatts. Er hatte sie nah zu sich herangezogen, richtig nah. Sandra war wie eine Feder in seinen Armen, eine dunkle Adlerfeder, die sich zwar dem Luftwiderstand entgegenstellte, aber ansonsten biegsam und leicht war. Sie hielt die Augen geschlossen und gab sich ganz der Musik hin, ach, die Musik, die Musik! Johann konnte kein Spanisch, aber das musste er auch nicht, denn er konnte fühlen, worum es ging, er spürte die Leidenschaft, die international war und keiner Erklärung bedurfte. Musik allein ist die Weltsprache.

Er presste sich noch enger an Sandra, ihre Körper verschmolzen, wurden eins, als würden sie sich lieben, aber das taten sie nicht, und darum ging es auch gar nicht. Es ging um den Tanz. Um die Musik. Der dunkle Tanzboden vibrierte kaum unter ihren Schritten, die so leicht waren, als würden sie schweben, ach was, fliegen. Johann drehte Sandra zur Promenade herum, ein kleiner Schubs genügte, und sie, der weibliche, geschmeidigere, gespannte Teil ihres fusionierten Körpers, drehte sich, fand wie automatisch die Haltung, die ihre Hüften wieder parallel stellte. Sie hatte die Augen geschlossen, und er betrachtete sie, nicht, weil es wichtig war, sondern weil er wusste, dass sie seine Leidenschaft teilte, dass sie genauso selig war wie er, und das gefiel ihm.

In einer Ecke des Saals, der mit schwarz-weißen Tangofotos und Originalplakaten sowie schönen alten Messinglampen und roten Vorhängen ausgestattet war, saß die Grande Dame des Hohenloher Tangos, Ute Frühwirth, auf einem roten Sofa und beobachtete sie. Sie wusste um Johanns Talent, sie hatte ihn nur am Anfang instruieren müssen, jetzt war er der beste Tänzer, und sie betrachtete ihn wohlwollend. Es war schön, dass sie stolz auf ihn war, weil er gut war. Und er war so gut, weil er keiner vorgegebenen Choreografie folgte, er folgte vielmehr seiner eigenen, intuitiven. Weil er die Musik fühlte, weil er und Sandra diesen einen atmenden Körper bildeten, sie beide, weil die Musik die Führung übernahm, wie ein höheres Wesen, das ihre Bewegungen steuerte, schön und simultan, perfekt. Die Musik schwoll wieder an, intensiv, leidenschaftlich, tief. Er presste Sandra an sich und gab sich ganz dem Tango hin.

Johann Böckler öffnete die Augen und schloss das Fenster mit dem Youtube-Clip, bevor die Playlist weiterlaufen konnte und womöglich irgendein nichtssagendes Musikstück laufen würde. *Tinta Roja* war sein Lieblingstango. Rote Tinte, das hatte er schon herausgefunden. Blut womöglich, Leben, das passte wunderbar zum Tango, ebenso gut wie Leiden und Tod. Zu diesem Tango hatten sie ab und zu getanzt, und die Ute spielte ihn jedes Mal, bei jeder Milonga, die leider nur einmal im Monat stattfanden.

Johann griff sich sein Smartphone und öffnete das Whatsapp-Fenster. Es war nach eins, aber das war egal, er wusste, er würde eine Antwort erhalten.

»Wir müssen mal wieder Tango tanzen gehen«, tippte er.

Sie war online, und ihre Nachricht kam nach Sekunden. »Müssen wir. Im November.«

»Im November«, bestätigte er.

Dann einige Sekunden nichts, und endlich sah er, dass sie schrieb. Er wartete ab.

»Wie geht es dir?«, erschien auf dem Bildschirm.

Er überlegte kurz, es war nicht reißerisch gemeint von ihr, sondern ehrlich, sie war seine Freundin. »Soweit ganz gut.«

»Du bist nicht soooooo traurig?«, kam zurück.

»Doch«, beeilte sich Johann zu schreiben.

»Das tut mir leid. Ich denke an dich«, lautete die Antwort.

Und dabei blieb es für diese Nacht.

MUSWIESENMONTAG, RUHETAG

Jörg Böckler wetzte das Schlachtmesser. Neben ihm in der Schlachtküche grunzte das riesige Schwein, das er ausgesucht hatte. Es war absehbar, dass ihre Schnitzel nicht reichen würden, die Leute rannten ihnen die Bude ein, und die allermeisten wollten zum Essen Details über den Tod seiner Mutter serviert bekommen. Nicht, dass er sie über die Maßen gemocht hätte, seine Mutter war eine Tyrannin gewesen, und nur er und Melanie hatten ihr Paroli bieten können, überhaupt hatte sie seine Widerworte nur deshalb akzeptiert, weil er der Älteste war und den Hof einmal übernehmen sollte. Der Johann hatte es da weniger leicht gehabt, die Fabi auch, aber was gingen ihn die beiden an, er hatte genug mit sich selbst zu tun gehabt. Er war nur froh, dass die Melanie nicht mehr verdächtig war, da hatte seine Schwester schon einen ordentlichen Bock geschossen. Na ja, Weiber untereinander halt. Überhaupt bezweifelte er, dass die Kommissare jemals den Mörder finden würden.

Er schaute auf die Uhr, er musste sich beeilen, um halb zwölf kam die Frau vom Labor, bis dahin musste die Sache über die Bühne sein. Er band sich seine Schürze fester und nahm den Elektroschocker zur Hand. Mit dem war das eine saubere Sache, immerhin nahm er nicht so ein Viehtreiberding, sondern einen großen vom Tschechenmarkt, der das Vieh wirklich außer Gefecht setzte. Außerdem gefiel ihm der kleine Lichtblitz, der entstand, wenn das Gerät seine Arbeit tat. Anders als das langweilige »Peng« des Bolzenschussgeräts.

Das Schwein hob den Kopf, sah ihn an, und er setzte den Schocker an der richtigen Stelle an, blitzschnell, dann betätigte er den Schalter, er war Herr über Leben und Tod. Augenblicklich flammte der blaue Strahl auf, ein Zischen, ein Knistern, schließlich sackte das Tier zusammen. Welche Ironie, schoss es ihm durch den Kopf, so war es der Mutter ergangen.

Er schleifte das bewusstlose Vieh zum Abfluss, um es ausbluten zu lassen. Butterweich glitt die lange, perfekt scharfe Klinge des Schlachtermessers durch die Kehle des Schweins. Jörg beobachtete, wie sich das Blutrinnsal gleichmäßig und träge seinen Weg bahnte. Es dauerte Minuten, doch Jörg war ohnehin in den Anblick versunken, der durchaus etwas Ästhetisches hatte. Im Anschluss spritzte er die Blutreste mit einem Schlauch weg und rief nach dem Vater, damit sie das Schwein abbrühen konnten. Seine Stimme drang laut durch das Haus, der Gerufene erschien nahezu sofort.

Gemeinsam bugsierten sie das Vieh in die Blechwanne und brühten es ab, schrubbten die Borsten vom Körper. Es war eine harte, schwere Arbeit, und sie sprachen kaum dabei, aber die Tätigkeit hatte etwas Ehrliches, Gutes, zutiefst Männliches. Nachdem die rosafarbene Haut komplett haarlos war, zerrten sie gemeinsam das riesige Tier zum Haken, um es mit dem Flaschenzug hochzuziehen.

Sie hatten das Schwein aufgehängt, und Ludwig Böcklers Augen wanderten ziellos durch den Raum und blieben schließlich, unbemerkt von Jörg, am Elektroschocker hängen. In seinem Hirn arbeitete es, und er schaute zu seinem ältesten Sohn, der soeben das scharfe Fleischermesser geschickt durch den Körper des Schweins schnellen ließ, sodass bald darauf zwei Hälften vor ihm hingen, die er noch am selben Nachmittag zu wohlschmeckenden Schnitzeln verarbeiten würde. Und Ludwig überlegte kurz, trat dann unauffällig zum Elektroschocker und schob ihn mit einer beiläufigen Bewegung in seine hintere Hosentasche.

Heute war Ruhetag auf der Muswiese, und das kam den Kommissaren gerade recht. Denn so konnten sie ihre Ermittlungen einmal ohne Trubel fortführen. Zudem war eine Pause durchaus sinnvoll, sonst würde man die sechs Tage andauernde Party kaum durchhalten. Wenn Heiko daran dachte, wie fix und fertig alle Crailsheimer nach dem Volksfest waren … aber niemand käme auch nur im Traum auf die Idee, deshalb einen der kostbaren, lang ersehnten Volksfesttage auszulassen. In früheren Zeiten hatte sich dieses Problem gar nicht gestellt, da jeder der Muswiesentage für eine spezielle Gruppierung vorgesehen war – die anderen hatten zu Hause zu bleiben. So war der Dienstag den Verheirateten vorbehalten gewesen, der Mittwoch den Ledigen, am Donnerstag durften alle und besonders die Alten aufs Fest. Das hatte hauptsächlich mit dem begrenzten Raum in den Wirtschaften zu tun. Immerhin hatten die Bauern einst noch keine riesigen Scheunen, die für die Muswiese bestuhlt wurden, vielmehr wurde das eigene Wohnzimmer ausgeräumt. Hartnäckig hielten sich Geschichten, denen zufolge Gäste notfalls auch im Schlafzimmer auf dem Bett der Wirtsleute sitzend ihre

Schnitzel verzehrt hatten. Heutzutage konnte allerdings von Platzmangel keine Rede mehr sein, und so waren alle an jedem Tag auf der Muswiese. Am heutigen Ruhetag stellten die Wirtsleute allerdings höchstens einen kleinen Imbiss für die angereisten Händler zur Verfügung, die ja schließlich etwas essen mussten.

Den Vormittag und frühen Nachmittag hatten Heiko und Lisa damit verbracht, ihre Akte auf Vordermann zu bringen, da ihr Chef, Georg »Schorsch« Ullrich, endlich Ergebnisse wollte und das »HT« für einen Artikel eine Pressemitteilung zum aktuellen Stand der Ermittlungen gefordert hatte. Danach fassten sie den Plan, der Familie des Opfers noch einmal einen Besuch abzustatten. Sie stellten den Wagen auf dem Parkplatz in der Nähe der Uhl-Wirtschaft ab, der heute völlig leer war. Schweigend wanderten sie zum Böckler'schen Hof, wo sie Fabienne anzutreffen hofften.

Nach zweimaligem Klingeln öffnete ihnen der Witwer, dem die kräftezehrende Arbeit auf der Muswiese heute deutlich anzusehen war. »Und?«, empfing er sie mürrisch, »habe ich meine Frau umgebracht?«

»Ist Ihre Tochter im Haus, Herr Böckler?«, fragte Lisa unbeirrt.

»Fabienne? Nein. Die ist bei der Tanzprobe.«

»Tanzprobe?«

»Heute ist Generalprobe vom Metzgerstanz. Da ist sie mit ihrem Tanzpartner. Wenn ihr sie sucht, müsst ihr dorthin.«

»Wohin?«, wollte Lisa wissen.

»Zum Platz vor der Reithalle. Die Generalprobe findet dort statt, wo am Mittwoch auch die Aufführung ist.«

»Ah ja«, erwiderte Lisa, und ihr fiel auf, dass sie den

Metzgerstanz noch nie angeschaut hatte. Das würde sie dieses Jahr auf jeden Fall nachholen.

Sie sahen die Gruppe schon von Weitem. Ungefähr 40 Paare hatten im Kreis Aufstellung bezogen. Aus der Ferne umgab die Szene etwas Mystisches, sie ähnelte einem geheimnisvollen Ritual. Die Leute trugen alle die traditionelle Metzgerstanztracht, die Frauen ein schwarzes Mieder mit weißer Bluse, dazu einen roten Rock, weiße Trachtenstrümpfe und schwarze Schuhe, die Männer hingegen eine Metzgersbluse mit Hose und Schürze, und augenblicklich fühlte sich Lisa ein paar Jahrhunderte zurückversetzt.

Sie waren inzwischen näher herangekommen und hielten nach Fabienne Böckler Ausschau. Es war gar nicht so leicht, jemanden ausfindig zu machen, da die Frauen nicht nur alle das Gleiche anhatten, sondern zudem absolut identische Blumenkränze in den Haaren trugen. Schließlich entdeckten sie die Gesuchte und zu ihrer Überraschung auch Johann Böckler, der mit einer athletischen Brünetten tanzte. Fabienne Böcklers Partner war wieder der schlanke Blonde mit Brille, allerdings entgingen Lisa und Heiko nicht die sehnsüchtig-schmachtenden Blicke, die sie ab und zu Martin zuwarf, der wiederum von seiner Elfi ganz hingerissen war und seine Ex ignorierte.

Die Gruppe war bereits am Ende der Probe angelangt, der Kreis löste sich auf. Johann passierte die Polizisten, und Heiko nickte ihm zu.

»Ach, tanzen Sie auch mit, Herr Böckler«, stellte er fest.

Der Sohn des Opfers nickte. »Ich tanze gern«, meinte er lakonisch. Seine Partnerin lächelte Heiko schüchtern an.

Der nickte, obwohl er dieses Hobby definitiv nicht verstehen konnte. Nun gut, der Metzgerstanz war immerhin Tradition. Und wer weiß, vielleicht war die Brünette ja Johanns Freundin, gönnen würde er es dem schmächtigen Jungen, er tat ihm irgendwie leid.

Mit schnellen Schritten traten die Kommissare zu Fabienne Böckler und ihrem Partner. Offenbar versuchte der junge Mann, mit ihr zu flirten, allerdings antwortete sie nur einsilbig, ihr Blick war an Martins Rücken geheftet, der soeben Arm in Arm mit Elfi in Richtung Festplatz verschwand.

»Frau Böckler? Wir müssten Sie sprechen«, erklärte Lisa.

»Jetzt?«, hakte Fabienne Böckler nach.

»Es ist dringend«, bekräftigte Heiko.

Sie begaben sich zum Rand des Platzes, wo sie sich an die Wand der Reithalle stellten.

»Ich dachte, ich hätte ein Alibi«, maulte die Tochter des Opfers.

Heiko ignorierte die Bemerkung. »Wir haben nun das Ergebnis des DNA-Tests von den Handschuhen«, erklärte er.

»Ah ja? Und? Ihr denkt doch nicht wirklich, dass mein Vater mit meinen Handschuhen rumrennt und meine Mutter umbringt?«

»Die DNA war nicht von Ihrem Vater«, fuhr Heiko fort. »Das heißt … schon …«

»Können Sie sich klarer ausdrücken?«

Heiko beobachtete die junge Frau. Es war wichtig, ob sie Bescheid wusste. Ob sie etwas ahnte. Allerdings wirkte sie vollkommen ratlos.

»Das wird Sie jetzt vielleicht schockieren, aber der Test

hat ergeben, dass Ludwig Böckler nicht Ihr Vater sein kann«, informierte Lisa sie so schonend wie möglich.

Fabienne Böckler lachte zynisch auf. »Wie bitte? Also, da habt ihr einen Fehler gemacht, da müsst ihr euch …«

»Kein Fehler«, versicherte Heiko. »Haben Sie eine Vermutung, wer stattdessen Ihr Vater sein könnte?«

Fabienne Böckler sog hörbar die Luft ein, ihre Augen weiteten sich, sie war ehrlich erschüttert, das war ihr anzumerken. »Also, nicht mein Vater? Das kann nicht …« Sie lehnte sich gegen die Hallenwand, auf einmal wirkte sie kraftlos, fiel regelrecht in sich zusammen.

»Es wäre logisch, dass außer Ihrer noch die DNA des Händlers an den Handschuhen ist. Wer ist denn der Händler, bei dem Sie sie gekauft haben, Frau Böckler?«, half Lisa und dachte an Gerstlings runde Fingernägel.

»Aber das kann doch nicht sein«, entfuhr es Fabienne Böckler erneut, »das kann nicht sein! Das hätte sie mir doch gesagt.«

»Einen Fehltritt halten die meisten lieber geheim …«, sinnierte Heiko.

Die Tochter des Opfers schüttelte den Kopf. Sie wirkte absolut verloren, und Heiko hoffte, dass sie nicht zu weinen beginnen würde, weil er nicht wusste, wie er darauf reagieren sollte.

»Die Frage ist: Wusste vielleicht Ihr Vater, also der Ludwig, von der Verfehlung seiner Frau? Hat er irgendwie davon Wind bekommen?« Er beschloss zu pokern: »Und weiß Friedemann Gerstling, dass Sie seine Tochter sind?«

Fabienne Böckler schüttelte den Kopf, immer und immer wieder. »Ich weiß es nicht«, flüsterte sie. »Keine Ahnung. Woher soll ich das wissen?«

»Hm«, versuchte Heiko sie zu beruhigen. Er hatte seine Antwort sowieso erhalten.

»Und was wollt ihr jetzt machen?«, fragte Fabienne endlich.

»Wir reden mit Herrn Gerstling. Vielleicht weiß er etwas, das uns weiterhilft.«

»Darf ich zuerst mit ihm reden?«

Lisa und Heiko wechselten einen Blick.

»Wir können zusammen gehen«, bot Heiko an.

Natürlich war Gerstling nicht an seinem Stand, immerhin hatte er heute frei. Lisa befürchtete schon, dass der Mann sich eine Auszeit genommen hatte und weggefahren war, doch Fabienne Böckler führte sie zu einem kleinen Wohnmobil, das sich etwas zurückgesetzt mitten auf der Wiese befand, und klopfte an der schmalen Tür. Von drinnen waren Geräusche zu vernehmen, und eine Sekunde später schwang die Tür des Fahrzeugs auf. Zum Vorschein kam Friedemann Gerstling in einem dunkelblauen Jogginganzug, der ihn seltsamerweise nicht verwahrlost, sondern durchaus männlich wirken ließ.

Als er die Besucher sah, legte er die Stirn in Falten. »Was ist denn jetzt los?«, erkundigte er sich, und dann mit einem Blick auf Fabienne Böckler: »Bin ich verdächtig?«

Heiko überlegte unwillkürlich, ob der Mann vielleicht ein Motiv hatte, schlecht war die Idee durchaus nicht.

»Dürfen wir hereinkommen?«, bat Lisa. »Wir müssten etwas mit Ihnen besprechen.«

Heiko dachte darüber nach, ob man in ein winziges Wohnmobil überhaupt »hereinkommen« konnte, als der Muswiesenhändler sie bereits hineinwinkte, und sie das erstaunlich ordentliche Gefährt betraten. Gegenüber der Tür befand sich ein Gasherd, darunter ein kleiner Kühlschrank, rechts davon die Nasszelle. Oberhalb lag die Schlafkoje, das Bettzeug war akribisch gefaltet. Gerstling wandte sich sogleich nach links. Auf dem versenkbaren Klapptisch, der links und rechts von schmalen, gepolsterten Bänken umrahmt war, war eine Tasse Kaffee abgestellt worden, und außerdem lag eine Zeitung darauf.

»Setzen Sie sich«, lud der Mann ein. »Möchten Sie auch einen Kaffee?«

Die Kommissare winkten ab.

Kreidebleich ließ sich Fabienne Böckler auf dem Platz neben ihrem neu gewonnen Vater nieder.

»Ist dir nicht gut, Fabienne?«, fragte Gerstling, und es klang ehrlich besorgt. Er legte der jungen Frau eine Hand auf die Schulter.

»Es geht schon«, antwortete sie und versuchte ein Lächeln.

»Sie ist doch nicht verdächtig?«, fürchtete Gerstling und trank einen Schluck Kaffee.

»Nein, nein, keine Sorge«, erwiderte Heiko, sparte sich ein »Nicht mehr« und überlegte gleichzeitig, wie er dieses schwierige Gespräch beginnen sollte.

»Also verdächtigt ihr mich?«

»Wir sind in einer anderen Sache hier, und vielleicht können Sie uns helfen, etwas Licht ins Dunkel zu bringen«, begann Lisa, wofür ihr Heiko recht dankbar war.

Gerstling runzelte die Stirn. »Wenn ich kann …«

»Wir haben auf einem Beweisstück zwei verschiedene DNA-Spuren festgestellt. Eine stammt von Fabienne und die andere von ihrem Vater.«

Heiko beobachtete Gerstling genau, und wusste sofort,

dass sein Gegenüber Bescheid wusste. Die Augen des Händlers weiteten sich.

»Ach«, entfuhr es ihm, und seine Hände legten sich Hilfe suchend um die Kaffeetasse. »Und dann haben Sie herausgefunden, dass das nicht die Spuren vom Ludwig sind, nicht wahr?« Gerstling schaute besorgt zu Fabienne Böckler, die jedoch mit gesenktem Kopf auf den Boden starrte.

»Gleichzeitig haben wir uns gedacht, dass die Wahrscheinlichkeit hoch ist, dass außer den Spuren des Käufers noch die des Händlers drauf sind«, erklärte Lisa. »Und dann sind da ja noch Ihre Fingernägel.«

»Meine Fingernägel?«, wunderte sich Gerstling.

»Ja, die sind auffällig rund und flach. Genau wie die von Fabienne.«

Gerstling streckte seine Fingerspitzen aus und betrachtete die Nägel, als sähe er sie zum ersten Mal. »Bravo, Frau Kommissarin, Sie sind eine sehr gute Beobachterin«, lobte er. Erneut suchte sein Blick den von Fabienne Böckler. »Ich dachte, du wüsstest es. Ich dachte, sie hätte es dir gesagt.«

Die Tochter presste die Lippen zusammen.

Unter dem Schrank gegenüber vom Herd sprang die Gasheizung an.

»Also ist es wahr?«, vergewisserte sich Fabienne Böckler.

Gerstling nickte und nahm ihre Hand in die seine. »Fabienne, du bist meine Tochter, und ich bin stolz darauf. Du bist eine tolle junge Frau. Es tut mir leid, wenn dich das schockiert. Aber ich war mir immer sicher, du wüsstest Bescheid.«

»Warum hast du nie darüber geredet?«, hakte

Fabienne Böckler nach, während ihr eine Träne über die Wange lief.

Gerstling zuckte mit den Achseln. »Wozu? Wenn du es doch nicht gewusst hättest, hätte ich nur dein Leben durcheinandergebracht. Und du warst glücklich hier …«

Seine Tochter schniefte und entzog ihre Hand der seinen. »Glücklich? Na ja.«

Offenbar überlegte sie gerade, wie ihr Leben anders hätte verlaufen können, ob sie bei ihrem Vater hätte leben können, leben wollen.

»Ich bin ungeeignet als Vater«, erklärte Gerstling rundheraus. »Ich bin ein fahrender Händler. Und der Ludwig ist ein guter Mann.«

»Warst du mit Mama zusammen?«, wollte Fabienne Böckler wissen.

Gerstling schnaubte. »Puh, zusammen, zusammen, das kann man so nicht sagen. Deine Mutter war eine schöne Frau, besonders in ihrer Jugend. Und da gab es diese eine Muswiese, vor 27 Jahren, wo ich sie besonders hinreißend fand. Geflirtet haben wir schon immer, weißt du. Aber es hätte keinen Sinn gehabt, sie war jung verheiratet mit deinem Vater, hatte einen Sohn und einen Hof.«

»Hm«, brummte Fabienne Böckler.

Gerstling fuhr fort: »Und an dieser einen Muswiese ist es einmal passiert, als dein Vater mit seinen Freunden unterwegs war. Es war nur einmal. Wir haben sonst nur geflirtet, es war schön, doch harmlos. Und so heiß war die Liebe nicht, es war eher … eine Anziehung der körperlichen Sorte, wenn du verstehst. Auch wenn wir uns sehr gut verstanden haben, geliebt haben wir uns nicht.«

Wieder rauschte der Gasofen, und mit einem Mal prasselten Regentropfen gegen das Fenster, erzeugten eine atonale Melodie, »ping«, »pong«, »ping« – die passende Begleitung dieser Szene.

»Im Jahr darauf kam sie dann mit dem Kinderwagen vorbei und hat mir dich vorgestellt, hat mir zugeraunt, dass nur ich der Vater sein könnte, dass sie es dem Ludwig jedoch nicht sagen will. Und ich habe das akzeptiert, zu deinem und zu eurem Wohl.«

Heiko dachte sich, dass diese Variante für Gerstling sicherlich auch die bequemste gewesen war.

Fabienne Böckler meinte: »Deshalb habe ich mich immer so zu dir hingezogen gefühlt.«

»Du warst ja schon als Kind bei mir am Stand, und ich habe dich aufwachsen sehen.«

»Du hast mich nur einmal im Jahr getroffen«, hielt die Tochter dagegen.

»Ich wollte dein Leben nicht durcheinanderbringen. Aber glaub mir, es ist mir nicht leichtgefallen. Ich hab dich immer sehr lieb gehabt, denn du bist mein einziges Kind.«

Heiko räusperte sich, es war ihm unangenehm, das Gespräch unterbrechen zu müssen. »Für uns ist wichtig, ob Ludwig Böckler nicht vielleicht doch Bescheid gewusst hat«, erklärte er. »Denn das wäre ein Mordmotiv, selbst nach Jahren.«

Gerstling schüttelte den Kopf. »Er wusste nichts. Und er ist ein guter Mann.«

»Woher wissen Sie so genau, dass er keine Ahnung hat?«, hakte Lisa nach.

Heiko glaubte eine Spur von Zweifel ins Gerstlings Gesicht zu erkennen.

»Ich denke es mir«, erwiderte der Händler.

Fabienne Böcklers Miene wurde ängstlich. »Müsst ihr es ihm sagen?«, fragte sie. »Bitte nicht.«

Die Kommissare wechselten Blicke, der Regen von draußen wurde stärker – »ping«, »pong«, »ping«.

»Wir werden wohl leider nicht drum rumkommen«, sagte Lisa leise.

Ludwig Böckler war immer noch zu Hause. Er dauerte lange, bis er nach dem Klingeln die Haustür geöffnet hatte, und er wirkte müde.

»Ach«, begrüßte er die Kommissare knapp. »Entschuldigt, ich bin auf dem Sofa eingeschlafen.«

»Ja, anstrengend, die Muswies, gell«, zeigte sich Heiko verständnisvoll.

Der Witwer nickte und fuhr sich kurz durch die derangiert wirkende Frisur. »Und, wie schaut's aus? Habt ihr die Fabienne gefunden? Den Mörder noch nicht, nehm ich an …«

»Dürfen wir kurz hereinkommen?«, unterbrach Heiko den Redefluss des Mannes. Solche Sachen besprachen sich schlecht zwischen Tür und Angel, zumal sie zudem im Regen standen.

»Aber natürlich«, murmelte Böckler und führte sie ins Wohnzimmer.

Im Raum war es dunkel, vom Fenster, dessen Rollladen halb heruntergelassen war, tropfte trübe das oktoberliche, verregnete Nachmittagslicht herein. Der Wellensittich hockte in einer Ecke seines Käfigs und dämmerte vor sich hin. Böckler wies matt auf das Sofa und ging zum Rollladen, um ihn hochzuziehen. Der Krach war ohrenbetäubend, offenbar gehörte das alte Ding einmal wieder geölt, und der Vogel schreckte hoch, blinzelte schläfrig und putzte sich das Gefieder.

»Also? Worum geht es?«, fragte Böckler.

Heiko sog scharf die Luft ein und schaute zu Lisa hin, er war wirklich nicht gut darin, diese Art von Gesprächen anzufangen.

»Herr Böckler, wir haben doch von Ihnen Ihre DNA bekommen«, begann Lisa.

Böckler nickte.

»Und die kann nicht an den Handschuhen gewesen sein, weil ich die noch nie angefasst habe«, vollendete er. »War sie auch nicht, oder?«

»Nein, war sie nicht«, stimmte Lisa zu. »Allerdings ist da noch eine andere Sache herausgekommen, quasi zufällig.«

»Was für eine Sache?« Böckler zog die Augenbrauen zusammen.

»Wir müssen Ihnen leider sagen, dass Fabienne nicht Ihr Kind ist«, erklärte Lisa in so mitfühlendem Ton wie nur möglich.

Im Raum breitete sich eine lähmende Stille aus, ausgerechnet in diesem Moment wurde der Wellensittich munter und tirilierte.

»Wie …«, entfuhr es Böckler, er versuchte offenbar zu begreifen. »Nicht meine Tochter … aber … von wem ist sie denn dann?«

Lisa zuckte mit den Achseln, das brauchte Böckler nicht unbedingt zu wissen, nachher gäbe es noch eine Schlägerei.

Der Witwer schüttelte den Kopf. »Ihr täuscht euch. Das kann nicht sein!«

Lisa schnalzte mit der Zunge. »Leider nicht, Herr Böckler. Leider ist es wirklich so.«

Böckler sackte nun regelrecht in sich zusammen und stützte den Kopf in die Hände.

»Diese Information ist also neu für Sie«, resümierte Heiko, obwohl er daran zweifelte.

»Aber natürlich! Abgesehen davon, dass ich das immer noch nicht glaube. Doch wenn es so wäre, wenn …«

»Ja?«

»… nun, dann war es vielleicht das Beste, dass ich es nicht gewusst habe, all die Jahre.«

Heiko nickte. »Sie verstehen, dass sich daraus durchaus ein Mordmotiv ergibt? Nehmen wir an, Sie hätten es doch gewusst oder irgendwie davon erfahren, und Sie hätten einen Hass auf Ihre Frau gekriegt …«

Böckler schüttelte den Kopf.

»Tirili«, zwitscherte der Wellensittich.

»Ihr spinnt ja«, murmelte der Witwer.

»Jedenfalls, wo waren Sie zur Tatzeit?«

»Na, raten Sie mal – im Bett natürlich! Zwei Tage vor der Muswiese muss man Schlaf tanken.«

»Und kann das jemand bezeugen?«, forschte Lisa.

»Ich hätte eigentlich gedacht, meine Frau, aber die ist ja draußen in der Gegend rumgerannt und hat sich umbringen lassen.«

»Sie haben also kein Alibi«, stellte Heiko in sachlichem Ton fest.

Böckler lachte hämisch auf. »Nein, habe ich nicht. Wenn ich meine Frau allerdings hätte umbringen wollen, hätte ich das anders gemacht.«

»Wie denn?«, wollte Heiko wissen.

Böckler hob die Schultern und ließ die Frage unbeantwortet. »Ich war es nicht«, wiederholte er stattdessen.

»Sie haben kein Alibi«, rief Lisa in Erinnerung.

»Na, für eine Verhaftung reicht es aber auch nicht, oder?«

Heiko zündete sich eine Zigarette an. »Du glaubst ihm?«, fragte er Lisa. Er ließ den Rauch seinen Lungen entströmen.

»Irgendwie, ja.« Lisa hob tadelnd die Augenbrauen, als Heiko ein weiteres Mal an der Zigarette zog.

»Hm«, überlegte Heiko. »Trotzdem dürfen wir uns nicht davon beeinflussen lassen. Er scheidet als Täter nicht aus.«

»Nein, das tut er nicht«, stimmte Lisa zu. »Aber ich habe tatsächlich den Eindruck, dass er seine Frau geliebt hat.«

»Es gibt noch ein weiteres Paar Handschuhe. Wir haben definitiv die falschen«, stellte Heiko fest.

»Vielleicht war es doch der Gerstling. Vielleicht hat Erika Böckler ihn ja erpresst.«

Heiko schürzte die Lippen. »Womit hätte die Böcklerin ihn denn erpressen sollen? Sie ist doch fremdgegangen.«

»Stimmt«, bemerkte Lisa.

In diesem Moment klingelte Heikos Handy. Uwe meldete, dass der Einzelverbindungsnachweis des Mordopfers endlich vorlag. Der Spurensicherer schickte Heiko die Datei aufs Smartphone, allerdings musste Heiko eine Weile auf der Muswiese umhergehen, bis er zwischen Uhl und Festplatz Internet hatte und die Daten empfangen konnte. Im Anschluss setzten sich Heiko und Lisa auf eine kleine Gartenmauer, um die Liste zu studieren, die praktischerweise gleich auch noch die Namen enthielt – ein Service des Spurensicheres.

»Am Mittwoch, also dem Tag des Mordes …«, begann Heiko und scrollte nach unten, »hat die Böcklerin mit einer Frau Wandel telefoniert.«

»Das ist die im Rathaus«, erinnerte sich Lisa.

»Richtig. Dann noch mit dem Kirchner«, zählte Heiko weiter auf.

»Mhm« brummte Lisa, der war in ihren Augen kein allzu heißer Kandidat.

»Und dann noch zweimal mit einer Margarete Lebrecht.«

»Ist das nicht die, mit der wir uns ganz am Anfang unterhalten haben?«, überlegte Lisa. »Hatte die sich nicht als Grete vorgestellt? Das muss die doch sein, die mit den beiden Schwestern beim Böckler zusammengehockt ist … Wie hießen die noch …«

»Die Stecklingsschwestern«, half Heiko.

»Richtig, die Stecklinge.« Lisa grinste. »Also, wir könnten doch mal die Margarete Lebrecht fragen, was sie mit der Erika Böckler zu besprechen hatte, am Tag des Mordes, oder?«

Margarete Lebrecht wohnte in einem schmucken Einfamilienhäuschen, an das ein Hof angegliedert war. Sie öffnete schnell, nachdem die Kommissare geklingelt hatten. Die Frau geleitete das Ermittlerteam durch einen herbstlich dekorierten Flur in ein geräumiges Wohnzimmer, dessen Wände gelb gestrichen waren und in dem sich neben einem hübsch hergerichteten Esstisch eine aprikosenfarbene Couchgarnitur befand. Die Vorhänge in derselben Farbe waren halb zugezogen und tauchten den Raum in diffuses orangefarbenes Licht.

»Wie kou ii eich helfa?«, begann die Frau, wies auf die Couch und schob gleich hinterher: »Wellt ihr an Kaffee?«

Lisa und Heiko winkten dankend ab und setzten sich auf den Dreisitzer, die Hausherrin ließ sich auf dem gegenüberliegenden Sessel nieder.

»Wir ermitteln immer noch im Mordfall Böckler«, begann Lisa und registrierte eine schöne Schale aus Nussholz auf dem Couchtisch, in der ein Arrangement aus Hagebutten, Nüssen und Kastanien drapiert war.

»Ah ja«, kommentierte Margarete Lebrecht und lehnte sich zurück. »Und?«

»Wir haben herausgefunden, dass Sie das Opfer am Mittwoch, dem Tag des Mordes, angerufen haben«, informierte Lisa. »Zweimal, um genau zu sein.«

»Ach«, erwiderte die Frau und schien zu überlegen. »Wisst ihr, das kann schon sein. Eigentlich ging es nur um eine Sache. Die Erika hat sich bei mir über das Ehepaar Windisch aufgeregt, weil die sie beim Pressler bezichtigt haben, hinter der Sache mit den Ratten zu stecken.«

»Sie meinten am Donnerstag bei unserem Gespräch auf der Muswiese, Erika Böckler habe mit dieser Geschichte nichts zu tun gehabt …«

Margarete Lebrecht schüttelte energisch den Kopf, sodass ihre Locken hin- und herschwangen. »Das kann ich mir nicht vorstellen. Ich bin relativ sicher, dass die Biggy sich das eingeredet hat.«

»Sie müssen aber zugeben, dass es doch komisch ist«, gab Lisa zu bedenken. »So viele Ratten und Kakerlaken, kurz vor der Muswiese, und dann noch der Anruf bei der Lebensmittelüberwachungsbehörde.«

Margarete Lebrecht schüttelte erneut den Kopf. »Vielleicht ein Dummejungenstreich…«

»Mit fatalen finanziellen Folgen«, hielt Heiko dagegen.

»Des kou scho sei«, gab die Frau zu. »Aber ii glaab oofach net, dass des die Erika wor. Die hat ihr Mugga ghett, wor awwer scho reechd.«

»Und darum ging es in Ihrem Telefonat?«, forschte Lisa weiter.

»Ja, ich glaub. Ist ja ein paar Tage her, und beschwören könnte ich das jetzt nicht.«

»Sie haben zweimal telefoniert«, beharrte Lisa. »Einmal um 17.32 Uhr und einmal um 19.17 Uhr.«

Die Frau hob die Schultern. »Kann sein, dass wir noch mal gesprochen haben. Ja, genau, da ging es um die Bratwurstpreise. Sie wollte einen Rat von mir.«

»Aha« entfuhr es Lisa, und es klang zweifelnd, »nun gut.«

»Fällt Ihnen noch etwas ein, was uns helfen könnte?«, fragte Heiko.

Margarete Lebrecht zuckte mit den Achseln. »Ii glaab net.«

Lisa und Heiko aßen an diesem Abend eine Kleinigkeit beim Pressler, denn das war die einzige Wirtschaft, die heute am Ruhetag aufhatte, und alsbald schwang die Türe auf und die Metzgerstänzer stürmten die Wirtschaft. Schlagartig wurde es lauter, Gelächter, Gespräche. Die Kommissare nickten denen, die sie kannten, zur Begrüßung zu. Allerdings waren die Metzgerstänzer sehr mit sich beschäftigt, geradezu euphorisch von der Generalprobe. Heiko und Lisa beschlossen, nach Hause zu gehen, mussten sie doch all ihre neuen Erkenntnisse erst einmal sacken lassen. Dann konnten sie überlegen, wie sie weitervorgehen wollten.

Rico Schumm und seine Metzgerstanzkumpanen dachten gar nicht daran, den Pressler frühzeitig zu verlassen. Es war Tradition, dass sie nach jeder Probe noch zum

Stiefelsaufen gingen. Und sie mussten immerhin üben für den Ledichadooch, es galt, den Stiefelsaufrekord von 38 Stiefeln vom letzten Jahr zu brechen. Obwohl die Wirtschaft nicht proppenvoll war wie an einem normalen Muswiesentag, war es heiß und stickig, aber gut. Dennoch fehlte etwas.

Missmutig beäugte er das riesige, zweieinhalb Liter fassende Gefäß ihm gegenüber. Klaus schlug soeben den Ellbogen auf den Tisch, hieb mit der Faust auf die Holzplatte und streifte schließlich mit den Fingern seiner rechten Hand den Schaft des mit Bier gefüllten gläsernen Stiefels von rechts und links, meldete sich damit zum Trinken an. Dann hob er das enorme Glas und trank einen großen Schluck, beobachtet von seinen Kameraden. Rico ärgerte sich. Nein, das war der falsche Ausdruck. Er war enttäuscht. Sie hätte hier sein müssen, sie war jedoch mit den Kommissaren mitgegangen. Hoffentlich wurde sie nicht verdächtigt, denn er brauchte sie. Sie hatte ja keine Ahnung, wie sehr er sie brauchte.

Klaus stellte den Stiefel ab, wischte sich den Bierschaum vom Mund, meldete sich mit derselben ritualisierten Handbewegung wieder ab und reichte das Gefäß weiter. Sie war kein Model, und das wusste sie auch. Doch er liebte sie so, wie sie war, für ihn war sie besonders, wunderschön. Herbert meldete sich an und trank. Allerdings schielte sie beim Tanzen immer noch nach diesem Martin, der jetzt am Nachbartisch saß, mit seiner Blondine. Rico hatte sich extra an den anderen Tisch gesetzt, auf den hatte er keinen Bock. Er positionierte sich auch beim Tanzen möglichst weit weg von ihm, aber Fabienne stierte dennoch die ganze Zeit zu ihrem Ex hinüber. Er hasste Martin bis aufs Blut. So wie die Fabienne ihre

Mutter gehasst haben musste. Sie hatte ihm die gesamte Geschichte einmal erzählt, als sie ziemlich betrunken gewesen waren, nach der zweiten Metzgerstanzprobe. Mit einer Schwiegermutter in spe wie der alten Böcklerin käme niemand klar. Auch er nicht. Zum Glück existierte dieses Problem nicht mehr. Es war nicht schade um sie, keinesfalls.

Der Stiefel wanderte weiter. Fabienne würde ihn eines Tages lieben, wie er sie liebte. Sie würde erkennen, dass er ein toller Kerl war, besser als dieser brunftige Affe Martin. Dass er ihr jeden Wunsch von den wunderschönen Augen ablesen würde, dass er sie auf Händen tragen würde, weil er sie liebte. Sie würde ihn zu schätzen wissen. Es würde nicht mehr lange dauern. Bald. Der Stiefel stand jetzt vor ihm. Er kündigte an, ihn leer zu trinken, meldete sich an, drehte die Spitze von sich weg, setzte das Glas an die Lippen und kippte das Bier unter dem Gejohle und dem Fäustetrommeln seiner Metzgerstanzkumpanen in einem einzigen gewaltigen Zug hinunter.

Grete Lebrecht horchte auf, als ihre Tochter nach Hause kam. Sie lauschte der Art, wie sie die Haustür aufschloss. Ihr Mann öffnete das Schloss anders, bestimmter. Aber an der Muswiese war er nachts immer ewig unterwegs.

»Sandra«, rief sie, und schon stand ihre Tochter in der Wohnzimmertür.

Grete nahm noch einen Schluck aus dem Cognacglas, der sie beruhigte, beruhigen sollte.

»Hallo, Mama«, grüßte Sandra, schwankte leicht, sie kam von der Metzgerstanzprobe, etwas angeheitert, sie war glücklich, das konnte Grete sehen, und sie freute sich darüber.

»Na, hebbt ihr schee danzt?«

Sandra nickte.

Grete fuhr fort: »Stell dir vor, heit wor d Polizei doa.«
Ihre Tochter zog langsam ihre Jacke aus und legte sie
auf die Couch. »Und? Was wollten die?«

»Die hewwa rausbroochd, dass ii mit dr Erika telfo-
niert hobb.«

»Ach«, entgegnete Sandra und fuhr sich durch die
Haare. »Und? Was hast du ihnen erzählt?«

»Nix. Nur, dass die Erika scho reechd wor.«

Sandra verzog ihren Mund zu einem schiefen Lächeln.
»Aha.«

»Waasch, mr hat derra Erika ja nie was von dem ganza
Zeich nochweisa kenna, niemols.«

»Nein, das konnte man nicht. Aber du bist ja betrunken, Mama.« Sandras Ton wurde sanft.

»Dabei glaab ii des sogor, dass die des wor mit denna
Windischs, und dass die alles Megliche ougschdellt hat,
Leit ins Uuglick gstirzt, des glaab ii, waasch.«

»Am besten gehst du jetzt ins Bett, Mama«, gurrte Sandra und fasste ihre Mutter bei der Hand.

Die leerte mit einem schnellen, energischen Schluck das
Cognacglas, sagte noch: »Die Erika wor koa Guade. Die
wor bääß«, und ließ sich dann widerstandslos von ihrer
Tochter ins Schlafzimmer bringen.

Er hatte sich gestern nicht eingeloggt, er wollte nicht wie
diese Armseligen wirken, die jeden Tag online waren,
rund um die Uhr. Denn derart nötig hatte er es nicht. Es
war lediglich sein Ventil, obwohl das so auch nicht mehr
stimmte. Vielleicht war es noch im Moment sein Ventil,
weil es nicht anders ging, nicht anders gegangen war. Aber

ab jetzt würde sich das ändern. Als sie noch lebte, war es nicht möglich gewesen, niemals. Sie hatte ihre Methoden, ihn von dem, was er wollte, was er sich wünschte, was gut für ihn war, abzuhalten.

Er bestätigte den Login und fand vier Nachrichten vor, drei von Fremden und eine von »Netteropa12«. Er klickte darauf, und der Chat öffnete sich in einem Fenster:

> Netteropa12: Na, wie fühlst du dich? Jetzt, wo sie tot ist?

Er wunderte sich kurz, woher der andere das wusste, erinnerte sich dann allerdings daran, dass er ihm neulich Nacht davon erzählt haben musste, scrollte im Chatverlauf nach oben, las noch einmal, fand sich bestätigt.

> Musbengel: Es geht. Sie ist tot. Das ist einerseits schon schlimm. Andererseits bin ich froh.
> Netteropa12: Froh? Ernsthaft?

Er erschrak über sich selbst. Hatte er das wirklich geschrieben? Aber es stimmte, ein Teil von ihm war froh, sehr froh, geradezu glücklich. Denn jetzt konnte er endlich das Leben führen, das er sich immer gewünscht hatte.

> Musbengel: Es war nicht leicht mit ihr, weißt du.

Es dauerte kurz, bis die Antwort erschien.

> Netteropa12: Ja, kann ich mir vorstellen. In deiner Situation. Oder vielmehr: in unserer Situation.
> Musbengel: Schön, dass du mich verstehst.

228

Netteropa12: :-) Klar doch!

Musbengel: :-)

Netteropa12: Und was willst du jetzt machen?

Er zögerte. Ja, was wollte er jetzt eigentlich machen? Gute Frage. Zum ersten Mal in seinem Leben hatte er die Chance, selbst zu bestimmen. Dass sich überhaupt jemand nach seinen Plänen erkundigte. Dass das Verb »wollen« überhaupt legitim in seinen Gedanken auftauchte, ohne dass er ein schlechtes Gewissen haben musste.

Musbengel: Keine Ahnung. Vielleicht traue ich mich ja.

Netteropa12: Du meinst Hamburg?

Musbengel: Hamburg ist schön, oder?

Netteropa12: Sehr schön. Gute Szene. Nette Leute. Auch viele, die es ernst meinen.

Erneut hielt er inne. Wollte er so was überhaupt, eine ernsthafte Beziehung, eine Bindung? Verantwortung, mit jemandem Kompromisse eingehen müssen? Wieder nicht tun und lassen zu können, was er wollte? Nein, wahrscheinlich nicht.

Musbengel: Wer sagt, dass ich es ernst meine? ;-)

Wieder erschien die Antwort nach einer kurzen Weile.

Netteropa12: Hätte dich so eingeschätzt.

Er dachte nach, bevor er tippte.

Musbengel: Grundsätzlich schon. Aber erst einmal will ich frei sein. Verstehst du das?

Die Antwort kam prompt.

Netteropa12: Vollkommen.

Ludwig Böckler stand mitten auf seinem Hof. Die Nacht war eiskalt und sternenklar, und er trug keine Jacke, war spontan hinausgegangen, und die Kälte schnitt in seinen Körper, aber sie tat ihm gut, ließ seine Gedanken klar werden, ließ ihn besser nachdenken.

Er legte den Kopf in den Nacken und betrachtete den Sternenhimmel, der in Musdorf unglaublich hell strahlte, gab es doch kaum Umgebungslicht. Wunderschön war der Himmel, und unendlich, so unendlich wie seine Liebe zu Erika – obwohl …

Er senkte den Kopf, rang mit sich, und der Gegenstand in seinen Händen schien zu glühen. Nein, das Ding musste weg, es war das einzig Wahre, es ging nicht anders. Er kannte den Hof im Schlaf, hätte sich auch bei völliger Dunkelheit zurechtgefunden, doch das war gar nicht notwendig, der Mond beleuchtete das Anwesen, und in Johanns Fenster brannte zudem noch Licht. Was der Junge wohl um diese Zeit noch trieb?

Ludwig ging quer über den Hof. Er wog die Last, die inzwischen unerträglich heiß zu sein schien, in seinen Händen. Am Ziel angekommen, schraubte der Witwer vorsichtig das Batteriefach des Elektroschockers ab und entnahm die vier Batterien. Sorgfältig setzte er das Gerät wieder zusammen und behielt die Batterien in der Hand. Dann trat er zur Grube, öffnete den schweren metallenen und rostigen Deckel und ließ nacheinander die Batterien und den Elektroschocker mit einem leisen Plumpsen in die Mistbrühe fallen, auf Nimmerwiedersehen, bevor er die Klappe der Jauchegrube so leise wie möglich wieder schloss.

MUSWIESENDIENSTAG

Das hohenlohisch-westfälische Ermittlerteam war an diesem Tag früh auf der Muswiese, und es kristallisierte sich schnell heraus, dass Heiko heute nicht um das Vogelhäuschen herumkommen würde. Bei dem freundlichen fränkischen Händler mit ansehnlichem Vollbart und noch kleidsamerem Filzhut, der auch einzelne Holzzinken für Rechen und weiteren »Gruschd«, wie Heiko fand, im Sortiment hatte, bestaunte Lisa gleich nach ihrer Ankunft die villenartigen Gebilde mit kleinen roten und schwarzen Dachziegeln für gefiederte Freunde.

»Schau mal, wie niedlich!«, rief sie entzückt und berührte ehrfürchtig die Minischindeln.

»Alles Handarbeit«, warb der Verkäufer.

»Wunderschön«, lobte Lisa.

Heiko verdrehte die Augen. »Hm.«

»Jetzt sag doch auch mal was Artikuliertes«, schimpfte Lisa. »Ist das nicht süß?« Sie tippte gegen das Vogelhäuschen.

»Denkst du, dass die Vögel die Dachziegel auch toll finden? Die fressen sicher nur in einer Behausung mit Dachziegeln!«, frotzelte er.

»Ich finde sie schön, das reicht«, hielt Lisa dagegen und musterte ein Exemplar. »Aber das ist nichts für uns, da wird Garfield hochklettern und die Vögelchen fangen«, stellte sie enttäuscht fest.

»Nah«, entgegnete der Händler und erklärte: »Des is so konstruiert, dass kei Katz naufklettern kann!«

»Ach, tatsächlich«, freute sich Lisa.

»Dann nimm wenigstens das«, forderte Heiko und deutete auf ein Modell, das man in einem Baum aufhängen konnte. Und das kleiner war. Und billiger. Und leichter.

»Ich nehme beide«, erklärte Lisa, und Heiko verfluchte seinen Hinweis. »Und dann nehme ich noch das Igelchen da.«

Heiko folgte Lisas Blicken und entdeckte ein in Form geschnittenes Reisigbündel mit aufgeklebten Augen, das entfernt an einen Igel erinnerte.

»Ist das nicht niedlich?«, meinte sie erneut und puffte Heiko in die Seite.

Heiko brummte. Ja, niedlich. Und er würde alles wieder tragen müssen und hätte den unnötigen »Gruschd« im Garten.

»Können wir die nachher mitnehmen?«, fragte Lisa und zückte ihren Geldbeutel.

»Ich leg's euch weg«, versprach der Verkäufer und schob die Scheine ein.

Das Klingeln seines Telefons erlöste Heiko. Es war Johnny, der seit letztem Jahr, seit Simon Steinle altersbedingt zum Kommissar befördert worden war, Kriminalobermeister auf dem Revier war. Er hieß eigentlich Jonathan Kammer, allerdings bevorzugte er die Kurzform, denn nach seiner Aussage war »dr Daach rum, bis mr Jo-na-than gsagt hat«. Er hatte nicht nur einen kamerunischen Vater, sondern war auch noch bekennender Franke, der sein Büro mit einem Banner des 1. FC Nürnberg schmückte.

»Hey, Heiko«, begann der Kriminalobermeister das Gespräch.

»Hallo«, grüßte Heiko zurück.

»Du, ihr seid doch mit dem Muswiesamord befasst?«

»Ja, wieso?«

»Da hat einer ougruafa, der was auszumsoocha hat, ein Herbert Greiner. Ich schick dir grad die Nummer als SMS.«

»Danke«, sagte Heiko und hörte am Piepsen seines Smartphones, dass die Nachricht eingegangen war. »Hat er erwähnt, um was es geht?«

»Irgendwas mit am Metzgerstänzer«, erklärte Johnny.

»Aha. Sag mal, willsch eigentlich mit auf die Muswiese? Wir sind praktisch die ganze Zeit da, und vielleicht kommen wir heut Abend auch zu was Privatem.«

»Klar, da geh ii gern mid«, freute sich Johnny, und Heiko versprach, ihm abends Bescheid zu geben.

Nachdem Heiko aufgelegt hatte, rief er umgehend die durchgegebene Nummer an und verabredete sich mit Herbert Greiner vor der Hofburg eine Viertelstunde später.

Sie waren sich aus dem Weg gegangen am gestrigen Abend. Er hatte nicht gehört, wie Fabienne – die nun nicht mehr seine Tochter war, oder vielleicht doch, es immer sein würde – nach Hause gekommen war. Er hatte sich das Hirn zermartert, wer ihr Erzeuger sein könnte, ihr richtiger Vater, mit wem seine Erika ihn beschissen hatte. Im Bett nach seinem nächtlichen Hofgang, über den er lieber nicht mehr weiter nachdenken wollte. Aber er war nicht draufgekommen, und er würde sich hüten, Fabienne zu fragen. Ob sie es überhaupt gewusst hatte? Falls ja, wäre er enttäuscht, maßlos enttäuscht, denn er hätte von ihr erwartet, dass sie es ihm sagte. Enttäuscht von Fabienne, und von Erika sowieso.

Jetzt standen sie in der Küche, es war morgens, sie mussten das Essen für den nahenden Ansturm vorbereiten. Fabienne kümmerte sich um die Schnitzel, er ums Sauerkraut. Er beobachtete sie linkisch, wem, wem nur ähnelte sie? Mit wem hatte seine Erika ihn betrogen? Wut stieg in ihm hoch, das hätte er nie von ihr gedacht. Sie hatte ihm ein Kuckuckskind untergeschoben, und er hatte es nicht gemerkt, all die Jahre.

Ludwig Böckler nahm einen riesigen hölzernen Kochlöffel und rührte das Sauerkraut in dem großen Topf um, damit es nicht anbrannte. Normalerweise mochte er den Geruch, doch heute wurde ihm fast übel. Sein Blick verschwamm, und eine Träne tropfte ins Kraut, er schaute sich um, niemand hatte etwas bemerkt, ach, egal. Er sah wieder zu Fabienne, aber sie war plötzlich weg, wo war sie denn?

»Papa?«, sagte jemand neben ihm, und es war sie, er hatte sie doch lieb, sie konnte ja nichts dafür. »Die Sache ... tut mir sehr leid«, fuhr sie fort, schluckte und suchte nach Worten.

Er legte den Kochlöffel weg und nahm ihre Hand in die seine. »Fabi, das muss es nicht. Du bist ja nicht schuld.«

»Ich will nur, dass du weißt, dass ich es bis gestern auch nicht wusste, niemals.«

Er nickte und schluckte die Frage hinunter, die heiß in seiner Kehle brannte, vielleicht eines Tages würde sie es ihm von sich aus sagen, vielleicht nie. Vielleicht wusste sie es selbst nicht. Er wollte sie nicht bedrängen, obwohl es ihn beinahe auffraß.

»Ich will nur, dass du weißt«, meinte Fabienne, »dass ich dich lieb habe, egal, was passiert ist und was noch passieren wird. Und dass du mein Papa bist.«

Ludwigs Augen füllten sich mit Tränen, und er klammerte sich wie ein Ertrinkender an seine liebe, süße, starke Tochter, und sie verharrten in einer minutenlangen Umarmung, bevor sie sich wieder voneinander lösten und stumm ihrer Arbeit nachgingen.

Sie entdeckten den jungen Mann sofort. Während alle anderen die größte der Muswiesenwirtschaften ohne zu zögern betraten, stand er unschlüssig davor, offenbar seiner Sache nicht sicher. Er trug einen olivgrünen Parka und hatte schütteres dunkles Haar, das sich jedoch recht vorteilhaft über seine beginnende durchschimmernde Glatze verteilte. Er war von normaler mittelgroßer Statur.

»Herr Greiner?«, fragte Heiko, und der junge Mann nickte.

»Gehen wir am besten rein«, schlug Herbert Greiner vor und blickte um sich, als wollte er nicht mit den Polizisten gesehen werden.

Die Hofburg war eigentlich eine Maschinenhalle, und an ihren Wänden hingen interessante Farbtafeln, die über die Bauphasen des Gebäudes und des Hofes informierten. Wie immer war die Wirtschaft gut besetzt, und die Kommissare und Greiner ergatterten nur drei Plätze, weil sich zufällig die gesamte Kundschaft eines Tisches unmittelbar vor ihnen erhob. Auf diese Weise konnten sie relativ ungestört sprechen. Heiko hatte im Vorbeigehen die hervorragenden Kuchen und Torten bestaunt, allesamt verlockend, allerdings war eine Tortenorgie für ein Zeugengespräch unangebracht. Er bestellte bei der herbeieilenden Bedienung also nur drei Kaffee.

»So, Herr Greiner«, begann Lisa und setzte ihr aufmunterndes Lächeln auf, weil sie die Nervosität und Unentschlossenheit ihres Gegenübers bemerkte.

»Ich weiß gar nicht, ob das richtig ist … Ich will keinen anschwärzen, und vielleicht hat das auch alles gar nichts zu sagen …«

»Sie können beruhigt sein. Wir ziehen niemals gleich los, um jemanden zu verhaften. Außer Sie hätten den Mord beobachtet?«, erkundigte sich Heiko.

Greiner schüttelte den Kopf. »Nein, das nicht.«

»Na, sehen Sie«, relativierte Lisa. »Wir sind dankbar für jede Information, die uns weiterhelfen könnte.«

»Sie sagen dieser Person nicht, dass Sie das von mir haben? Ich mag ihn nämlich eigentlich, ist ein guter Kerl.«

»Versprochen.«

Der Kaffee wurde von einem jungen brünetten Mann gebracht, dessen Erscheinen die Stimmung ein bisschen entkrampfte, Greiner schien sich zu entspannen, als er die Hände um die tröstlich warme Tasse legte und einen ersten Schluck nahm. Er behielt das heiße Gebräu kurz im Mund, bevor er schluckte, scheinbar entschlossen, und die Tasse abstellte. »Also, am Samstag waren wir ja im Partystadl …«

»Hm«, forderte Heiko Greiner zum Weiterreden auf.

»Und da hab ich mich mit dem Tanzpartner von der Fabienne unterhalten.«

»Wie heißt der?«, hakte Lisa nach.

»Rico. Rico Schumm.«

»Okay. Und weiter?«

»Der Rico ist schon ganz lang in die Fabienne verliebt,

und der hat sich, glaub ich, in was verrannt, weil, soweit ich weiß, will die nix von dem, weil …«

»… sie immer noch in Martin verliebt ist.«, führte Lisa den Satz zu Ende.

»Ihr wisst aber gut Bescheid, also ja, das sieht ein Blinder mit Krückstock, dass die dem nachtrauert. Die glotzt den Martin beim Tanzen öfters an als den Rico, obwohl sich ihr Ex extra sonst wohin stellt mit seiner Elfi.«

»Und der Rico rechnet sich trotzdem Chancen aus?«, wunderte sich Heiko und kippte Milch und Zucker in seinen Kaffee, während Lisa ihre Tasse an die schönen, vollen Lippen hob und einen ersten Schluck nahm.

»Irgendwie schon, er ist halt arg verliebt in sie und denkt wohl, sie wäre die Frau seines Lebens.«

»Und inwiefern ist das für unsere Ermittlungen wichtig?«, forschte Heiko.

Greiner zuckte mit den Achseln. »Es war halt komisch, wie er über den Mord geredet hat. Dass der Täter recht gehabt hätte, dass es gut sei, dass die Alte weg ist, dass man ja sonst nicht an das Mädle rankäme und so.«

Die Kommissare tauschten einen Blick.

»So«, kommentierte Lisa.

»Ja. Und da hab ich mir gedacht, vielleicht sollte ich euch das sagen, weil auf mich wirkt der Rico irgendwie durchgeknallt, so verknallt, wie der in die Fabi ist.«

»Es ist gut, dass Sie uns informiert haben. Wissen Sie, wo wir Herrn Schumm in diesem Moment finden können?«, fragte Lisa weiter.

Greiner schüttelte den Kopf. »Ich kann euch allerdings seine Nummer geben. Aber bitte: Das habt ihr nicht von mir, ich mag den Rico nämlich eigentlich. Nur, wenn er ein Mörder wäre, dann …«

»Aber natürlich, wir behandeln das ganz diskret«, versicherte Lisa.

Nachdem Heiko und Lisa den jungen Mann telefonisch nicht erreicht hatten, beschlossen sie, mit Fabienne zu reden. Sie trafen die Tochter des Mordopfers in der elterlichen Muswiesenwirtschaft an, sie saß gerade bei Gästen am Tisch, um die Rechnung zu schreiben.

»18,90«, verkündete sie soeben und hob den Blick, als die Kommissare an ihren Tisch traten. Ein leicht genervter Ausdruck huschte über ihr Gesicht. »Moment«, brummte sie unwirsch und wartete, bis der Gast gezahlt hatte – der gab ganze zehn Cent Trinkgeld und machte mit einem gönnerhaften »Des stimmt so!« sogar noch ein Gewese darum, eine Unart einiger Hohenloher.

Fabienne verstaute die Scheine und ließ seufzend die Münzen in das vordere Fach ihres Geldbeutels fallen, ohne sich das Trinkgeld wegzulegen, wie Heiko feststellte. Dann wartete sie geduldig, bis sich die Besucher umständlich erhoben und Lisa und Heiko statt ihrer Platz genommen hatten.

»Habt ihr endlich den Mörder? Oder wollt ihr vielleicht wieder mal mein Leben ruinieren?«, begann sie das Gespräch seufzend.

Heiko stellte ruhig fest: »Sie kennen einen Rico Schumm?«

Fabienne Böckler runzelte die Stirn. »Ja, klar. Mein Metzgerstanzpartner.«

»Nicht mehr der Kirchners Martin, nicht wahr«, präzisierte Lisa und studierte den Gesichtsausdruck der jungen Frau.

Sie stutzte. »Was ihr alles wisst. Nein, nicht mehr der Kirchners Martin. Sondern eben der Rico.«

»Uns ist zu Ohren gekommen, dass Ihr Tanzpartner Sie ganz gut findet«, fuhr Heiko fort.

»Wie, ganz gut findet?«, hakte Fabienne nach.

»Er ist schwer in Sie verliebt«, erklärte Lisa. »Haben Sie das noch nicht bemerkt?«

Fabienne öffnete den Mund und schloss ihn wieder, fuhr sich mit einer Hand durch die zu einem Pferdeschwanz gebundenen Haare. »Nicht wirklich«, meinte sie tonlos, schien sich jedoch schließlich zu fangen. »Ja, und?«, erwiderte sie schnippisch.

»Er hat wohl einmal geäußert, es wäre ganz recht, dass Ihre Mutter aus dem Weg sei, weil sie ein Hindernis für jeden potenziellen Schwiegersohn wäre«, führte Heiko weiter aus.

Fabienne Böckler sog scharf die Luft ein. »Ach was …«

»Ja, und da stellt sich natürlich die Frage, ob er vielleicht etwas mit dem Mord zu tun haben könnte. Können Sie sich das vorstellen?«

Im Hirn der jungen Frau arbeitete es augenscheinlich. »Ich weiß nicht … der Rico … der ist schon ein guter Kerl … eigentlich nicht.«

»Er ist wirklich geradezu in Sie vernarrt«, versicherte Lisa. »Könnte es nicht sein, dass er auf diese Weise … seine Chancen bei Ihnen optimieren wollte?«

»Er hat sowieso keine Chancen bei mir«, entgegnete Fabienne Böckler, verschränkte die Arme fest vor der Brust und lehnte sich zurück. »Ich liebe einen anderen.«

Heiko und Lisa verschwiegen tunlichst, dass sie sehr wohl wussten, in wen die junge Frau unglücklich verliebt war.

»Sie kennen ihn doch ganz gut, immerhin tanzen Sie miteinander.«

»Ja, wie man sich halt so kennt. Aber wie gesagt, ich denke nicht, dass er zu einem Mord fähig wäre. Der ist ein guter Kerle.«

In diesem Moment klingelte Heikos Handy. Er erkannte die Nummer von Rico Schumm, der offensichtlich zurückrief, nachdem er den Anruf in Abwesenheit entdeckt hatte. Heiko entschuldigte sich mit einer Handbewegung, stellte sich etwas abseits und nahm das Gespräch entgegen.

Rico Schumm hatte sich bereit erklärt, mit den Polizisten zu sprechen. Da er bei der Arbeit war, lud er sie ein vorbeizuschauen, sie sollten einfach kurz durchläuten, wenn sie da waren. Sein Arbeitgeber, der Bosch in Wiesenbach, in Richtung Blaufelden, war einer der größten Futtermittelhersteller in Hohenlohe. Anders als der Majewski aus Hummelsweiler, der sich auf Nutzviehhaltung spezialisiert hatte, stellte der Bosch Hunde- und Katzenfutter her. Die riesige Fabrik überragte das 900-Seelen-Dorf wie ein enormer moderner Dom, Rauch kam aus den Schornsteinen, und Lisa konnte sich ein Grinsen nicht verkneifen, als sie mitten in der tiefsten Hohenloher Provinz Schilder mit der Aufschrift »Gates 1–7« entdeckte.

Die Kommissare folgten den Hinweisen und standen endlich vor dem Tor der Firma. Heiko rief kurz bei dem Verdächtigen an, der zehn Minuten später auf dem Parkplatz erschien und sie in ein Nebengebäude in eine kleine, gemütliche Angestelltenküche führte, wo sie um einen Holztisch herum Platz nahmen.

»Also, wie kann ich euch helfen?«, fragte Rico Schumm und gab sich betont ahnungslos, wie Lisa feststellte.

»Sie sind der Tanzpartner von Fabienne Böckler«, begann Heiko. »Wie stehen Sie zu Frau Böckler?«

Rico Schumm zog die Augenbrauen zusammen. »Wie meinen Sie das? Wir tanzen eben zusammen, und mehr nicht.«

»Da haben wir aber was anderes gehört«, fuhr Heiko fort.

»So? Und was?«

»Nun«, übernahm Lisa und schenkte dem jungen Mann, der jetzt etwas ungehalten wirkte, ihr schönstes, beruhigendstes Lächeln. »Uns ist zu Ohren gekommen, dass Sie ein bisschen in Ihre Tanzpartnerin verschossen sind. Kann das sein?«

Ihr Gegenüber schwieg und starrte trotzig zu Boden. »Und was geht Sie das an?«

»Sie kennen einen Martin Kirchner?«, forschte Heiko unbeirrt weiter.

»Klar kenn ich den. Der ist auch ein Metzgerstänzer.«

»Und sicherlich wissen Sie ebenfalls, dass er der Exfreund Ihrer Tanzpartnerin ist?«

Rico Schumm nickte und meinte unwirsch: »Und?«

»Und Sie haben auch mitbekommen, wie sich damals Fabiennes Mutter in deren Beziehung eingemischt und sie quasi ruiniert hat.«

Nun hob Rico Schumm abwehrend die Hand. »Halt, halt, halt. Ruiniert hat die Beziehung damals der Martin, der hat ja Schluss gemacht, es war seine Entscheidung, ganz allein. So hab ich das damals jedenfalls gehört.«

»Könnte es sein, dass Sie verhindern wollten, dass Fabiennes Mutter bei einer eventuellen Verbindung zwischen Ihnen und der Tochter dazwischenfunkt?«

»Wie bitte, was?«, entfuhr es dem konsternierten jungen Mann. »Sie wollen mir doch nicht etwa den Mord anhängen?«

»Aus Liebe macht man ab und zu Dummheiten«, entgegnete Lisa und dachte an die eine oder andere ihrer zurückliegenden Beziehungen.

Rico Schumms Augen weiteten sich. »Nein! Ich hab mit der Sache nichts zu tun. So was mache ich nicht!« Seine Stimme klang panisch.

»Haben Sie ein Alibi?«, wollte Lisa rundheraus wissen.

»Für wann genau?«

»Mittwochabend, elf Uhr.«

Der Verdächtige atmete sichtlich erleichtert auf. »Da war ich in Nürnberg auf einer Party. Ein Kumpel von mir hatte Geburtstag. Ich bin mit dem letzten Zug um halb zwei heimgefahren.«

»Sie haben nicht zufällig die Kontaktdaten Ihres Freundes?«, erkundigte sich Lisa.

»Aber natürlich«, antwortete Rico und zückte seinen Geldbeutel, um darin herumzukramen. »Außerdem müsste ich auch noch …«, murmelte er. »Ja, hier!« Mit triumphierender Geste legte er eine Zugfahrkarte auf den Tisch, ein Bayern-Ticket mit Namenseintrag, passendem Datum und zwei Kontrollstempeln mit Uhrzeiten, die erste um 19.49 Uhr und die letzte um 1.43 Uhr.

Nach der erneuten Pleite kehrte das hohenlohisch-westfälische Ermittlerteam auf die Muswiese zurück, um erst einmal Mittag zu essen. Außerdem mussten Heiko und Lisa noch das Vogelhäuschen abholen, immerhin war es schon bezahlt, Heiko würde nicht mehr drum herumkommen. Sie setzten sich ins Landhaus Hohenlohe, eine der kleineren Muswiesenwirtschaften, und bestellten heute mal etwas Leichtes – Heiko eine Bratwurst mit Sauerkraut und Lisa einen Salat.

»Frustrierend«, fand Lisa und schlürfte an dem Röhrle, das in ihrer Johannisbeersaftschorle steckte, die in Hohenlohe nur »Johannschorle« genannt wurde.

»Hm«, bestätigte Heiko. »Wir müssen überlegen, wen wir noch nicht angeschaut haben. Wer noch als Täter infrage kommt.«

Das Essen wurde serviert, und Lisa betrachtete kopfschüttelnd die riesige Bratwurst, die die Bedienung vor Heiko abstellte. Beide hatten Hunger und widmeten sich erst einmal ihren vollen Tellern, jeder hing seinen Gedanken nach.

»Wen nehmen wir uns jetzt vor?«, fragte Lisa endlich, und es klang ratlos.

»Hm.« Heiko konnte nicht artikuliert sprechen, er kaute. »Was ist eigentlich mit den anderen Kindern? Mit Jörg? Und mit Johann? Über die wissen wir noch gar nichts.«

»Was für ein Motiv könnten die haben?«

In diesem Moment wurde Heiko von hinten angetippt, und als er sich umdrehte, schaute er in die blauen Augen eines älteren Herrn in Cordhose, Streifenhemd und grauer Strickweste, der neben einer Frau in seinem Alter auf der schmalen Bierbank hinter Heiko saß. Beide hatten sich so verrenkt, dass sie direkt mit Heiko reden konnten, was überaus anstrengend sein musste und einen grotesken Anblick abgab.

»Entschuldigung, mir hewwa des grood sou miidgricht«, begann der Mann.

Heiko nickte ungnädig, blödes Gebaatsche konnte er jetzt grad noch brauchen, und er verspürte wenig Lust, die

Neugier der Herrschaften zu befriedigen. Etwas unwirsch brummte er: »Und?«

»Verdächtigt ihr jetz alle derra ihr Kiind?«

»Ha, die Fabienne und die Melanie hebbt er ja scho ghollt, gell, awwer die woora's scheint's ja net, gell«, schaltete sich die Frau ein, die ein weinrotes Strickkleid trug, das sowohl für ihr Alter als auch für ihrer Figur deutlich zu eng war, obwohl sie nicht allzu füllig war.

Heiko verkniff sich ein »Was geht Sie das an?«, schluckte und entgegnete entnervt: »Wieso? Wissa Sie doa was?«

Darauf schien der Mann gewartet zu haben. »Also, der Jörg is ja glaab ganz glicklich verheiet, awwer der Johann, des is a armer Bua, ob der amol ooni gricht?«

»Sou«, kommentierte Heiko knapp.

»Un ii glaab ja«, fuhr der Mann fort und stupste mit spitzem Zeigefingers Heiko Schulter an, »dass die Alt alle Weiwer verdriewa hat. Und dass der Johann gor kooni grichd hätt, weil er net deffa hat.«

Seine Frau schnalzte mit der Zunge und hielt dagegen: »Glaabsch du, dass der iwwerhaupt ooni will?«

Heiko ließ die beiden reden, es schien gerade interessant zu werden.

»Wieso? Ha, will doch a jeder Mou a Fraa.«

Die Frau schüttelte lachend den Kopf. »Wenn d mii fräächsch, noa is des a Spinatstecher.«

»Ein was?«, fragte Lisa stirnrunzelnd.

»Ein Spinatstecher«, wiederholte die Frau auf Hochdeutsch, was Lisa jedoch nicht weiterhalf.

»Sie meinen, er ist schwul?«, wunderte sich Heiko.

»Das heißt homosexuell«, erklärte Lisa tadelnd.

»Jedafalls wor der mit unsera Junga in dr Klass. Und

do hat der scho immer tanza wella, tanza! Die Profitänzer sin doch alle schwul«, erklärte die Frau.

»Wieso Profitänzer?«, hakte Heiko nach.

»Wo der Kerle vierzehn wor, hat der zu irchend sou aanera Krankenschule nach Stuttgart sella. Der muss do selwer nougfoohra sei zu derra Aufnahmeprüfung, ohne dass sei Eltern des gwisst hewwa«, erzählte die Frau weiter.

»Krankenschule?«, schalt sich Lisa erneut ein.

»Ha, doa, aa Tanzschul wor des, a Ballettschul.«

»Sie meinen die John-Cranko-Schule?«, vermutete Lisa und unterdrückte ein Grinsen.

»Sou haaßt's, ja, genau. Der hat doch scho als glooner Bua Ballett macha wella.«

»Ach.«

»Und des hat er aa deffa. Awwer halt grood sou. Ja, und noa hätt der do an Platz gricht, awwer sei Muader hat noh gsocht: ›Nix gibt's, ii glaab ii schbinn, du hilfsch deim Bruader uff m Houf‹.«

»So.«

»Ja. Und ii find aa, dass se do reechd ghett hat, was braucht en der Kerle Balletttänzer werra. Awwer fir den wor des reechd schlimm«, betonte der Mann.

»Eine Welt sei für den zusammengebrochen, hat unser Dochder domols gsocht. Der wär in der Schul total abgstürzt und sei seither uuglicklich«, ergänzte die Frau.

»Tatsach«, entfuhr es Heiko.

»A armer Bua is des«, wiederholte die Frau und schüttelte mitfühlend den Kopf.

»Dann hat also die Frau Böckler Johann daran gehindert, seinen Traum in die Tat umzusetzen«, stellte Lisa fest und dachte, dass das Mordopfer wohl kaum geduldet hätte, dass ihr Sohn Profiballetttänzer wird. Das mit dem Schwulsein war maximal eine Vermutung, eher nur ein Gerücht, allerdings hätte Erika Böckler sicherlich ebenso wenig akzeptiert, dass Johann homosexuell ist, geschweige denn dass er seine Sexualität auslebte, wenn dem so wäre.

»Sou kou mr des soocha«, stimmte der Mann zu.

»Und der Jörg?«

»Ha, wie gsocht, der is ja verheiert«, erinnerte die Frau.

»Wieso? Verdächtiga Sie den aa?«

Lisa zuckte mit den Achseln und lächelte entwaffnend.

»Ha, also bei dem könnt ii mr bloß vorstella, dass der allmählich aa was zum soocha hooba wella hat. Weecham Houf und sou.«

»Der Hof gehört doch noch dem alten Böckler«, hielt Heiko dagegen.

»Scho«, entgegnete der Mann. »Aber der hat ja immer doona, was sei Fraa em gsoocht hat. Vielleicht hat der Junge denkt, mit dem Alta werr ii scho ferdig, der mecht noa, was ii sooch, wenn die Alt weg is.«

»Möglich«, gab Heiko zu.

»Haja, noa simmer gschbannt, was doa rauskummt, letschtlich, gell«, meinte die Frau und leckte sich die Lippen.

Das hohenlohisch-westfälische Ermittlerteam verließ die Muswiesenwirtschaft. Heiko zündete sich mal wieder eine Zigarette an, und beide gingen ein kurzes Stück Richtung Ausstellung, wo sie sich ungestörter unterhalten konnten. Bei einem Autohändler blieben sie stehen, vor einem gebrauchten Mittelklassewagen. Heiko zog an der Kippe und sog den Rauch tief in seine Lungen ein.

»Und? Was hältst du davon?«, wollte Lisa wissen.

Heiko wiegte den Kopf. »Der Johann ist so unauffällig, auf den wäre ich gar nicht gekommen.«

Lisa nickte eifrig. »Wenn es stimmt, dass die Alte seinen Lebenstraum zerstört hat …«

»… dann hat er ein Motiv«, vollendete Heiko.

»Und zwar ein sehr gutes.«

»Aber hätte er sie in dem Fall nicht schon früher umgebracht?«, überlegte Lisa.

Heiko zuckte mit den Achseln, nahm erneut einen Zug. »So was staut sich vielleicht auf, über die Jahre. Ich mein, dass er offensichtlich anders ist, als er tut, sieht man doch schon daran, dass er mit 14 alleine zu einer Ballettaufnahmeprüfung nach Stuttgart gefahren ist. Das ist mutig. Und es zeigt, wie sehr er das wollte.«

»Unbedingt. Und sollte er wirklich homosexuell sein, hat er ein noch weiteres Motiv. Das hätte seine Mutter niemals akzeptiert.«

»Du denkst, er ist tatsächlich schwul? Findest du nicht, er hat seine Tanzpartnerin bei der Metzgerstanzprobe recht verliebt angeschaut?«

Lisa fuhr sich mit der Hand durch die Haare und meinte: »Weiß nicht. Hab ich nicht drauf geachtet.«

»Am besten, wir fragen ihn selbst«, schlug Heiko vor.

»Was? Ob er den Mord begangen hat?«

»Nach seinem Alibi. An die Handschuhe wäre er ebenfalls drangekommen, zumindest kannte er die von seiner Schwester und hätte sich das gleiche Paar besorgen können, um von sich abzulenken. Und solche profillosen Hausschuhe besitzt er auch.«

Sie fanden Johann Böckler erwartungsgemäß in der elterlichen Muswiesenwirtschaft. Wo sollte er auch anders sein.

Der junge Mann verdrehte leicht die Augen, als er sie sah, kaum wahrnehmbar, subtil. Lisa konnte sich gut vorstellen, dass sich hinter der braven Fassade einiges abspielte. Dass hinter der Stirn dieses jungen Mannes viel mehr vorging, und dass seine Umwelt womöglich nicht allzu viel davon mitbekam, weil er derart unscheinbar war, so klein, so schmächtig, so zurückhaltend. Wenn es stimmte, was sie gehört hatten, war das Ganze sehr tragisch, ein junger Mann, seiner Träume beraubt, dazu verdammt, auf dem elterlichen Hof mitzuarbeiten, obwohl sein sehnlichster Wunsch ein anderer war.

»Ihr schon wieder«, empfing er die Kommissare.

»Herr Böckler, können wir irgendwo in Ruhe reden?«, erwiderte Lisa.

Der Jüngste der Böckler-Familie zuckte mit den Schultern und führte sie in die Küche.

»Es ist vielleicht besser, wir gehen hoch«, schlug Heiko vor, als er den Vater entdeckte, der in Hörweite Schnitzel zubereitete.

»Bitte«, gab Johann von sich und führte sie die knarzende Treppe hoch in die Wohnküche, in der sie nun schon öfter gesessen hatten. Sie nahmen alle um den Esstisch herum Platz, und Johann Böckler faltete erwartungsvoll die Hände.

Heiko suchte nach Worten, doch wie so oft übernahm Lisa den schwierigen Einstieg und half ihm damit aus der Bredouille. »Herr Böckler, uns ist zu Ohren gekommen, dass Sie einmal Balletttänzer werden wollten?«

Der Sohn des Opfers zog die Stirn kraus, und er ruckte mit dem Kopf. »Woher wisst ihr das?«, wunderte er sich.

Lisa lächelte entwaffnend und zuckte mit den Schultern. »Sie wissen ja, der übliche Tratsch.«

Johann Böcklers Finger krallten sich ineinander, so

fest, dass die Knöchel weiß hervortraten. »Das sind alte Geschichten. Das ist schon … zehn Jahre her.«

»Zehn Jahre«, sinnierte Lisa. »Eine lange Zeit.«

Ihr Gegenüber schnaubte. »Was soll das?«, fragte er ungehalten. »Was wollt ihr von mir?«

Lisa beugte sich verbindlich nach vorne und entgegnete: »Ihre Mutter hat damals verhindert, dass Sie eine Profikarriere einschlagen konnten, nicht wahr?«

Johann Böckler leckte sich mit der Zunge über die Lippen und fuhr sich durch das strohige Haar. »Ja, hat sie«, stimmte er schließlich zu. »Aber das wisst ihr ja sowieso schon.«

»Hat Sie das getroffen?«, forschte Lisa weiter.

»Was denken Sie denn? Glauben Sie, ich finde es toll, hier in Musdorf festzusitzen auf diesem Schweinebauernhof? Mein Leben hätte anders verlaufen können, ich hatte Talent.«

Lisa nickte bedeutsam. »Ja, Herr Böckler, und damit haben Sie ein Motiv.«

Der Sohn des Opfers stöhnte auf und verdrehte die Augen. »Wer hatte das nicht? Meine Mutter hat sich in alles eingemischt, bei jedem, und sie hat sich mit halb Musdorf angelegt.«

»Nun ist es allerdings so, dass Sie profillose Hausschuhe in der Art besitzen, die während der Tat womöglich vom Mörder getragen wurde. Sie hätten die dreckverschmierten entsorgen und neue kaufen können.«

»Profilwas?«

»Sie haben Ihre Mutter gehasst«, unterstellte Lisa. »Und das ist auch kein Wunder. Sie hat Ihren Lebenstraum zerstört. Glauben Sie mir, ich kann das verstehen. Ihre Mutter war kein guter Mensch.«

Lisa beobachtete den jungen Mann, ob er sich vielleicht nach ihrer Vorlage zu einem Geständnis durchringen würde.

Aber Johann strich sich erneut mit den recht kleinen Händen durch die gegelten Haare und meinte nur: »Schwachsinn.«

»Sie kennen die Handschuhe Ihrer Schwester und haben uns neulich sogar darauf aufmerksam gemacht, dass sie solche hat. Kommen Sie gut mit Ihrer Schwester aus, Herr Böckler?«, fuhr Heiko fort und dachte darüber nach, ob der junge Mann vielleicht gezielt einige Wollfasern am Mordopfer platziert hatte, um den Verdacht auf seine Schwester zu lenken.

»Ich sag jetzt gar nichts mehr«, quittierte Johann und verschränkte etwas bockig die Arme.

»Wo waren Sie zur Tatzeit?«, hielt Heiko dagegen.

Der junge Mann überlegte keine Sekunde. »Oben. In meinem Zimmer.«

»Allein?«, vergewisserte sich Heiko.

»Natürlich.« Er schloss die Augen und öffnete sie wieder, doch die Bewegung dauerte zu lange, als dass sie als Blinzeln hätte durchgehen können.

»Kann das jemand bezeugen? Haben Sie vielleicht telefoniert?«, wollte Heiko wissen.

Johann Böckler schüttelte nach kurzer Überlegung den Kopf, die Lippen vor Bitterkeit zusammengepresst.

»Aha …«, kommentierte Lisa. Sie machte eine bedeutungsvolle Pause, bevor sie fortfuhr: »Und noch etwas anderes: Eine Freundin haben Sie nicht?« Sie beobachtete prüfend die Mimik des jüngsten Sohns des Mordopfers, aber er schien sich wieder im Griff zu haben.

»Nein«, antwortete er, zögerte kurz und fügte hinzu: »Die Richtige war irgendwie noch nicht dabei.«

»Ihre Tanzpartnerin? Sie beide wären ein hübsches Paar«, schlug Lisa vor.

Johann Böckler lächelte undeutbar. »Nein. Wir sind nur befreundet.«

»Sie haben also kein Alibi«, resümierte Heiko. »Sie haben das Mordopfer gehasst. In Ihrem Haushalt gibt es Hausschuhe ohne Profil, die Spuren hinterlassen, wie wir sie am Tatort gefunden haben. Sie haben ein Motiv.«

»Und was wollt ihr mir damit sagen?«

Heiko atmete tief durch und meinte dann: »Sie sind vorläufig festgenommen, Herr Böckler.«

Der junge Böckler hatte sich nicht gewehrt, als der Polizeibeamte ihn abgeführt hatte und sie mit ihm zum Revier gefahren waren. Augenblicklich hatte er angekündigt, sich mit seinem Anwalt besprechen zu wollen. Kurze Zeit später hatte der Mann angerufen und das Ermittlerteam darüber informiert, sein Mandant stünde am Morgen zur Vernehmung bereit.

Lisa und Heiko waren im Anschluss nach einem Zwischenstopp zu Hause – während dessen Lisa trotz völliger Dunkelheit das große, katzensichere Vogelhäuschen im Garten aufgestellt, das kleinere an einen Strauch gehängt und das »Reisigbündel«, wie Heiko den neu erworbenen Deko-Igel nannte, neben den Kürbis und die Schrottmaus vor der Haustüre platziert hatte – zurück auf der Muswies, um mit ihren Freunden einen schönen Abend zu verbringen. Sie trafen sich mit Johnny und Uwe, der wie der Kriminalobermeister noch nichts vorgehabt hatte, erst in der Fraunhammer-Scheune, um etwas zu essen – Lisa entschied sich für das Pilzragout, während alle anderen was »Gscheits« aßen. Anschließend tranken sie noch ein Bier im Haldenwang.

»Schon schön, die Muswiese«, sagte Johnny zu einer hübschen Brünetten, die mit ihren Freundinnen neben ihnen saß.

»Ja, man muss das ausnutzen, weil weisch, Weihnachten is jedes Jahr, aber Muswies nur einmal im Jahr«, gab die junge Frau zu bedenken, zwinkerte Johnny zu und stieß mit ihm an.

»Da hasch auf jedn Fall rechd«, stimmte der Fränke zu.

»Is doa noch frei?«, meinte plötzlich jemand rechts neben ihnen, und Lisa rieb sich die Augen und schaute zweifelnd ihr Bierglas an – standen vor ihnen tatsächlich das Monopoly-Männchen in Begleitung von Tom Bombadil aus »Herr der Ringe«? Es waren doch keine Drogen im Bier?

Tom Bombadil führte eine Kamera bei sich, die Brille saß tief auf der Nase, der braune Bart war lang und – nun, es war ganz eindeutig – das Monopoly-Männchen trug seinen Zylinder und seinen Frack voller Stolz.

»Ach, der Hartmut und der Hörbi, sou seid er aa aweng doa«, grüßte Heiko wie selbstverständlich und rutschte sofort beiseite, um den beiden Platz zu machen.

»Lisa, Uwe, Johnny, das ist der Hartmut, der rasende Reporter vom »Hohenloher Tagblatt«, der die ganzen Muswiesenbilder und auch sonst viele HT-Fotos macht.«

Wie zur Demonstration hob Hartmut den Apparat und schoss einige Fotos von Lisa und Johnny, die verschämt lächelten.

»Ah ja«, erwiderte Lisa. »Angenehm.«

»Sou, seid er aa aweng doa«, meldete sich das Monopoly-Männchen zu Wort.

»Ja, Hörbi, Mensch, lang nimmi gsehn«, begrüßte Heiko den Mann und klopfte ihm auf die Schulter. »Der Herbert und ich waren zsamm auf der Grundschul«, erklärte er der Runde.

Lisa lächelte und fragte: »Und warum ... bist du so angezogen?«

Die Neuankömmlinge bestellten bei der Bedienung zwei Halbe. »Ich spiele Muwopoly«, antwortete Herbert anschließend und lächelte unter seinem eingecremten, gezwirbelten Schnurrbart.

»Wie, Muwopoly?«, erkundigte sich Lisa.

Herbert hob scheinbar weise einen Finger und zückte dann einen Zettel aus seiner Tasche. »Das ist mein Spielplan«, erklärte er, während die Bedienung die Halben auf dem Tisch abstellte. Herbert nahm einen Schluck, bevor er weiterredete: »Wie du siehst, sind das allerdings nicht die normalen Monopoly-Felder, sondern das Ganze ist an die Muswiese angepasst.«

»Aha«, entgegnete Lisa, immer noch recht verständnislos.

»Pass auf«, forderte Herbert auf und kramte zwei rote Würfel aus der Tasche seiner Anzugshose. »Grad sind wir im Haldenwang, also hier.« Er tippte demonstrativ auf die entsprechende Stelle des Spielplans. »Jetzt würfle ich«, – die Würfel landeten klappernd auf dem Holztisch – »eine Sieben, also gehen wir als nächstes ... ins Bermudadreieck!«

»Und da muss man dann was trinken«, vermutete Lisa, während Herbert eifrig nickte.

»Ein schönes Spiel, oder?«, grinste er.

»Es gibt ein Bermudadreieck?«, wollte hingegen Johnny wissen, der in der Zwischenzeit den Spielplan studiert hatte.

»Ja, das ist eine Bar, und die heißt so, weil dort immer Leute verschwinden. Auf unerklärliche Weise, weisch«, informierte Hartmut schelmisch.

Sie begleiteten Hartmut und Herbert letztlich zum Bermudadreieck – entdeckten schon aus der Ferne das anheimelnd gelb leuchtende Schild an der Hauswand über dem weißen Zelt, das die Bar beherbergte. In der improvisierten Dorfdisco tranken sie anschließend noch jeder einen leckeren Cocktail, und Lisa tanzte, beobachtet von Heikos missbilligenden Blicken, Discofox mit Johnny – Heiko wollte ja nicht – zu »*Atemlos durch die Nacht*«.

Johann Böckler saß in der Untersuchungszelle des Polizeireviers Crailsheim. Er war müde und überarbeitet, und er stank nach altem Schweiß. Er hatte schon Besuch von seinem Anwalt gehabt, einem dürren alten Männchen, das ihn nach allem Möglichen ausgefragt hatte. Letztlich hatte er den Mann nach Hause geschickt.

Nun lag er auf der festgeschraubten Pritsche, über sich die gekachelte Decke, auf die er starrte. Seine Hände hatte er über der dünnen Bettdecke gefaltet. Er hatte dem Mann ein Geheimnis anvertraut, ach was, nicht irgendeines, sondern *das* Geheimnis, sein Geheimnis, sein größtes. Er war sich nicht sicher, ob er es würde wahren können, doch nichts wollte er mehr als das. Denn niemand, absolut niemand, sollte davon wissen.

In Musdorf auf dem Böckler-Hof durchstöberte Ludwig Böckler den Nachttisch seiner Frau. Er wusste, dass sie ihr Testament irgendwo hier aufbewahrte. Er hatte sich ein bisschen gewundert, dass sie überhaupt eins hatte, aber sie hatte es ständig betont, andauernd. Er hatte die Schublade aufgezogen und die Tränen niedergekämpft. Das Geräusch war ihm allzu vertraut – dieses Schaben des Holzes in der Schiene, wenn seine Frau die Schublade geöffnet hatte, um ein Buch zu lesen. Dieses Geräusch würde er nie wieder hören, und er würde wissen, dass sie nicht neben ihm lag, denn sie war tot, weg für immer.

Er barg das Gesicht in den Händen, wischte sich mit den Fingern die Tränen ab und inspizierte schließlich den Inhalt des Nachttisches. Ihre Perlenkette lag zuoberst in einer kleinen Schachtel, als wäre sie ein Schatz. Sie hatte sie nur zu besonderen Anlässen getragen, zuletzt zu ihrer Silberhochzeit, die sie im »Lamm« in Rot am See gefeiert hatten. Dann eine Dose mit den Milchzähnen der Kinder, sie hatte sie doch alle lieb gehabt, auch wenn sie manchmal hart zu ihnen gewesen war, vor allem zu Johann, der hatte es nicht leicht gehabt. Eine getrocknete Rose aus ihrem Hochzeitsstrauß. Sie hatte ihn ebenfalls sehr geliebt, wie die Kinder, und so wie er sie geliebt hatte. Und unter all den Kostbarkeiten fand er einen Stoß Dokumente. Oben auf dem Stapel lag allerdings nicht das Testament. Vielmehr ein Briefumschlag. Ein Brief von seiner Frau, aber er stutzte, als er den Adressaten las und sein Hirn verarbeitete, wer das war, an wen das Schreiben gerichtet war. Kurz erwog er, den Umschlag ungeöffnet zu lassen, aus Anstand, seine Neugier siegte jedoch. Auf dem Umschlag stand »Für Friedemann«.

Mit fahrigen Fingern entnahm Ludwig Böckler dem Umschlag ein zweimalig gefaltetes Papier. Zitternd entfaltete er den Brief. Er war handgeschrieben. Er überflog das Schreiben, das kein normaler Brief war, sondern vielmehr eine Rechnung. »Lieber Friedemann«, las er nun in

Ruhe, »hier einmal eine Aufstellung. Ich würde denken, dass du dich nun endlich beteiligen willst. Falls nicht, können wir das auch anders regeln, ich habe einen hervorragenden Anwalt.« Unter diesen Zeilen hatte Erika fein säuberlich alles gelistet, was Fabienne als Kind jemals von ihnen bekommen hatte. Schullandheimaufenthalte, Kleidung, Schulsachen. Pro Jahr. In Ludwigs Hirn arbeitete es, und sein Herz fühlte sich an, als wolle es bersten. Das konnte nur eines bedeuten.

MUSWIESENMITTWOCH

Noch etwas müde von den Nachwehen des gestrigen Muswiesenbesuchs betraten Lisa und Heiko das Verhörzimmer, Frau Brucker, die stets ausdruckslos, doch mit unerbittlichem Tastenklackern alles auf einem Laptop protokollierte, saß schon bereit. Sie linste über den Rand ihrer Brille und grüßte die Kommissare mit einem kurzen Nicken. Der Verdächtige trug dieselben Kleider wie am Vortag und war in Begleitung eines kleinen, drahtigen Anwalts erschienen, der sich als Herr Schneider vorstellte. Heiko und Lisa setzten sich.

»Also, Herr Böckler«, begann Heiko – Laptoptastenklackern bei Frau Brucker –, »Sie sind des Mordes an Ihrer Mutter verdächtig.«

Johann Böckler zuckte mit den Achseln. »Aber ich war es nicht.«

»Sie haben ein Motiv«, fuhr Lisa fort. »Sie hatten Zugang zu Hausschuhen in der Art, die bei der Tat aller Wahrscheinlichkeit nach getragen wurden, und Sie haben kein Alibi«, zählte sie auf und wunderte sich zugleich, dass der Anwalt so still blieb. Normalerweise hätte er jetzt darauf hinweisen müssen, dass sie keinen einzigen Beweis hatten, sondern lediglich Indizien.

Johann Böckler schwieg ebenfalls beharrlich, man hatte richtiggehend das Gefühl, er sei weggetreten.

»Herr Böckler?«, versuchte es Heiko zaghaft, um sich zu vergewissern, dass der Verdächtige geistig anwesend war. Nicht, dass er noch überschnappte.

Endlich seufzte der Anwalt. »Also, Herr Böckler, das hat so keinen Wert.«

Der Angesprochene drehte den Kopf und funkelte ihn böse an. »Ich hab Ihnen gesagt, ich will das nicht.«

»Lieber gehen Sie ins Gefängnis? Für einen Mord, den Sie nicht begangen haben?«

Bockig verschränkte der junge Mann die Arme vor der Brust.

»Ich bin verpflichtet, alles zu tun, um Ihre Unschuld zu beweisen«, erklärte der Anwalt. »Sie bringen mich in die Bredouille.«

Heiko zog die Augenbrauen hoch. »Darf ich vielleicht erfahren, um was es geht?«

»Mein Mandant hat ein Alibi. Allerdings ist es ihm peinlich.«

»So«, meinte Lisa. »Das sollte es nicht. Sie können sich ganz sicher sein, dass wir alles ... vertraulich behandeln. Alles. Niemand muss davon erfahren.«

Johann Böckler hob den Kopf und schaute Lisa direkt an, und Lisa bemerkte die Intensität dieser Augen, die richtiggehend überprüften, ob es stimmen konnte, was sie gesagt hatte, ob er ihr vertrauen konnte. Die Augen bohrten sich auf den Grund ihrer Seele. Und offenbar war Johann Böckler zufrieden mit dem, was er sah, denn er nickte.

»Also gut. Ich war in dieser Nacht online. In einem Chatforum.«

»Aber es sind alle in Chatforen«, relativierte Heiko. »Das muss Ihnen doch nicht peinlich sein.«

Lisa stieß ihn unter dem Tisch leicht an.

»Das Forum heißt ›gayandhey.de‹«, erklärte der Verdächtige tonlos.

»Ach«, entfuhr es Heiko, und ein kurzes Stocken der Laptoptasten verriet, dass auch Frau Brucker zumindest überrascht war.

»Ich bin schon länger in diesem Forum angemeldet, nur zum Spaß, und manchmal, wenn mir danach ist, chatte ich ein bisschen.«

»Sie haben von dem Rechner in Ihrem Zimmer aus gechattet?«, vermutete Lisa.

»Ja.«

»Und wie lange?«

Johann Böckler schüttelte den Kopf. »Das weiß ich nicht mehr. Von zehn bis drei, vier vielleicht.«

»Hm.«

»Bitte sagen Sie es nicht meiner Familie«, bat der junge Mann, und er krampfte die Hände ineinander.

»Selbstverständlich nicht«, versprach Lisa.

»Es dürfte ein Leichtes sein, das Alibi zu überprüfen«, stellte Herr Schneider fest.

»Es hätte jemand anders für ihn chatten können«, versuchte Heiko matt.

»Es gibt allerdings Fotos«, verkündete der Anwalt. »Die müssten im Online-Protokoll enthalten sein.«

»Ach«, entgegnete Heiko und fragte sich, ob er überhaupt wissen wollte, was auf diesen Bildern genau zu sehen war. »Wir besorgen uns das Online-Protokoll. Bis dahin müssen wir Herrn Böckler allerdings hierbehalten.«

»Machen Sie schnell«, sagte Johann. »Dann kann ich heute Abend noch auf den Metzgerstanz.«

Am frühen Nachmittag war Johann Böckler wieder frei. Die Kommissare hatten von der Website relativ schnell alle Protokolle erhalten, zusammen mit der Versicherung, dass es sich um die IP-Adresse von Johann Böcklers Rechner handelte. Heiko hatte die Fotos nach kurzem Zögern betrachtet, und er war überrascht gewesen, wie harmlos sie waren, wie schüchtern, wie verschämt.

Ludwig Böckler war die ganze Nacht wach gelegen. Er konnte es nicht fassen. Nun, wenn er die Fabienne hier in der Küche so aus dem Augenwinkel betrachtete, dann konnte es durchaus sein. Er wunderte sich, warum ihm das nicht früher aufgefallen war. Hatte sie nicht die gleiche Haarfarbe wie früher der Friedemann? Bewegte sie sich nicht ähnlich? Ihre Augen, waren die nicht ebenso grün? Sein Hirn lief auf Hochtouren, bombardierte ihn mit Informationen und Eindrücken, die er nicht sofort verarbeiten konnte.

»Ist alles in Ordnung, Vatter?«, fragte schließlich Jörg, der neben ihm am Herd stand und offenbar bemerkt hatte, dass er seit drei Minuten ununterbrochen seine Tochter anstarrte. Beziehungsweise die junge Frau, die er all die Jahre für seine Tochter gehalten hatte.

Er führte langsam die Hände nach hinten, um die Bändel seiner Schürze zu lösen und murmelte: »Vertrittst du mich mal kurz? Ich muss für eine halbe Stunde weg.«

Jörg zuckte mit den Achseln, es war Mittwochnachmittag, die Muswiese neigte sich ihrem Ende zu, und so wahnsinnig viel war heute nicht mehr zu tun. Es war okay.

Johann Böckler hatte sich kurz in die Michaelskirche zurückgezogen. Er war nicht besonders religiös, trotzdem mochte er die Kirche, ihre Atmosphäre, ihre Stille. Und um 15 Uhr gab es an der Muswiese immer die »Atempause«, und die brauchte er jetzt, eine Auszeit zum Durchschnaufen, nur ein paar Minuten. Er war froh, dass sich seine Unschuld herausgestellt hatte, und er hoffte und betete, er betete wirklich, dass die Kommissare ihr Versprechen halten würden, denn wenn seine Neigungen öffentlich würden – das wäre eine Katastrophe. Obwohl, dachte er, vielleicht sollte er dazu stehen, den Mut finden, mutig sein, wie damals, als er zu dieser Aufnahmeprüfung gefahren war. So mutig war er seither nie wieder gewesen. Gut, dass er tanzen konnte, das war sein einziger Ausgleich, und er freute sich auf den Metzgerstanz heute Abend, auch wenn der nicht anspruchsvoll war – er konnte es besser, komplexer –, doch es war ein Tanz, und das war für ihn so wichtig wie atmen.

Der Pfarrer vorne predigte sicher gut, aber Johann war nicht in der Lage zuzuhören, er war mit sich beschäftigt. Nach einigen Minuten und einem kurzen Gebet, an dessen Inhalt er sich später nicht mehr erinnern konnte, stand er auf, um noch in der Küche zu helfen, bis er sich für den Metzgerstanz richten musste.

Ludwig Böckler lief wie in Trance. Er schob sich durch die Menge der einkaufswütigen Muswiesenbesucher, passierte Kittelschurzenstände, Bürstenmacher, Schuhcremehändler und Blumenzwiebelverkäufer. Und endlich war er an seinem Ziel angelangt. Er blieb kurz stehen und holte tief Luft. Aber es war ihm nicht möglich, seinen Herzschlag zu beruhigen, überhaupt normal zu atmen, ihm stockte der Atem, er kam nicht in seiner Lunge an, zumindest nicht ausreichend. Wut staute sich auf, unzähmbare Wut, als er beobachtete, dass Friedemann gerade an der Haarsträhne einer Kundin zupfte, neckisch, offenbar machte er ihr ein Kompliment. Ja, so war er immer schon gewesen, der Friedemann, immer schon, und so hatte er sicher auch seine Erika rumgekriegt, kein Zweifel.

Er tastete nach dem Brief in seiner hinteren Hosentasche, dem Brief, den er gestern gefunden, wieder und wieder gelesen hatte, auch die Aufstellung, so lange, bis er den Text auswendig kannte. Er hatte sie verführt, sicher war das so abgelaufen, sie war betrunken gewesen, anders konnte das nicht sein, denn sie hatte zu Hause einen Ehemann gehabt, sie waren jung verheiratet, mehr noch, sie hatten ein Kind, Jörg. Friedemann war schuld, der notgeile Bock, der die Weiber vollschleimte, damit sie mit ihm in die Kiste stiegen und der seine Erika nicht in Ruhe hatte lassen können.

Ludwig Böckler ballte die Hände zu Fäusten, hart krampften sich seine Finger zusammen. Er trat auf den Stand des Widersachers zu, und dieser besaß die Frechheit, ihn anzugrinsen, freundlich, scheißfreundlich. Ludwigs Blick trübte sich, die Wut flackerte vor seinen Augen, und es war, als würde er sich selbst betrachten, wie er die rechte Faust hob und sie krachend in das Gesicht von Friedemann Gerstling schmetterte.

Heiko und Lisa waren zur Muswiese gefahren, um ein weiteres Mal von vorne anzufangen. Sie hatten geplant, sich noch einmal die Familie vorzunehmen, denn, wer weiß, vielleicht hatten sie ein wichtiges Detail übersehen. Oder die Böcklers würden sich noch an etwas erinnern, an irgendetwas, was ihnen bisher entgangen war. Womöglich müssten sie sich auch Jörg noch einmal genauer anschauen.

Sie passierten soeben den Blumenzwiebelstand, als sie von einer aufgeregten jungen Frau angesprochen wurden. »Sie sind doch die Polizisten, oder?«, fragte sie nervös.

Die Frau wartete keine Antwort ab, Heiko hatte nicht mal Zeit, sich zu wundern, woher sie das wusste, als sie bereits rief: »Schnell, kommt mit! Der schlägt ihn tot!«

Wer wen beinah totschlug, konnten die Kommissare allerdings nicht genau sagen, als sie außer Atem an Gerstlings Stand ankamen, der Kampf war einigermaßen ausgeglichen. Gerstling blutete zwar stark aus der Nase, dafür hatte der kleinere Ludwig Böckler eine aufgeplatzte Augenbraue, aus der ein dünnes Blutrinnsal tropfte. Die Kampfhähne wurden soeben von drei jungen Männern gebändigt, zwei waren Gerstling in den Arm gefallen, als der erneut ausgeholt hatte. Der dritte hielt Ludwig Böckler davon ab, sich wieder auf seinen Kontrahenten zu stürzen. Seine mangelnde Beweglichkeit machte der Witwer mit wüstem Brüllen wett, in das sich üble Beschimpfungen wie »Hurenbock« und »Drecksau« mischten. Um die beiden Widersacher hatte sich ein Kreis von Schaulustigen gebildet, die aufmerksam die Szene beobachteten und miteinander tuschelten.

Heiko straffte die Schultern und bahnte sich einen Weg durch die Menge. »Schluss«, befahl er in barschem Ton, und dann noch einmal: »Aufhören jetzt!«

Der Pulk an Umstehenden zerstreute sich, murmelnd, beiläufig, als seien die Leute nur zufällig an ebendieser Stelle stehen geblieben.

»Er hat angefangen«, schrie Gerstling und zeigte mit spitzem Finger von oben herab auf Ludwig Böckler.

»Er ist schuld an allem«, brüllte der Beschuldigte. »Er hat …«

»Ruh jetz«, forderte Heiko und zog dabei die Augenbrauen so böse zusammen, dass die Kontrahenten tatsächlich verstummten. »Ihr haltet jetz beide eure Gosch. Braucht jemand einen Arzt?«

Lisa inspizierte die Wunden. »Auf jeden Fall«, meinte sie und zückte ihr Handy.

Fabienne Böckler stand vor dem großen Spiegel. Um genau zu sein, war es der einzige große Spiegel im gesamten Haus, denn auf Äußerlichkeiten war bei ihnen noch nie Wert gelegt worden, ganz abgesehen von der Tatsache, dass die Damen des Hauses niemals Zeit gehabt hatten, stundenlang vor irgendwelchen Spiegeln herumzustehen und sich eingehend zu betrachten. Dazu hatte es immer viel zu viel Arbeit gegeben, immer.

Fabienne strich über das Mieder, das eng auf der Bluse saß und ihren nicht allzu großen Busen betonte. Noch einmal löste sie die schwarze Schnur und zog das Kleidungsstück enger zusammen, um erneut eine hübsche Schleife zu binden. So, nun war es besser, noch besser. Fabienne strich die weiße Schürze über dem roten Rock glatt, im Anschluss drehte sie sich probeweise, die Schürzenschleife könnte hübscher sein, die Bändel waren ungleichmäßig lang. Sie zog den Knoten ein weiteres Mal auf und band die Schürzenden zu einer gleichmäßigeren Schleife, deren Schlaufen sie akkurat zurechtzupfte. Dann stemmte sie die Hände in die Hüften und betrachtete sich. Sie hatte sich bereits geschminkt, mit einem dezenten cremefarbenen Lidschatten sowie Mascara, die ihren langen Wimpern den richtigen Schwung verlieh und ihre grünen Augen zum Strahlen brachte. Sehr gut. Ihre Wangenknochen wurden durch pfirsichfarbenes Rouge betont, das auf den ersten

Blick nicht zu sehen war, allerdings ihren Teint rosig und frisch erscheinen ließ.

Fabienne griff erneut zum Lipgloss, sie hatte sich für ein dunkles Rot entschieden, in einem Ton, der dem des Rockes ähnelte. Der Gloss wäre nicht so auffällig, würde ihre Lippen leicht einfärben, feucht glänzen lassen, unwiderstehlich machen. Unwiderstehlich für Martin, hoffentlich, sie hatte ihn schon einmal verführt, und es war der Ledichadooch gewesen, warum sollte es nicht ein weiteres Mal funktionieren?

Sie hatte das halblange Haar zu zwei Zöpfen geflochten und sie aufgesteckt, so hatte sie die Haare auch damals getragen. Als wäre er eine Krone, nahm sie anschließend den Blumenkranzhaarreif und steckte ihn in ihren Haaren fest. Dann begutachtete sie das Endergebnis. Es gefiel ihr, und sie wusste, sie musste realistisch sein, sie war kein Model, es war bitter, aber die Wahrheit. Allerdings wusste sie ebenfalls, dass sie das Beste aus sich herausgeholt hatte. So konnte sie gehen.

Nachdem die zwei Männer notdürftig verarztet worden waren – Gerstling gab mit seiner Tamponade in der Nase einen besonders grotesken Anblick ab, vor allem da er dazu gezwungen war, die ganze Zeit durch den Mund zu atmen –, begaben sich die Kommissare mit den Streithähnen in die Weinstube Pietz, um sie zu vernehmen. Die beiden Herren erregten mit ihrem nach wie vor andauernden Gezeter ein dermaßen großes Aufsehen, dass Heiko es für günstiger befand, nicht länger als nötig mit ihnen zusammen über die Muswiese zu wandern.

Während im Untergeschoss der Weinstube wie immer eine laute Party im Gange war, bei der abends eine Band für Stimmung sorgte, war um diese Zeit in der Blauen Stube im oberen Stockwerk wenig los. Nachdem die vier die Holztreppe erklommen hatten, gingen sie an der Küche und älteren Möbelstücken vorbei in das Gastzimmer.

»Ach, deshalb heißt es Blaue Stube«, erkannte Lisa, während sie das komplett blaue Interieur inspizierte.

Sie setzten sich in eine Ecke des Raumes auf tiefblau gestrichene Stühle. Sie waren allein und konnten sich in normaler Lautstärke unterhalten.

»So, meine Herren«, begann Heiko und faltete die Hände. »Was war eigentlich los?«

Die Männer begannen gleichzeitig, sich gegenseitig zu beschuldigen.

»Halt«, ging Heiko dazwischen und erteilte dann Gerstling mit einer herrischen Geste das Wort.

Der atmete tief durch den offenen Mund ein und ruckte mit dem Kopf. »Ich denke an nichts Böses, und auf einmal kommt der Ludwig auf mich losgestürmt, brüllt irgendwas von einem Brief und seiner Frau und haut mir die Faust ins Gesicht.«

»Sonst hat er nichts gesagt?«, forschte Lisa.

»Ich hab nicht so aufgepasst. Ich war damit beschäftigt, mich zu wehren«, erwiderte der Händler.

Heiko dachte bei sich, dass Ludwig Böckler, der deutlich kleiner und schmächtiger war als sein Kontrahent, eine ordentliche Portion Wut im Bauch gehabt haben musste, um gegen Gerstling überhaupt anzutreten.

»Und jetzt Ihre Version, Herr Böckler«, sagte Heiko zum Witwer.

Ludwig Böckler war in sich zusammengesunken, offenbar war seine Rage verraucht und hatte einem gewissen

Maß an Vernunft Platz gemacht. Er fasste schließlich in seine hintere Hosentasche und zückte einen Briefumschlag. »Gestern hab ich die Nachttischschublade von der Erika durchsucht. Und da habe ich das hier gefunden.« Er legte ein Kuvert, dessen Ecken von Böcklers Hosentaschen deutlich gebogen waren, auf den Tisch.

»Er ist an Herrn Gerstling adressiert«, stellte Lisa fest, und es klang tadelnd.

»Sie werden entschuldigen, dass ich das Briefgeheimnis verletzt habe«, verteidigte sich Böckler. »Das erschien mir gestern weniger wichtig.«

»Hm«, brummte Heiko. »Herr Gerstling, haben Sie etwas dagegen, wenn wir uns den Brief ansehen?«

Der Händler zuckte mit den Achseln. »Mir egal. Ich habe ihn ja nie gekriegt. Außerdem können Sie sich wohl denken, was drinsteht.«

Böckler starrte die Kommissare mit offenem Mund an. »Was soll das nun wieder heißen?«, empörte er sich. »Wissen denn alle außer mir Bescheid?«

Heiko ignorierte den Mann, obwohl er ihn bedauerte, und griff nach dem Brief. Er entnahm dem Kuvert ein Blatt Papier und las: »›Lieber Friedemann, hier einmal eine Aufstellung. Ich würde denken, dass du dich nun endlich beteiligen willst. Falls nicht, können wir das auch anders regeln, ich habe einen hervorragenden Anwalt‹ … Und dann folgt eine Liste der Kosten für Ihre Tochter Fabienne.« Heiko ließ den Brief sinken und beobachtete die Kontrahenten.

Die Männer schwiegen, betreten, schließlich meinte Gerstling: »Es tut mir leid, Ludwig. Es ist damals eben passiert.«

Eine Träne trat in Ludwig Böcklers linken Augenwinkel

und kullerte über seine Backe. »Du hast sie verführt«, warf er dem Händler vor, und seine Stimme brach. »Sie hatte mich zu Hause, und einen kleinen Sohn. Du hättest sie alle haben können, alle, aber nein, du hast *sie* genommen.«

Nun schürzte Gerstling die Lippen und entgegnete: »Also, zwingen musste ich sie nicht, da kannst du sicher sein.«

Es fehlte nicht viel, und Ludwig Böckler hätte sich erneut auf seinen Widersacher gestürzt, er beherrschte sich jedoch in letzter Sekunde und beschränkte sich darauf, Gerstling hasserfüllt anzustarren.

Lisa räusperte sich, ergriff den Brief, um die Kosten zu studieren, und verkündete schließlich: »Das ist schon eine komische Sache, dieser Brief. Wer führt denn so genau Buch über alles, was er seinem Kind kauft?«

Gerstling schnaubte. »Typisch Erika. Mit dem Geld hatte sie's.«

Ludwig Böckler sprang auf, wurde allerdings sofort von Heiko wieder auf den Stuhl zurückgedrückt. »Nouhogga«, befahl der Kommissar und fügte hinzu: »Ich muss aber sagen, dass ich das auch recht seltsam finde. Sie sagen, Sie kennen die Rechnung nicht, Herr Gerstling?«

Der Händler schüttelte den Kopf. »Nie gesehen«, versicherte er.

»Das würde ich jetzt an dem seiner Stelle auch behaupten«, zischte der Witwer.

»Na, da hat der Herr Böckler allerdings recht«, stimmte Lisa zu. »Sonst ergäbe sich ein Motiv, Herr Gerstling, nicht wahr? Wo noch dazu alle Handschuhpaare, die für die Tat in Frage kommen, zwangsläufig Ihre DNA tragen, da es die nun mal bei Ihnen zu kaufen gab? Haben Sie vielleicht auch solche Handschuhe?«

»Wie bitte?«, knurrte Böckler, und wurde von Heiko umgehend davon abgehalten, erneut aufzuspringen, indem der Kommissar seine große Pranke auf die Schulter des Witwers drückte.

»Sie glauben doch nicht im Ernst, dass ich Erika umgebracht habe? Die Mutter meines einzigen Kindes?«, ereiferte sich Gerstling.

Ludwig Böckler grollte, und Heiko schaute ihn warnend an.

Dann nahm der Ermittler wieder den Brief zur Hand und pfiff durch die Zähne. »Die Rechnung beläuft sich auf 43.756,23 Euro«, las er vor. »Es wurden schon Leute wegen weniger Geld umgebracht.«

Nun zog Gerstling missbilligend die buschigen Augenbrauen zusammen. »Quatsch. Ich bin kein Mörder!«

»Idealerweise haben Sie ein Alibi?«, fragte Lisa unumwunden.

»Für wann?«

»Mittwochabend, elf Uhr.«

Gerstling verschränkte die Arme vor der Brust, schob die Unterlippe vor wie ein schmollender kleiner Junge und erwiderte: »Stellen Sie sich vor, habe ich, ja.«

Der Händler schien nicht daran zu denken, seine Ausführung näher zu präzisieren, daher forderte Heiko ihn mit einer ungeduldig wedelnden Handbewegung auf weiterzureden.

Gerstling seufzte, entfaltete umständlich die Arme, beugte sich über den Tisch und ergänzte: »Ein Gentleman genießt und schweigt.«

Ludwig Böckler schnaubte und stieß »Elender Hurenbock« hervor, aber Gerstling ignorierte sein Gegenüber einfach.

»Na, na, Herr Böckler«, tadelte Heiko und unterdrückte ein Grinsen, und dann erklärte Lisa dem Händler: »Etwas konkreter bräuchten wir's schon.«

Gerstling deutete auf Böckler und widersprach: »Nicht vor dem da.«

Heiko schürzte die Lippen, das war sein gutes Recht. »Herr Böckler, würden Sie bitte kurz den Raum verlassen?«, bat er den Witwer.

Der verdrehte unwirsch die Augen, erhob sich jedoch wortlos und ging. Der Blick, den er Gerstling beim Hinausgehen zuwarf, hätte töten können.

»Also?«, hakte Heiko nach.

»Die Dame heißt Sommer. Solveigh Sommer. Hübsche Frau. Etwas durchgeknallt, aber süß.«

»Ach«, entfuhr es Lisa.

»Fragen Sie sie. Ich war bei ihr.«

»Kann das noch jemand anderes bestätigen?«

Gerstling seufzte und antwortete ergeben: »Ja, die Trude, Trude Hintermeier. Die war auch dabei.«

»Wie, die war auch dabei?«, fragte Heiko.

»Was denken Sie denn?«, gab Gerstling zurück und grinste frech. »Das wünscht sich jeder Kerl, und ich mach es einfach.«

»Sou«, kommentierte Heiko, während Lisa ihn mahnend anschaute, dass er nur ja nicht auf dumme Gedanken käme.

»Tja. Ich bin eben ein ganzer Kerl und reiche für mehrere Damen aus«, fuhr der Händler fort und zwinkerte Lisa zu.

»Die Frau Sommer kennen wir«, erklärte Heiko schnell, als er bemerkte, wie Lisa neben ihm scharf die Luft einsog. »Aber wer ist … Trude Hintermeier?«, hakte er bei Gerstling nach.

»Eine Proppere, ganz knuffig eigentlich. Eine Händlerin, führt auch Lamawolle …«

»Ach, mit der hatten wir am Anfang zu tun«, unterbrach Lisa.

»Stimmt«, erinnerte sich Heiko. Er musste grinsen, er fand es ganz passend, dass Gerstling die Frau als »knuffig« bezeichnete, wobei »verknorzelt« ebenfalls zutreffend wäre.

»Wir werden das nachprüfen, Herr Gerstling«, versprach Heiko.

»Tun Sie das«, entgegnete der Mann. »Und versuchen Sie's auch mal! Macht echt Spaß.«

Heiko und Lisa beschlossen, das Verhör erst einmal auszusetzen, bis sie das Alibi überprüft hatten, und Gerstling so lange in Gewahrsam zu nehmen. Sie lieferten den schimpfenden Händler, der darauf beharrte, zuerst seinen Stand dichtmachen zu müssen, und ihnen androhte, sie auf Verdienstausfall zu verklagen, beim Muswiesenpolizeicontainer ab.

»Wie machen wir das jetzt?«, überlegte Lisa laut, als sie das kleine Riesenrad passierten, auf dem Rückweg ins Herz der Muswiese.

»Wir haben die Solveigh Sommer doch damals nach ihrem Alibi befragt, oder?«, sinnierte Heiko.

»Ja, ich meine mich zu entsinnen, dass sie sagte, sie sei am Mittwochabend zu Hause gewesen.«

»Nachgehakt haben wir aber nicht …«

»Stimmt, das war damals irgendwie nicht so wichtig.«

»Dann holen wir das am besten nach.«

Sie trafen Solveigh Sommer, die heute ein lilafarbenes Kleid trug, dazu eine dicke rote Strumpfhose und ein passendes Tuch, in ihrem Café an. Auf ihrem Gesicht strahlte erneut dieses etwas entrückte Lächeln. Als sie die Kommissare entdeckte, winkte sie freundlich. In der Hand hielt sie eine ihrer Broschüren über Morde an Tieren, die sie sogleich einem älteren männlichen Gast überreichte, der aussah, als sei er alleine für den Tod von mindestens 20 Schweinen jährlich verantwortlich.

»Ihr seid zurückgekommen«, freute sie sich. Sie trat auf die Neuankömmlinge zu und streichelte Lisa am Oberarm. »Schön! Setzt euch! Ich wusste, dass die Botschaft …«

Heiko hob die Hand. »Entschuldigen Sie, Frau Sommer, aber wir sind nicht wegen … der Botschaft hier, sondern vielmehr wegen Ihres Alibis.«

»Schade«, entgegnete die Cafébetreiberin offensichtlich ehrlich enttäuscht. Ihr blasser Teint wurde noch bleicher, dann stieg ihr Röte in die Wangen. Höflich wies sie auf zwei Plätze und setzte sich gegenüber. »Ich brauche ein Alibi? Ihr verdächtigt mich?«, wunderte sie sich.

»Also«, übernahm Lisa. »Erzählen Sie uns doch noch einmal, was Sie am Mittwochabend gemacht haben, so gegen elf?«

Solveigh Sommer schwieg, endlich schüttelte sie den Kopf. Es war offensichtlich, dass sie mit sich rang. »Wie gesagt, ich war allein … nun.« Sie seufzte, bevor sie fortfuhr: »Ich möchte mein Karma nicht mit Lügen belasten.«

Lisa zog eine Augenbraue hoch.

»Ich war wirklich zu Hause … aber ich hatte Besuch.«

Die Kommissare verständigten sich stumm mit Blicken, sich ahnungslos zu stellen. Denn das Alibi von drei Personen würde mit dieser Aussage stehen oder fallen.

»Von wem?«, fragte Heiko.

»Das möchte ich lieber nicht sagen«, versuchte die Cafébetreiberin auszuweichen.

Lisa beugte sich nach vorne. »Liebe Frau Sommer, das geht aber leider nicht. Wir müssen genau wissen, wer bei Ihnen zu Gast war. Es könnte für den Mordfall entscheidend sein.«

Solveigh Sommer seufzte noch einmal und sagte schließlich: »Sie behandeln das diskret? Das wäre ein Skandal.«

Lisa nickte und versprach es.

»Also gut, es gibt da einen Mann. Gut aussehend, tolle Aura, eine ganz farbige, tiefviolette Aura, spirituell, witzig.«

»Aha«, entfuhr es Heiko überrascht. Er überlegte, ob er auch eine Aura besaß und welche Farbe diese wohl hatte.

»Er heißt Friedemann, ein treffender Name, der wunderbar zu seiner aktuellen Inkarnation passt, weil …«

»Und der war bei Ihnen zu Besuch«, unterbrach Heiko.

»Was? Ja. Der … und die Trude, mit der bin ich schon immer gut ausgekommen, sie hat so was Mütterliches, zutiefst Liebevolles.«

»Trude?«

»Trude Hintermeier, eine Händlerin, ich bin zwar mit ihren Produkten nicht einverstanden – übrigens auch mit denen vom Friedemann Gerstling nicht, doch beide achten immerhin auf Fair Trade …«

»Frau Sommer«, mahnte Lisa milde.

»Ach so, ja. Wir waren zu dritt, und wir haben … ein bisschen was getrunken, es gibt einen hervorragenden veganen Wein von einem italienischen Gut in der Toskana.« Solveigh Sommer beschloss offenbar, ihr Karma nicht mit einer weiteren Halbwahrheit zu belasten, atmete noch einmal tief durch und sprach es endlich aus: »Also, wir haben uns auf unsere Wurzel-Chakren konzentriert und einige tantrische Übungen gemacht. Ihr müsst wissen, wenn sich die Energien von mehreren Lingams und Yonis vereinen, dann …«

Heiko fragte sich, wovon die Frau da redete, Lisa hob jedoch lächelnd die Hand und ging dazwischen: »Danke, Frau Sommer. Noch genauer brauchen wir's nicht.«

Heiko schluckte und wollte schließlich wissen: »Wie lange hat denn die … Vereinigung ihrer … Dingsdas gedauert?«

Solveigh Sommer blinzelte. »Yoni und Lingam meinen Sie.«

Heiko nickte, allmählich dämmerte es ihm, wovon die Frau sprach, er beschloss allerdings, lieber nicht näher darüber nachdenken zu wollen.

»Die ganze Nacht. Und wir sind dann alle erschöpft, aber mit gelöstem Chi eingeschlafen.«

»Hm«, brummte Heiko.

Trude Hintermeier hatte sich wesentlich unprätentiöser ausgedrückt, einen flotten Dreier habe sie gehabt, ja, mit dem Friedemann und der kleinen Veganerin, es sei recht scharf gewesen und sie hätten es die ganze Nacht getrieben.

Als sie die dralle Händlerin verließen, meinte Lisa nachdenklich: »Sie könnten lügen, alle drei.«

Heiko wiegte den Kopf. »Möglich. Aber die sind so verschieden und haben wohl außer ihrer Umtriebe nichts gemeinsam. Ein Motiv schon gar nicht.«

»Vielleicht hat jeder sein eigenes«, widersprach Lisa. »Und sie hätten den Mord zu dritt begangen? Wäre doch möglich.«

»Hm«, überlegte Heiko. »Kann sein. Gerstling hätte einen guten Grund gehabt, aber Solveigh Sommer kam mit der Böckler schlichtweg nicht aus, wie fast alle im Dorf, das reicht wohl kaum für einen Mord – und die Hintermeier hat doch gar kein Motiv! Außerdem glaube ich nicht, dass die drei sich abgesprochen haben, mit einem derart abgedrehten Alibi. Das ist so abstrus, das kann man sich nicht ausdenken.«

Lisa zuckte mit den Achseln und stimmte schließlich zu. Dass dieses Trio sich abgesprochen hatte, war tatsächlich reichlich unwahrscheinlich. Die Kommissare begaben sich zurück zum Muswiesenpolizeicontainer, um Gerstling freizulassen. Der zerrte sich als erstes die Tamponade aus der Nase, schenkte sich ein neuerliches wütendes Zetern und Gebrülle über den Verdienstausfall und marschierte im Laufschritt zu seinem Stand, vermutlich um die Verkaufstätigkeiten umgehend wieder aufzunehmen.

»Und wieder auf Anfang …«, stellte Heiko verbittert fest und zündete sich eine Zigarette an.

»Ja«, sagte Lisa leise, sie wirkte ratlos. »Waren es doch die Bauern aus dem Nachbardorf, damit sie das Monopol im Abschleppen haben?«, überlegte sie laut, die Augen auf den matschigen Boden gerichtet.

Heiko zog an der Kippe, bevor er antwortete: »Keine Ahnung. Wohl eher nicht.«

»Kirchner? Der stand noch auf der Telefonliste.«

»Hat ein Alibi«, erinnerte Heiko.

»Ja, richtig.« Lisa musterte den Besucherstrom, der an

ihnen vorbeizog und sich zu verdichten schien. »Grad gehen wohl viele nach Hause«, befand sie.

Heiko warf einen Blick auf die Leute, danach auf seine Armbanduhr und meinte schließlich: »Nein, die gehen alle zum Metzgerstanz.«

»Ach, das ist ja heute ...«

»In einer halben Stunde. Was hältst du davon, wenn wir mal eine Pause einlegen, um einen klaren Kopf zu bekommen? Vielleicht fällt uns dann noch was ein, und immerhin ist es schon spät.«

Lisa wischte sich eine Strähne ihres blonden Haares aus dem Gesicht. »Gute Idee. Eine Pause können wir wirklich gut gebrauchen.«

Zehn Minuten später standen Lisa und Heiko in einer riesigen Menschenmenge, die sich um den Platz vor der Reithalle versammelt hatte. Mit Absperrband, das die Kommissare immer frappierend an einen Tatort erinnerte, war ein perfekter Kreis um eine Feuerstelle gezogen worden. Soeben wurde der sorgfältig aufgeschichtete Holzstoß von einem Mitglied der Feuerwehr angezündet. Anerkennendes Gemurmel wurde laut, als die Flammen an dem Stapel hochleckten und ihn schließlich ganz erfassten. Nach wenigen Minuten loderte das Feuer lichterloh, seine Wärme strahlte auf die Zuschauer ab, obwohl sich das Publikum in fünf Metern Entfernung befand.

»Schön«, fand Lisa.

»Hm«, stimmte Heiko zu.

Kurze Zeit später berat die Prozession den Platz. Voraus marschierten die Mitglieder des Musikvereins Rot am See mit ihren Instrumenten in adretten blau-roten Uniformen. Danach erschienen die Metzgerstänzer: links liefen die Männer und rechts die Frauen.

»Die Kostüme sind ja hübsch«, bemerkte Lisa und betrachtete vor allem die Trachten der Mädchen anerkennend.

»Ha ja«, bestätigte Heiko.

»Und wer ist der ältere Herr, der vorausläuft?«, wollte Lisa wissen.

»Das ist der Amtsknecht«, erklärte Heiko. »Und dahinter kommt der Schultheiß. Der leitet den Metzgerstanz.«

»Was ist denn ein Schultheiß?«

»Ein Bürgermeister.«

Die Musiker positionierten sich an einer Seite des Platzes, ebenso der mit Samtbarett und -jacke als Schultheiß verkleidete Mann, der, wie Lisa nun erkannte, der Metzgerstanztrainer war, während die Tänzer den Kreis umrundeten, bis sich jedes Paar an einer Stelle positioniert hatte. Erwartungsvolle Stille breitete sich aus. Der Trainer griff schließlich zum Mikrofon und verkündete:

»Nach alter Weis' tret ich als erster in den Kreis,
zu grüßen die Metzger in großer Zahl,
zu grüßen die Maidelein allemal ...«

»Schau, da drüben ist Johann mit seiner Tanzpartnerin«, machte Lisa Heiko aufmerksam. »Und dahinter Rico und Fabienne.«

»Und in der anderen Ecke Martin mit Elfi«, ergänzte Heiko.

»Ganz woanders. Womöglich macht er das tatsächlich mit Absicht«, überlegte Lisa.

»Möglich.«

»Na, damit muss die Fabienne jetzt mal langsam klarkommen«, stellte Lisa fest.

»Schon.«

»... wer weiß, zu singen von den Geschichten,
warum den Metzgerstanz wir richten,
dem sei der Kranz.
Es beginne der Tanz.«

Ein Metzger ergriff das Mikrofon und grüßte erst
den »ehrbarn weisen Rat«, danach die »Jungfräuelein
zart« und ließ ein Loblied auf ihre »Kränzelein« folgen. Schließlich stellte er sich vor seine Tanzpartnerin
und sagte:

»Jungfrau, ich kumm vor euch getreten,
hab nie vorher eine andre gebeten,
und bitt auch zarts Jungfräuelein,
zum ersten Mal um euer Kränzelein.«

»Für Blumen interessiert der sich sicher eher weniger«,
flüsterte Heiko Lisa ins Ohr und grinste.

»Wieso, so ein Kränzelein hat doch was!«, feixte Lisa
und dachte an den Deutschunterricht und die Jungfrau-
ensymbolik in Goethes »Faust«.

Die Metzgerstänzerin antwortete derweil:

»Singer, so merk dir eben,
ich will dir eine Frag aufgeben,
sag mir, weshalb der Metzgerstanz,
so sollst du haben meinen Kranz.«

Gut für den Metzger, dass er natürlich die Geschichte vom Metzgerstanz kannte, von den Räubern und wie die Metzger sie vertrieben hatten. Das Spiel wiederholte sich mit einem zweiten Metzgerstanzpaar, das die Geschichte des Kindes von Oßwald aus Heilbrunn erzählt, das entführt wurde und nach langen Jahren in der Fremde zu seinen Eltern zurückkehrte. Schließlich postierten sich beide Paare vor dem Schultheiß, die Männer mit Kränzen im Haar, und sagten:

»Hoher Rat, wir bitten eben,
Ihr möchtet nun Erlaubnis geben,
dass zum Metzgerstanz wir schreiten
und die Spielleut uns begleiten.«

Natürlich gab der Schultheiß seine Erlaubnis. Die Musik setzte ein, die ersten Akkorde von »Singet und Springet«ertönten. Eine Frau und ein Mann, die mit Mikrofonen ausgestattet waren, sangen das alte Lied, und es klang schön in der düsteren Herbstnacht. Das Feuer, das inzwischen zwei Meter hoch brannte, verlieh der ganzen Szenerie einen warmen Schein, etwas Archaisches, Weihevolles. Schon bei den ersten Takten hatten sich die Paare in Bewegung gesetzt, würdevoll tanzten sie ums Feuer, die Mienen ernst, sich der Tradition bewusst.

»Siehst du, da hätten wir auch mitmachen können«, frotzelte Lisa.

Heiko quittierte die absurde Idee mit einem strengen Blick.

In diesem Moment hüpften Fabienne und Rico an ihnen vorbei. Und Fabienne sah bei einer Drehung wieder einmal zu Martin hinüber, der auf der anderen Seite des Feuers mit

Elfi tanzte, von deren hellblondem Haar sich der Blumen-kranz besonders stark abhob. Rico hingegen war auf seine Partnerin fixiert und ließ sie nicht aus den Augen. Fabienne blickte zu Rico und schenkte ihm ein kleines Lächeln, das von dem jungen Mann begeistert erwidert wurde.

»Er hat die Hoffnung noch nicht aufgegeben«, bemerkte Lisa und deutete auf Rico.

»Vielleicht überlegt sie es sich ja noch«, meinte Heiko.

Die Metzgerstänzer vollführten nun den Stern, den sie bei der Probe geübt hatten, bei der die Kommissare anwe-send gewesen waren.

»Schaut echt kompliziert aus«, stellte Heiko fest.

»Ach, wenn du mal wieder mit mir tanzen gehen wür-dest, dann fändest du das nicht so kompliziert«, maulte Lisa, und es klang ein bisschen beleidigt.

»Nix«, entgegnete Heiko und hoffte, dass damit diese Diskussion ein für alle Mal beendet sein würde.

Die letzten Takte von »Singet und Springet« verklan-gen, und der ältere Herr, der Amtsknecht, trat zum Mik-rofon und sagte:

»Nach altem Brauch und alter Sitte
tret ich in dieses Kreises Mitte.
Der Hohe Rat mit viel Verstand
hat mich zu euch hierher gesandt.
Er spendet euch die Kanne Wein,
sie soll den Tänzern eigen sein,
dass nach dem Springen und dem Singen
ein guter Trunk euch mög gelingen.
Dieweil die Kanne geht im Kreise,
sing' alles mit die alte Weise
Kein schöner Land ...«

Er trat zum ersten Metzgerstanzpaar und reichte dem Mann einen riesigen Weinkrug. Währenddessen stimmten die Musikanten »Kein schöner Land« an, und alle Anwesenden sangen mit, sogar Heiko brummte leise und etwas schüchtern vor sich hin, wie süß. Lisa kannte den Text leider nicht gut, bemühte sich aber nach Kräften mitzuhalten. Die Stimmung war feierlich, beinah sakral.

Endlich hatten alle getrunken, das Lied war zu Ende, in der Herbstnacht verklungen, und dann folgten die Ehrungen der langjährigen Metzgerstanzteilnehmer. Eine zierliche Brünette mit halblangen Haaren wurde für ihre 25-malige Teilnahme geehrt.

»25 Jahre!«, wunderte sich Lisa. »Wahnsinn.«

»Ja, die Muswies macht süchtig«, sagte Heiko grinsend, meinte damit allerdings eher nicht den Metzgerstanz, zumindest nicht als Teilnehmer.

Zuschauen war schön, vor allem das große Feuer gefiel auch Heiko augenscheinlich. Schließlich verließen die Metzgerstanzpaare den Platz wieder mit würdevollen Schritten.

»Jetzt gehen wir was essen. Und anschließend ins Zelt. Wir machen ein bisschen Party und schalten ab«, beschloss Heiko.

Eine Stunde später hatten sie sich beim Ziegler gut verköstigt und das Essen mit einem hervorragenden Obstler abgeschlossen. Vorher kaufte sich Heiko noch bei den »Maronis« eine Tüte Esskastanien, die er genüsslich knabberte. Heiko war geradezu abhängig von den Dingern, und er wusste, dass der »Maroni-Mann« nur beste Qualität anbot und bis nach Portugal fuhr, um die edelsten und hochwertigsten Esskastanien zu ergattern, um sie im Anschluss langsam im alten Kanonenofen zu rösten, mit Bier übergossen. Die Maroni schmeckten süß und mehlig und wärmten die von der Kälte der Nacht klammen Hände.

Schließlich kamen Lisa und Heiko beim Hahn-Zelt an. Sie betraten die große Festhalle, und augenblicklich schlug ihnen der typische Bierzeltdunst entgegen. Die Stimmung war gut, eine Band heizte den Feiernden ordentlich ein. Heiko nahm Lisa bei der Hand und zog sie durch das Getümmel zu einem freien Platz auf einer Bierbank. Sie entdeckten die Metzgerstänzer, die den Block direkt vor der Bühne komplett belegten, die meisten von ihnen waren offensichtlich bereits angeheitert.

»Schau mal, die Jungs haben ja die Kränzelein auf«, stellte Lisa lachend fest und deutete auf einen der jungen Männer, der soeben von seiner Partnerin einen der Blumenkränze, die auf schwarzen Haarreifen befestigt waren, auf den Kopf gesteckt bekam.

»Total niedlich«, entgegnete Heiko ironisch.

»Das würde dir auch gut stehen, mein Bärchen«, fand Lisa und streichelte Heikos Wange, als er missbilligend das Gesicht verzog.

»So weit kommt's noch«, brummte er.

Lisa lachte, und sie bestellten sich zwei Halbe, heute Abend waren sie endlich mal nicht im Dienst. Die ersten Akkorde von »Die Hektar hat« erklangen. Das Bier kam, und Lisa nahm einen ersten Schluck.

Sie lauschte der Musik. »Das Lied ist echt witzig.«

Sie beobachteten die Metzgerstänzer, die nun sämtlich auf den Bänken, wenn nicht gleich auf den Tischen standen, sich alle an den Schultern gefasst hatten und bierselig mitschunkelten.

»Wie viel Hektar hast eigentlich du?«, wollte Lisa plötzlich wissen.

Heiko grinste, stellte das Bier ab, lehnte sich zurück und erwiderte: »Och. Also, da wäre einerseits die Wiese in Westgartshausen. Und vielleicht schenkt mir der Sieger ja irgendwann mal ein Stück Wald in Cröffelbach.«

»Wow, ein ganzes Stück Wald! Und eine Wiese!«, gurrte Lisa, nagte subtil an ihrer Unterlippe und küsste ihren Freund. »Wie ungemein … anziehend.«

»Sou«, entgegnete Heiko und küsste sie noch einmal.

Im Verlauf der nächsten Stunden erklommen auch die Kommissare die Bierbank, sie hatten sich mit den Leuten, die neben ihnen Platz genommen hatten, zusammengetan und feierten ausgiebig – Heiko hielt sich allerdings mit dem Alkohol zurück, denn er musste ja noch fahren.

Es war schon nach elf, als sie beschlossen, dass es Zeit war heimzugehen. Lisa war recht albern und kicherte andauernd. Sie verabschiedeten sich von ihren Sitznachbarn. Schließlich passierten sie die Metzgerstänzer, und Heiko nahm im Augenwinkel ein Detail wahr, das ihn irritierte. Es war etwas, worauf er als Polizist getrimmt war, unbewusst, und was eine Art Alarmglocke in seinem Kopf auslöste. Er sah Blau. Grau. Weiß. Da war doch etwas … er blieb abrupt stehen und drehte sich in die Richtung, in der er die Farben entdeckt hatte.

»Was ist los?«, wunderte sich Lisa. »Komm, Bärchen, ich will nach Hause.«

»Einen Moment«, bat Heiko, bückte sich und hob das Stück Stoff auf, das seine Aufmerksamkeit erregt hatte. Es war ein blau-grau-wollweißer Handschuh. Mit komischem Muster. Einer, der nicht zu dem Paar gehören konnte, das sie untersucht hatten, weil das noch in Crailsheim auf dem Revier bei der Spurensicherung lag, aber ansonsten genauso aussah.

»Hey, net die Hendschich klaua«, meinte einer der Metzgerstänzer, ein bulliger mit kurzen dunklen Haaren. Er schwankte deutlich, ballte jedoch die Fäuste und wirkte wild entschlossen, das Kleidungsstück zu verteidigen.

Lisa berührte die blau-grau-weiße Wolle ungläubig und schaltete dann trotz eines gewissen Alkoholpegels schnell. »Schöne Handschuhe«, lobte sie und schenkte dem jungen Mann ihr bezauberndstes Lächeln. »Ich wollte sie mir nur genauer anschauen. Wem gehören sie denn? Ich würde gern wissen, wo man die kaufen kann.«

Ihr Gegenüber lachte und antwortete: »Der ist hundertpro von der Muswies, Maadle, woher sonsch.«

»Und wem gehören die?«, fragte Lisa noch einmal.

»Keine Ahnung«, lautete die lakonische Antwort. »Irgendeiner von den Metzgerstanzweibern. Oder jemand anderem, weiß nicht.«

Die Kommissare verständigten sich stumm, die Handschuhe wieder da hinzulegen, wo Heiko sie gefunden hatten, und abzuwarten. Früher oder später würde der Besitzer oder die Besitzerin sie holen, und dann hätten sie einen neuen Verdächtigen, eine ganz heiße Spur. Würden sie bei den Tänzern herumfragen, wem das Paar gehörte, wäre der potenzielle Täter gewarnt.

Sie setzten sich auf eine freie Bierbank, von der aus sie den Tisch mit den Handschuhen gut im Blick hatten. Dann ging Heiko kurz nach draußen, um in der Muswiesenpolizeistation vorbeizuschauen und um Verstärkung in Zivil zu bitten – immerhin war Lisa ziemlich angeheitert und er hatte auch ein Bier und einen Schnaps intus. Kurz nachdem Heiko zu Lisa zurückgekehrt war, stieß ein Kollege zu ihnen, ein Wolfgang Meister. Heiko erklärte ihm die Situation und bestellte Kaffee für alle drei. Und dann warteten sie.

Die Stimmung heizte sich zunehmend auf. Der Block mit den Metzgerstänzern feierte immer ausgelassener, inzwischen trugen fast alle Männer die Kränzelein ihrer Partnerinnen. Alle schwankten und schunkelten. Einzelne Feiernde verteilten sich in den Gängen, um Discofox mit wilden Drehungen und energische Polkas zu tanzen. Männer lagen sich in den Armen und grölten die Muswiesenhits mit. Frauen verschwanden Händchen haltend in Richtung Toilette, um sich den Lippenstift nachzuziehen. Aber niemand fasste die Handschuhe an.

Fabienne stand in der Menge der feierwütigen Muswiesagribbl. Sie ärgerte sich maßlos, ließ sich jedoch nichts anmerken. Sie war wütend auf Martin, der sich mit seiner Tussi wieder einmal so weit wie nur irgend möglich von ihr weggesetzt hatte. Er war schon ein Aas, er wusste genau, wie sehr sie ihn liebte. Und trotzdem tat er ihr so weh.

Zum tausendsten Mal an diesem Abend schielte sie zu ihm hinüber, aus den Augenwinkeln, nur aus den Augenwinkeln. Rico sollte es nicht merken. Er tat ihr leid, und es ging ihm wohl mit ihr wie ihr selbst mit Martin. Sie hatte ja keine Ahnung gehabt, dass er sie toll fand, bis die Kommissare sie darauf aufmerksam gemacht hatten. Und ja, wirklich, das erklärte manches. Rico himmelte sie an, auch in diesem Moment, und sie hatte bemerkt, dass er sich zurückgehalten hatte mit dem Saufen, offenbar ihr zuliebe. Vielleicht hoffte er, dass an diesem Abend, dem Ledichadooch, noch etwas laufen würde. Obwohl der Abend von allen mit einem Augenzwinkern betrachtet wurde, war er doch *die* Singleparty auf der Muswiese. Und witzigerweise kamen auf dieser Party jedes Jahr einige Paare zusammen. Vor zwei Jahren war sie mit Martin zusammengekommen, am Ledichadooch, ja. Wunderschön war sie gewesen, diese Nacht, dieses erste Mal in der Scheune, als sie sich geliebt hatten, so leidenschaftlich, so stürmisch. Ihr erstes Mal. Und es würde nie wieder so werden.

Erneut schaute sie zu Martin, und diesmal trafen sich ihre Blicke. Er sah zu ihr her, starrte sie an. Prostete ihr zu, mit seiner Halben. Verzog seinen Mund zu einem leichten Lächeln. Fabiennes Augen wanderten zu Rico. Mit einer eleganten Bewegung streifte sie sich den Blumenkranz-haarreif aus der Frisur, lächelte ihren Tanzpartner an und setzte ihm ihren Kranz auf. Dann zog sie den verdutzten jungen Mann am Hemdkragen zu sich her und küsste ihn, wie sie zuvor nur Martin geküsst hatte.

Die Kommissare behielten die Handschuhe fest im Blick, während sie einen Kaffee nach dem anderen tranken. Einmal kam eine junge Frau und wühlte unter dem Tisch, und sie waren schon im Begriff gewesen aufzuspringen. Dann aber hatte das Mädchen eine Mütze und eine Jacke zutage gefördert und die Handschuhe liegen lassen. Fehlalarm.

Ricos Herz hämmerte. Er schaute Fabienne in die Augen und drückte glücklich ihre Hand. Sie hatte ihn geküsst!

Der Ledichadooch war zu dem Ende gekommen, das er sich erhofft hatte. ›Ja, weil sie Martin eifersüchtig machen will‹, nahm ihm eine innere Stimme die Illusion. Wut und Enttäuschung stiegen in ihm auf, denn er wusste, dass sie recht hatte. Aber er kämpfte dagegen an. Und wenn schon. Vielleicht würde es weitergehen. Martin wollte nichts mehr von Fabienne, war mit seiner Elfi glücklich, das konnte alle Welt sehen. Es war ein Anfang. Sie würde ihn lieben lernen. Er war zwar nicht so toll wie Martin, dieser brunftige Hengst, dessen war er sich bewusst. Doch eigentlich war er auch nicht schlecht.

Wieder trat eine junge Frau zum Tisch, Heiko erkannte in ihr eine der Freundinnen von Fabienne Böckler, die sie damals in der Muswiesenwirtschaft Hornung begleitet hatten. Sie stöberte eine Weile unter dem Tisch, schob einen Metzgerstänzer beiseite, der sie stürmisch und einfach so auf den Mund küssen wollte, und dann, endlich, hielt sie zwei Jacken und die Handschuhe in der Hand.

Die drei Beamten erhoben sich und gingen auf die junge Frau zu. Die zog sich soeben eine der Jacken an und wandte sich ab, um wegzugehen, als sich Heiko ihr in den Weg stellte.

Er hielt der verdutzten Frau seinen Ausweis vor die Nase und befahl: »Mitkommen.«

Der Kollege Meister fasste die Verdächtige am Arm, während Lisa ihr die andere Jacke und die Handschuhe abnahm, und die vier marschierten aus dem Zelt die paar Meter hinüber zum Polizeicontainer. Die Kälte der Nachtluft schnitt Heiko und Lisa in die Haut, denn sie hatten nicht die Zeit gefunden, ihre Jacken anzuziehen. Die Frau wiederum war angeheitert und viel zu verdutzt, um sich zu wehren, Fragen zu stellen oder zu protestieren.

Als sie schließlich am einzigen Tisch in der mobilen Polizeiwache saßen, brach jedoch der Damm und Fabienne Böcklers Freundin schimpfte wie ein Rohrspatz: »Sagt mal, spinnt ihr? Was ist denn los? Ich hab nix gemacht.«

»Wie ist Ihr Name?«, forschte Meister, der sich offenbar verpflichtet fühlte, ein Gesprächsprotokoll zu schreiben und aus einer Ablage ein entsprechendes Formular hervorkramte.

»Kathrin Kleinbram. Worum geht es denn überhaupt?«

»Es geht um Mord, Frau Kleinbram«, entgegnete Meister.

Nun weiteten sich die Augen der jungen Frau. »Mord?«

»Wir haben Grund zu der Annahme, dass Sie mit dem Mord an Erika Böckler zu tun haben.«

»Wie bitte, was?«, stammelte die Verdächtige und schüttelte den Kopf. »Ihr spinnt ja!«

»Vorsicht, Frau Kleinbram, das ist Beamtenbeleidigung«, warnte Meister.

Lisa legte dem Kollegen begütigend eine Hand auf den Arm.

»Wie kommen Sie denn auf mich?«, fragte Kathrin Kleinbram unbeirrt weiter.

»Ihre Handschuhe«, erklärte Heiko und deutete auf das Paar, das er auf den Tisch gelegt hatte.

Nun lachte die Frau spöttisch auf. »Meine Handschuhe? Aber die gehören mir nicht.«

»Das würde jetzt jeder behaupten«, erwiderte Heiko.

»Nein, wirklich.«

»Und wem gehören sie dann?«

Die Frau schob die Unterlippe vor und schien kurz mit sich zu ringen, bevor sie meinte: »Sie gehören ... einer Freundin.«

»Und wie heißt diese Freundin?«, forschte Heiko weiter.

Die junge Frau schloss die Augen, öffnete sie wieder, atmete tief durch und sagte: »Sandra. Sie heißt Sandra Lebrecht.« Dann zückte sie ihr Handy.

»Was machen Sie da?«, fragte Heiko und machte Anstalten, ihr das Handy wegzunehmen.

»Ich liefere Ihnen den Beweis, dass es Sandras Handschuhe sind«, lautete die Antwort.

Sie legte das Handy auf den Tisch und rief die Bildergalerie auf. Sie scrollte eine Weile, eine ganze Weile, bis sie ein Selfie von sich mit ihrer Freundin gefunden hatte. Im Hintergrund war die Muswiese zu sehen. Das Foto musste vom letzten Jahr stammen. Und es stimmte. Es war das andere Mädchen, das die Handschuhe trug und damit in die Kamera winkte. Die brünette Tanzpartnerin von Johann Böckler. Das war also Sandra Lebrecht. Sie musste die Tochter von Grete Lebrecht sein, mit der sie sich bereits zweimal unterhalten hatten. Die Tochter hatten sie gar nicht auf dem Schirm gehabt. Nun ergab auch die Telefonliste einen Sinn, womöglich hatte gar nicht Grete Lebrecht mit dem Mordopfer telefoniert, sondern ihre Tochter.

Heiko streckte die Hand nach dem Handy aus, um es der jungen Frau jetzt wirklich wegzunehmen. Doch blitzschnell zuckte sie mit der Hand zurück und entzog mit schnellen Fingern Heiko das Gerät, bevor der es endlich zu fassen bekam.

Sandra Lebrecht wunderte sich, wo ihre Freundin blieb, immerhin hatte sie doch nur ihre Jacken und die Handschuhe holen wollen. Sie war an der Stelle angekommen, wo sie die Sachen abgelegt hatten, und schaute sich suchend um. Fragend zückte sie ihr Handy, um nachzusehen, ob Kathrin eine SMS geschrieben oder angerufen hatte. Tatsächlich war soeben eine Nachricht eingegangen, deren Inhalt im Display bereits angezeigt wurde. Sie bestand aus einem einzigen Wort: »LAUF«.

Heiko entriss der jungen Frau das Handy und musterte das Display. »SMS gesendet«, las er wie vermutet. Er fluchte und sprang auf, Lisa hinter ihm her, während Meister bei Kathrin Kleinbram blieb.

Heiko hetzte aus dem Container und wandte sich augenblicklich nach rechts, passierte den Hintereingang des Hahn-Zeltes und rannte weiter in Richtung Riesenrad. Vor dem Fahrgeschäft sah er sich mit einem Menschenpulk konfrontiert, durch den er sich einen Weg kämpfen musste. Er durchpflügte die Menschenmasse, fluchend machten die Leute ihm letztlich Platz, hielten ihn wohl für einen Betrunkenen.

Lisa hastete hinter ihm her, schloss endlich zu ihm auf. »Da!«, rief sie und zeigte mit ausgestrecktem Finger auf die junge brünette Frau, die soeben das Zelt verließ und sich kurz umschaute.

Als sie die Kommissare entdeckte, rannte sie sofort los, in Richtung Bermudadreieck. Heiko hatte Mühe Schritt zu halten, da viele Muswiesenbesucher auf dem Heimweg waren und genau in die andere Richtung drängten. Die Verdächtige war zudem schmaler und leichter, von athletischem Körperbau, und schob sich elegant an den Leuten vorbei, leichtfüßig wie ein Reh. Schon hatte sie ihren Vorsprung auf 20 Meter ausgebaut, und es war absehbar, dass es mehr werden würden.

Lisa drängte an Heiko vorbei, ihr war klar geworden, dass sie besser vorwärtskommen würde als ihr Freund. Der dunkle Haarschopf der Verdächtigen tauchte in der Masse auf und ab, sie schob sich weiter vorwärts. Eine Gruppe betrunkener Jugendlicher kam auf die Ermittler zu, sie grölten und sangen, und während es Sandra Lebrecht hindurchschaffte, schloss sich der Pulk um Lisa und Heiko. Sie wurden zurückgeworfen, und der Abstand zu der Verdächtigen vergrößerte sich weiter. Kurz warf diese einen Blick über die Schulter, wäre beinah in einen großen stämmigen Mann gerannt, schlug jedoch einen Haken. Die Ermittler passierten endlich den Tross Jugendlicher und zwängten sich weiter vorwärts, bemerkten, wie sich die junge Lebrecht am Maronistand erfolgreich in Richtung des Landjugendstandes drückte. Dieser bildete einen Engpass, das wusste Heiko, sie würde Zeit brauchen, um dort durch die Menge zu kommen.

Er warf sich nach links, drängte am Maronistand vorbei in die kleinere Gasse, die eine Umleitung in diese Richtung bildete. Endlich tauchte ihr Haarschopf wieder auf, als die Wege sich erneut trafen, Heiko verlor sie jedoch in der enormen Menschenmasse gleich wieder aus den Augen. Lisa und Heiko wandten sich nach links, um sich hinter dem Stand vorbeizuschieben, da entdeckten sie Sandra Lebrecht, die sich gerade durch den Tross hindurchquetschte und weiterspurtete, nun lichtete sich der Besucherstrom, die Stände waren alle schon zu und weiter hinten befanden sich nur noch vereinzelt Muswiesenwirtschaften.

Die Verdächtige trug hohe Schuhe und investierte zwei Sekunden, um sie auszuziehen und im hohen Bogen von sich zu werfen. Dann raffte sie ihren Rock und hetzte weiter, in einem enormen Tempo warf sie sich nach vorne, als ginge es um ihr nacktes Leben. Heiko bemerkte, dass Lisa verschwunden war, sie war wohl im Pulk der Landjugend stecken geblieben, aber es konnte ihr ja nichts passieren, und so rannte er weiter. Er war nun an der Stelle angekommen, an der Sandra Lebrecht wenige Sekunden vorher die Menschenmenge hinter sich gelassen hatte, und hastete vorwärts. Die Verdächtige legte ein erstaunliches Tempo vor, sie hatte offensichtlich eine hervorragende Kondition. Sie lief weiter, immer weiter. ›Wohin eigentlich?‹, begann sich Heiko zu fragen, allerdings war er sich nicht sicher, ob sie das überhaupt selbst wusste, ob sie nicht einfach in Panik geraten war.

Die Stände flogen an ihm vorbei, die bunten Plastikplanen heruntergezogen, als langjähriger Muswiesenbesucher wusste man jedoch sowieso, was man dort kaufen konnte, Süßigkeiten, Tischdecken, Türkränze. Sandra Lebrecht spurtete mit festem Blick nach vorne, strauchelte, wäre fast gefallen, fing sich, warf sich nach vorne, beschleunigte wieder. Und dann erkannte Heiko, wo sie hinwollte. Zum Bus. Das Muswiesen-Shuttle würde gleich abfahren, der Bus blinkte bereits, die Hydraulik der Tür zischte, und mit viel, viel Glück würde die Verdächtige es schaffen, in das Fahrzeug zu springen, gerade noch rechtzeitig, bevor sich die Türen schlossen.

Noch 20 Meter, und die Türen bewegten sich. Heiko fluchte. Er war zu weit weg, für ihn würde es nicht reichen. »Halt!«, brüllte er durch die Nacht, seine Lungen pumpten, er war außer Atem, er musste die Zähne zusammenbeißen. »Halt!«, rief er erneut, nur um festzustellen, dass seine Schreie in der Nachtluft verhallten und vom Busfahrer ganz sicher nicht gehört wurden.

Sandra Lebrecht war noch sieben Meter von ihrem Ziel entfernt, noch sechs, noch fünf, vier, drei, zwei, noch einen, zwängte sich durch die sich eben schließenden Türen, rief dem Busfahrer etwas zu, wohl etwas in der Art, dass Heiko sie verfolgen würde, denn müde wanderten dessen Augen zu Heiko, dann zuckte der Mann die Achseln, und das Fahrzeug setzte sich in Bewegung.

Heiko beschleunigte nochmals das Tempo, der Bus rangierte, und Heiko nahm all seinen Mut zusammen, zückte im Laufen seinen Ausweis, hoffte, dass der Fahrer ihn rechtzeitig sehen würde, und hechtete vor dem Bus auf die Straße. Fast im selben Moment schloss Lisa auf, er hatte gar nicht bemerkt, wie nahe sie sich herangekämpft hatte, vollkommen erhitzt, die Kälte offenbar ausblendend. Sie stellte sich neben Heiko, ebenfalls mit erhobenen Händen, und endlich bemerkte der Fahrer das seltsame Paar, hielt an, kniff die Augen zusammen, um den Zettel zu entziffern, den Heiko in die Luft hielt, erkannte schließlich den Polizeiausweis, winkte, nickte und wollte eben nach dem Schalter fassen, um die Tür zu öffnen, als neben ihm ein Messer auftauchte, das auf seinen Hals gerichtet war.

Heiko erstarrte, als er die Klinge aufblitzen sah. Er trat zur Seite, zog Lisa mit sich, wollte den Mann hinter dem Steuer nicht unnötig gefährden. Neblig staute sich sein Atem vor seinem Gesicht, kalt in der Nachtluft. Sandra Lebrecht würde keine Chance haben. Aber sie war verzweifelt. Sie hatte nichts zu verlieren. Eine gefährliche Mischung, tödlich im schlimmsten Fall.

Heiko hob beschwichtigend die Hände, der Bus rangierte, Heiko bemerkte blanke Angst in den Augen des Fahrers. Der Kommissar ließ das Fahrzeug passieren, zückte sein Handy, rief auf dem Revier an.

»Geiselnahme«, meldete er atemlos und gab die Daten durch.

Gleichzeitig nahm er Bilder wahr, wie in Zeitlupe, wie im Film, der wendende Bus, die anderen Fahrgäste, die endlich registrierten, was passierte, kollektive entsetzte Schreie aus allen Kehlen, Sandra Lebrecht, die sich umdrehte, etwas brüllte, die wahrscheinlich abzuwägen versuchte, wie sie mit all den Leuten fertig werden könnte, wie sie alle in Schach würde halten können, es war eigentlich nicht schwierig, denn die meisten waren hoffnungslos betrunken, ein Schubs würde genügen, um die Mehrheit außer Gefecht zu setzen, trotzdem würde ihr kleines Messer nicht ausreichen. Sie würde sich auf den Fahrer konzentrieren müssen, ihn bedrohen, dann hätte sie eine Chance. Sandra Lebrecht drückte die Klinge stärker an den Hals des Fahrers, Heiko meinte, ein dünnes Blutrinnsal auszumachen, die Verdächtige brüllte offensichtlich, aber der Motor des Busses verschluckte ihre Schreie, der Fahrer weitete die Augen vor Entsetzen, Heiko nahm all das wahr, als seien es Bilder in einem Comic. Sandra. Der Fahrer. Die Fahrgäste. Dann entdeckte er zwei bullige junge Männer, die sich der Frau von hinten näherten, sie bemerkte sie augenscheinlich nicht, war zu fixiert auf den Fahrer, zu fixiert auf sich selbst. Der Bus hatte gewendet und fuhr davon, beschleunigte, und Heiko sah noch, wie sich die beiden Männer auf die Verdächtige stürzten, ihre dünnen Arme nach hinten zerrten, während das Fahrzeug stoppte, sie mit eisernem Griff festhielten, unerbittlich und hart, und wie Sandra Lebrecht weinend zusammenbrach.

Lisa und Heiko lieferten die junge Frau umgehend auf dem Revier ab und hatten sofort einen Durchsuchungsbefehl für das Lebrecht-Anwesen erhalten. Heiko war mittlerweile stocknüchtern, die Nacht war eiskalt, der Schreck hatte den Restalkohol aus seinen Gliedern vertrieben, er war sich bewusst, dass sie Glück gehabt hatten, unglaubliches Glück, dass nichts Schlimmeres passiert war, dass alles glimpflich ausgegangen war. Nun verbreitete sich die Nachricht von der Festnahme Sandra Lebrechts wie ein Lauffeuer, alle im Bus hatten ihre Handys gezückt, telefoniert und SMS verschickt, sie mussten schnell handeln, um eventuell noch vorhandene Beweise zu sichern, denn die Neuigkeit würde auch zu Margarete Lebrecht durchdringen, rasend schnell. Vielleicht war diese sogar ebenfalls in den Fall verwickelt, überlegte Heiko und dachte an die Telefonliste.

Die Kommissare klingelten an der Tür der Familie.

Margarete Lebrecht öffnete im Morgenmantel die Tür, wirkte verschlafen, verwundert. »Ist etwas passiert?«, fragte sie und ließ ihre entsetzten Augen über die Köpfe der zahlreichen Polizeibeamten wandern, die sich vor ihrer Tür versammelt hatten.

Heiko räusperte sich, bevor er erwiderte: »Wir haben Ihre Tochter verhaftet, Frau Lebrecht. Und wir haben einen Durchsuchungsbefehl.«

Die Frau schlug die Hände vor den Mund und schien plötzlich um Jahre gealtert. Sie trat fassungslos beiseite, und die Beamten schoben sich an ihr vorbei.

Sie mussten nicht lange suchen. Im Kamin fanden sie krümelige Lederreste. Reste von profillosen Hausschuhen, wie sie der Gerstling verkaufte. An einem der Fragmente klebte verkrustete dunkle Erde.

MUSWIESENDONNERSTAG

Früh am nächsten Morgen hatten sie die Handschuhe zur Analyse gebracht, und tatsächlich ergab diese einen Volltreffer – neben der DNA von Gerstling als Verkäufer fand Uwe indigene südamerikanische sowie die von Sandra Lebrecht und dem Mordopfer, sogar einzelne Haarschuppen von Erika Böckler. Damit war die Tanzpartnerin von Johann Böckler überführt, es ging nur noch darum, ob sie gestand oder es vorziehen würde zu schweigen. Sie hatte sich in der Nacht mit einem Anwalt beraten und verlauten lassen, sie sei bereit, mit ihnen zu reden. Nun saßen sie im Verhörraum des Crailsheimer Polizeireviers, Sandra Lebrecht in Begleitung ihres Rechtsbeistands, derselbe wie von Johann Böckler, Herr Schneider, außerdem die beiden Kommissare und Frau Brucker, deren Hände bereits über der Laptoptastatur schwebten.

»Also, Frau Lebrecht«, begann Heiko, und die Tasten klackten.

Sandra Lebrecht, die heute ihr dunkelbraunes Haar zu einem strengen Dutt gesteckt hatte und damit irgendwie spanisch aussah, verschränkte die Arme vor der Brust.

»Wenn wir Sie zuerst mit den Beweisen konfrontieren dürften«, Heiko legte die Handschuhe und das Tütchen mit den Schuhresten auf den Tisch.

Der Anwalt hob umgehend die Hand. »Lassen Sie das. Meine Mandantin will eine Erklärung abgeben.«

»Ach so?«, erwiderte Heiko und zog erwartungsvoll die Augenbrauen hoch.

»Ich habe die Erika umgebracht«, flüsterte die junge Frau, und seltsamerweise lächelte sie dabei.

»Und warum?«, forschte Lisa, weil die Mörderin nicht weiterredete.

Sandra Lebrecht lachte zynisch auf. »Warum? Es gab tausend Gründe, Frau Kommissarin, ich dachte, das wüssten Sie.«

»Ja?«

»Sie hat das ganze Dorf schikaniert, zuletzt diese Sache mit den Windischs, eine Gemeinheit war das, eine Unverschämtheit.«

»Aber deswegen bringt man doch niemanden um«, versuchte Heiko.

»Das allein würde schon reichen«, widersprach Sandra Lebrecht. »Alle in Musdorf hatten unter ihr und ihren Gemeinheiten zu leiden, unter ihren Intrigen und Bösartigkeiten. Mit ihr hätte es keinen Frieden gegeben, niemals, sie war böse.«

»Nein, da haben Sie recht, es hätte wohl keinen Frieden gegeben«, stimmte Heiko zu. »Allerdings ist das kein Grund, sie zu töten.«

Die junge Frau leckte sich die Lippen und entgegnete: »Sie hat noch etwas anderes getan, etwas noch Schlimmeres.«

»Was denn?«, hakte Lisa nach.

»Johann«, antwortete Sandra Lebrecht.

»Ihr Freund?«

Die Angesprochene musterte Heiko böse. »Nicht, was Sie denken. Johann ist schwul. Aber ja, er ist mein Freund, schon immer, mein bester, wir sind wie Geschwister, mehr Geschwister, als diese duckmäuserischen Feiglinge Fabienne und Jörg je für ihn waren, die waren immer nur mit sich selbst beschäftigt, immer.«

»Und weiter?«

»Sie hat Johanns Glück zerstört, er durfte nicht werden, was er wollte, er wäre gerne Tänzer geworden, er hatte unbeschreibliches Talent, und sie hat es weggeworfen, einfach so.« Sandra Lebrecht schnippte mit dem Finger, beiläufig, so beiläufig, wie Erika Böckler tatsächlich das Leben ihres Sohnes kontrolliert hatte, wie selbstverständlich.

»Tragisch«, bestätigte Lisa.

»Nicht wahr.« Die Mörderin nickte. »Doch das hat ihr nicht gereicht. Sie wollte ihn brechen, zu ihrem seelenlosen Arbeitssklaven machen«, fuhr sie fort. »Sie war der Teufel.«

»Wie meinen Sie das?«, wollte Heiko wissen.

»Stellen Sie sich vor«, erzählte Sandra und beugte sich weit über den Tisch, dass Heiko ihre extrem dunklen Augen bemerkte, die fast schwarz waren, so schwarz, dass die Pupille sich kaum von der Iris abhob, »Johanns kleines, bescheidenes Glück, das ihm noch geblieben war. Mit mir zu tanzen, Salsa, Tango, Discofox, am Metzgerstanz. Das wollte sie ihm auch noch kaputt machen. Sie wollte ihn seelisch zerstören.«

»Aber wie hätte sie das tun sollen? Er war schließlich erwachsen«, wunderte sich Lisa und fragte sich, ob die Tochter von Grete Lebrecht vielleicht nicht richtig tickte. Es wäre immerhin nicht das erste Mal, dass sie einen halb wahnsinnigen Mörder geschnappt hätten.

»Sie hat mir Geld angeboten, damit ich nicht mehr mit Johann tanze und den Kontakt mit ihm vollständig abbreche. 300 Euro. 300 läppische Euro für das Glück ihres Sohnes, mehr war es ihr nicht wert.«

Alle schwiegen betreten, bis schließlich Sandra Lebrecht wieder das Wort ergriff: »Ich sollte Ausflüchte suchen, beschäftigt sein, keine Zeit mehr für ihn haben, schleichend. Dabei war ich der einzige Mensch, mit dem er außerhalb des Hofes zu tun hatte. Sein einziger Kontakt zur Außenwelt.«

»Sie haben das Angebot nicht angenommen«, vermutete Lisa.

»Natürlich nicht. Aber ich habe so getan, als würde ich. Und ich habe einen Entschluss gefasst. Ich musste ihm helfen, sich zu befreien. Und die Erika und ich haben uns an der Seebachquelle getroffen, zur Übergabe. Ich habe mich versteckt und sie betäubt, wie ein Schwein, das man schlachtet, denn nichts anderes war sie, eine Sau, eine Drecksau. Ich habe es für Johann getan.« In Sandra Lebrechts Augen tobte der Hass.

»Mit einem Elektroschocker«, ergänzte Heiko. »Wo hatten Sie den her?«

»Internet«, erklärte die Täterin.

»Und im Anschluss haben Sie sie in der Quelle ertränkt«, führte Heiko zu Ende, und die junge Frau nickte.

»Es war ganz leicht. Sie hat sich nicht wehren können. Es war zu leicht. Ich hab einfach die Hand auf ihren Hinterkopf gelegt«, sie streckte den linken Arm aus und senkte ihn, Heiko schauderte, »und sie nach unten gedrückt. Es hat geblubbert, und sie hat ein bisschen gezappelt, wisst ihr, eine ganze Weile, und dann, dann war der Johann frei.«

Vollkommene Stille breitete sich aus, als auch das Klacken der Tasten verstummte.

»Ich musste es tun. Er hätte es nicht selbst getan, niemals. Er hätte es nicht tun können und wäre darüber alt geworden oder hätte sich eines Tages etwas angetan, das hat er mal angedeutet. Und Johann hat das Recht, frei zu sein, glücklich zu sein, denn *er* ist ein guter Mensch.«

Nach dem zehrenden Verhör hatten Lisa und Heiko den Bericht fertig geschrieben und waren dann nach Hause gegangen, um eine Runde zu schlafen. Nach dieser Muswiese waren sie fix und fertig. Am späten Nachmittag machten sie sich allerdings noch einmal auf den Weg auf die Muswiese, denn nun konnten sie die Sache endlich entspannt angehen, ohne andauernd nach dem Mörder von Erika Böckler suchen zu müssen.

Lisa bestand darauf, sich ein Kirschkernkissen zu kaufen, und erstand außerdem einen Türkranz aus vertrockneten Blumen sowie eine rostige Schaufel, mit der man nicht schaufeln konnte, weil sie ein reines Deko-Objekt war, weil jemand da eine ganz reizende Gartenszene mit Vögelein, Blümchen und einem Mädchen mit Blumenstrauß reingefräst hatte. Missmutig verlud Heiko den ganzen Deko-Schrott ins Auto, verbat sich weitere Shoppingaktionen und ging im Anschluss mit Lisa noch in den Fraunhammer, um was »Gscheits« zu essen.

Kurz vor acht wanderte das Paar schließlich den Weg in Richtung Kühnhard entlang, von wo aus man das Feuerwerk am besten bestaunen konnte.

»Ein Brillant-Feuerwerk gibt es jetzt«, versprach Heiko grinsend, als sie stehen blieben, und er umfasste Lisa von hinten und zog sie an sich.

Und in dem Moment, als er ihr ins Ohr flüsterte, dass er sie lieb hatte, explodierte die erste Rakete, klein, in geringer Höhe und keineswegs so brillant wie am Volksfest in Crailsheim oder am Sommernachtsfest in Schwäbisch Hall, aber gerade deshalb schön, schnuckelig, »muswiesig« eben. Heiko nieste.

SAMSTAG
NACH DER MUSWIESE

Heiko war krank. Nicht nur leicht erkältet, er lag richtig darnieder. Er litt. Fieber hatte er keines, aber alles andere. Lisa kümmerte sich selbstverständlich um ihn.

»Siehst du, jetzt ist es praktisch, dass ich auf der Muswiese eingekauft habe«, erklärte sie und reichte ihm eine Tasse Ingwer-Anis-Kümmel-Tee, an der Heiko gehorsam nippte, während sie selbst einen frisch gebrühten Kaffee trank.

Heiko verzog das Gesicht. »Igitt«, meinte er.

»Wenigstens ist er nicht mit Leichenquellwasser aufgebrüht«, frotzelte Lisa.

»Ha, ha.«

Zu seiner näselnden Stimme gesellte sich ein kollernder Husten, und Lisa schob ihm ein Fenchelbonbon von der Muswiese in den Mund. »Nachher kochen wir eine schöne Riebelesuppe, ich hab nämlich eine Packung gekauft, als du dich unterhalten hast«, verkündete sie.

Heiko nickte, hustete und lutschte ergeben an dem Fenchelbonbon. Es war ihm ein Rätsel, warum ihn eine Erkältung erwischt hatte und Lisa topfit war. Immerhin so fit, dass sie gestern nicht nur die nutzlose Dekoschaufel mit dem Stiel nach unten ins Blumenbeet gerammt hatte, sondern auch den Trockenblumenkranz an der Haustür aufgehängt und das Kirschkernkissen ins Bett verfrachtet hatte.

»Wollen wir hoffen, dass die nächste Muswies ruhiger verläuft«, krächzte Heiko.

»Ja. Ohne Erika Böckler bestimmt«, sagte Lisa grinsend.

»Du bisch bös«, stellte Heiko fest, musste jedoch ebenfalls grinsen.

Sita kam zu ihm und wollte gestreichelt werden, Alfred scharrte euphorisch in seiner Einstreu.

»Die war schon fies, das musst du zugeben«, fuhr Lisa fort.

»Ein böses Weib, wirklich«, stimmte Heiko zu und tätschelte den Hundekopf.

»Und der Johann ist jetzt tatsächlich frei«, ergänzte sie und kraulte Garfield, der ihr auf den Schoß gesprungen war, hinter den Ohren.

Heiko nieste erneut und schnäuzte sich geräuschvoll in einTaschentuch, das er umständlich aus seiner Hosentasche pulte.

»Sandra Lebrecht hat selbstlos gehandelt, für ihren Freund, edelmütig«, sinnierte Lisa, als die Katze tief zu schnurren begann und Heiko dabei triumphierend musterte, schließlich wurde er nicht gestreichelt.

»Hm«, brummte Heiko. »Und trotzdem war es ein Mord.«

»Ja, trotzdem war es Mord«, bestätigte Lisa.

Heiko hustete, und Lisa erhob sich, um die Suppe zu kochen, mit handgewalzten Riebele und Fleischbrühpulver von der Muswies.

Ludwig Böckler hatte sich geschworen, dass er sich diesmal Zeit lassen würde, dass es ihm egal war, wie lange das Aufräumen dauern würde. Er war richtiggehend zusammengebrochen nach der Muswiese und hatte den ganzen

Freitag im Bett verbracht. Er rechnete es dem Franz hoch an, dass er heute Morgen aufgekreuzt war und erklärt hatte, nun doch nur die Hälfte der Einnahmen haben zu wollen, er war eben im Grunde anständig.

Nun war es früher Nachmittag, und endlich hatte sich Ludwig zu etwas aufgerafft, was er schon lange hatte tun wollen. Vorsichtig trug er den kleinen Karton ins Wohnzimmer, dessen Inhalt so kostbar war. Er ging zum Fenster und pfiff. Das Jockele hatte inzwischen gelernt, auch auf ihn zu reagieren, denn die Erika war ja fort, und sie würde nie wiederkommen. Vielleicht würde Jockl sie vergessen eines Tages, aber er, Ludwig, würde das niemals, würde ihr ein ehrendes Andenken bewahren.

»Na, Jockele, schau mal, was ich für dich hab«, sagte Ludwig und öffnete vorsichtig den Karton, hellblaue Federn blitzten auf.

Jockl kam zum Käfigtürchen, vermutete wohl, dass es Futter gab, piepste. Ludwig fasste nach dem verängstigten Wellensittich in der Schachtel, so, wie der Verkäufer es ihm gezeigt hatte, barg ihn in der Hand, öffnete mit der anderen das Türchen und setzte den Vogel neben Jockl auf die Stange.

»Einen Freund«, murmelte Ludwig, denn jeder braucht einen Freund.

DANKSAGUNG

Liebe Leserinnen und Leser,

die Muswiese ist nun schon der sechste Band um das Ermittlerduo Lisa Luft und Heiko Wüst. Ich bedanke mich für den Kauf, hoffe sehr, dass Sie die Lektüre genossen haben und freue mich über ein Feedback.

Auch dieses Mal möchte ich mich bei verschiedenen Leuten für ihre Unterstützung bedanken. Besonders wertvoll waren für mich die Einblicke, die ich in eine Muswiesenwirtschaft nehmen durfte, dies hat mir die Familie Pressler ermöglicht. Gerd Schmieg hat mich zum Metzgerstanz informiert, an dieser Stelle auch danke an die Metzgerstänzerinnen und -tänzer, dass ich euch während der Probe besuchen und interviewen durfte. Von Beate Meinikheim habe ich Interna über die Standvergabe erfahren.

Fritz Schmieg, der alteingesessene Musdorfer, war ein wertvoller Probeleser, ebenso wie Rainer Zörlein, meine Mutter Sonja Streng und Silke Neusser aus Wolpertshausen. Mein Ansprechpartner in agrarwissenschaftlichen Fachfragen war Manfred Schuler. Danke auch an Herrn Polizeirat Heiner, dass ich mich in Sachen Polizeiarbeit jederzeit an ihn wenden darf. Zahlreiche Musdorfer haben mir – auch via Facebook – Muswieseninterna zugetragen, die ich einbauen konnte.

Vielen Dank an meine Lektorin Ricarda Dück für ihr sehr aufmerksames und qualitätsvolles Lektorat und an das tolle Verlagsteam ganz allgemein; ebenso Dank an Lutz Eberle für die Covergestaltung. Danke an meine Freunde Elfi, Juliane, Marina, Regina, Anke, Marc und Uwe, dass ihr immer für mich da seid. Und an Kurt Klawitter für alles, was mit Musik zu tun hat, und für deine Texte. Auch diesmal hat mich natürlich der echte Heiko wieder inspiriert, er raucht immer noch, ob das wohl noch zu ändern ist?

Danke an alle anderen Hohenloher, die mich laufend zu neuen Figuren anregen, weil sie so sind, wie sie sind. Und eins muss ich sagen: Obwohl ich Crailsheimerin bin, wird für mich die Muswiese Jahr für Jahr schöner (nicht zuletzt wegen den Musdorfer Wirten, die wirklich ganz hervorragendes Essen und gemütliche Wirtschaften haben). Sagen wir, die Muswies ist genauso schön wie das Volksfest. Und ich freu mich jetz scho widder drauf. Denn Weihnachten ist jedes Jahr, aber Muswies is nur einmal im Jahr.

Ihre Wildis Streng.

Weitere Titel finden Sie auf den
folgenden Seiten und im Internet:

WWW.GMEINER-SPANNUNG.DE

Die Kommissare Wüst und Luft ermitteln:

GMEINER SPANNUNG

WWW.GMEINER-VERLAG.DE
Wir machen's spannend

Marcus Imbsweiler
Heidelbergtief
Kriminalroman
368 Seiten, 12,5 x 20,5 cm,
Broschur
ISBN 978-3-8392-0784-0

An einem stürmischen Abend fällt der Heidelberger
Start-up-Gründer Nicolas Greven aus dem fünften
Stock seines Bürogebäudes und stirbt. Obwohl es
keine Zeugen für ein Verbrechen gibt, gesteht die
Reinigungskraft Antonia Kumpe sofort, Greven
in die Tiefe gestoßen zu haben. Die Ermittlungen
werden bald eingestellt. Nur Kumpes Sohn Sebastian
ist von der Unschuld seiner Mutter überzeugt und
schaltet Privatdetektiv Max Koller ein. Doch gerade
als Koller erste Ergebnisse präsentieren kann, erhält
er einen anderen, viel lukrativeren Auftrag …

GMEINER SPANNUNG

WWW.GMEINER-VERLAG.DE
Wir machen's spannend

Bernd Leix
Bachrauschen
Kriminalroman
272 Seiten, 13,5 x 21 cm,
Premiumklappenbroschur
ISBN 978-3-8392-0750-5

Die Gartenschau im Schwarzwald zwischen Freuden-
stadt und Baiersbronn wirft lange, dunkle Schatten
voraus. Ein Jahr vor Beginn des Großevents »Tal
X« gibt es am Ufer des Forbachs mehrere rätselhafte
Todesfälle. Haben sie etwas mit der Gartenschau zu
tun? Soll die Veranstaltung in letzter Minute verhindert werden? Nein, keinesfalls! Der Freudenstädter
Oberbürgermeister ist sich sicher, dass die Bevölkerung
voller Begeisterung hinter der Gartenausstellung steht.
Kommissar Oskar Lindt nimmt die Ermittlungen
auf und taucht tief in die Historie des Tals ein.

GMEINER SPANNUNG

WWW.GMEINER-VERLAG.DE
Wir machen's spannend

Claudia Schmid
Blumenlust
Kriminalroman
336 Seiten, 13,5 x 21 cm,
Premiumklappenbroschur
ISBN 978-3-8392-0754-3

Edelgards Buchhandlung »Bücherhimmel« wird
anlässlich des Mannheimer Luisenpark-Jubiläums
erneut zum beliebten Treffpunkt. Dort macht sie die
Bekanntschaft eines charmanten Herrn. Wenn nur ihr
Ehemann Norbert nicht wäre … Als eine Mordserie
die Stadt erschüttert, ist Edelgard tief getroffen, denn
sie kannte eines der Opfer persönlich. Kurzerhand
widmet die Miss Marple von Mannheim den »Bücherhimmel« zur Schaltzentrale ihrer Ermittlungen um.
Denn auch ihre kräuterkundige Freundin Luisa bittet
sie um Nachforschungen, wittert sie doch erbitterte
Konkurrenz von der pfiffigen Kräuterhexe Chloé.

GMEINER SPANNUNG

Kai Bliesener
Brand. Wein. Tod.
Kriminalroman
288 Seiten, 12,5 x 20,5 cm,
Broschur
ISBN 978-3-8392-0755-0

Auf dem Tisch vor JJ Schwarz liegt eine verkohlte
Frauenleiche. Die Bestatterin aus Fellbach soll den
Leichnam für die Beisetzung vorbereiten. Nachdem Grete Bürkle einige Tage vermisst wurde, hat
man sie in den Trümmern eines Hauses gefunden. JJ erhält Druck von vielen Seiten, ihre Arbeit
schnell abzuschließen. Niemand scheint sich dafür
zu interessieren, wo sich Grete Bürkle aufgehalten
hat und warum sie in dem fremden Haus gefunden
wurde. Die Bestatterin beschleicht das Gefühl, dass
irgendetwas faul ist, und geht der Sache nach …

GMEINER SPANNUNG

WWW.GMEINER-VERLAG.DE
Wir machen's spannend

Johanna von Wild
Der Zauber der Edelsteine
Historischer Roman
416 Seiten, 13,5 x 21 cm,
Premiumklappenbroschur
ISBN 978-3-8392-0765-9

Emilia, die Tochter eines Edelsteinschleifers, ist verliebt
in den Lehrjungen Elias. Ihr von Geldnöten geplagter
Vater jedoch verspricht seine Tochter Paul Gabler. Als
Elias davon erfährt, verlässt er Waldkirch und begibt
sich, wie auch Paul, auf die Walz. Während seine Wege
ihn bis ins ferne Antwerpen führen, wo er bei einem jü-
dischen Diamantschleifer lernt, dreht sich in der Heimat
alles um den Zusammenschluss der Steinschleiferbru-
derschaft mit den Freiburger Meistern. Nach einigen
Schicksalsschlägen ehelicht Emilia schließlich Pauls
Bruder. Doch dann kehren Elias und Paul zurück …

GMEINER SPANNUNG

WWW.GMEINER-VERLAG.DE
Wir machen's spannend